Edward Spencer-Smith

Die Angst hinter den Worten

EDWARD SPENCER-SMITH

KRIMIS AUS LONDON

Edward Spencer-Smith ist das Pseudonym dreier Autorinnen, die sich spannenden Geschichten mit einer Portion Thrill und einem kritischen Blick hinter die Kulissen des Alltäglichen verschrieben haben.

Ariana Lambert, Drea Summer und Heidi Troi schreiben seit Jahren erfolgreich Geschichten über charismatische Ermittler, brutale Killer, über Figuren, die keiner Norm entsprechen, Menschen mit Ängsten, Wünschen, Träumen und verborgenen Passionen.

Nachdem die drei fabelhaften Frauen lange nur virtuell Kontakt hielten, trafen sie sich in London und beschlossen, die Geheimnisse und Legenden der atemberaubenden englischen Metropole zu nutzen, um das Detektivinnen-Trio Walker, Wright & Ferguson ins Leben zu rufen.

Jeder London-Krimi ist einzigartig, wie die drei Autorinnen es sind. Es wird spannend, geheimnisvoll, außergewöhnlich, mit einer Prise Humor und vielleicht ein bisschen skurril, aber mit dem besonderen Gänsehautgefühl, das nur Troi, Summer und Lambert zaubern können.

Edward Spencer-Smith

Die Angst hinter den Worten

Ein Krimi aus London

Walker, Wright & Ferguson 4

Bibliografische Information der Deutschen Nationalbibliothek:
Die Deutsche Nationalbibliothek verzeichnet diese Publikation in der Deutschen Nationalbibliografie; detaillierte bibliografische Daten sind im Internet über http://dnb.d-nb.de abrufbar.

Empire-Verlag OG, Lofer 416, 5090 Lofer

Lektorat: Sascha Rimpl
https://www.lektorat-textflow.com/lektorat-korrektorat/
Korrektorat: Literary Queens
https://literaryqueens.com/

Cover: Chris Gilcher
https://buchcoverdesign.de/

Buchsatz: Catherine Strefford
www.catherine-strefford.de

Bestellung und Vertrieb: Nova MD GmbH, Vachendorf

Kapitel 1

»Es gibt nichts Spannenderes als einen guten Roman.« Isla Wright versinkt zwischen den Seiten eines Buches und bekommt Besuch.

»… spürte, wie fremde Augen ihr auf ihrem Weg die einsame Straße hinunter folgten, doch sie drehte sich nicht um. Wenn sie ihm in seine mörderischen Augen sähe, dann wäre das ihr Ende. Das wusste sie, und daher hielt Bethany …«

Tock! Tock! Tock!

Ein Wummern an der Tür zu meinem Ein-Zimmer-Apartment ließ mein Herz einen panischen Satz machen und meinen fetten Kater Hagrid mit gesträubtem Schwanz und protestierendem Fauchen unter dem Stuhl verschwinden. Ich wünschte, auch ich hätte so einen *Safe Place*, doch mein Zimmer barg außer einem furchtbaren Durcheinander keine Rückzugsorte – es sei denn, ich würde mich unter dem Haufen von Schmutzwäsche vergraben. Groß genug war er ja …

Tock! Tock! Tock!

Ich antwortete nicht. Ich erwartete keinen Besuch. Der Einzige, der mich ständig mit seinem unerwünschten Auftauchen nervte, war mein Vermieter Pierre. Nachdem ich aufgrund meiner Partnerschaft beim Detektivbüro Walker, Wright & Ferguson meine Miete wieder regelmäßig bezahlen konnte, war er dazu übergegangen, mich mit kleinen Querelen zu belästigen. Mal musste er die Heizung überprüfen, mal hörte er mein Fenster klappern und wollte sich ansehen, ob eine Reparatur notwendig wäre, dann wieder war es die unverblümte Aufforderung, ihn zu einem Date zu begleiten.

Keine Ahnung, warum er so fixiert auf mich war. Ich war seine Mieterin, lebte in einer umgebauten Garage – daher die Stahltür, die mein Apartment vom Treppenhaus abtrennte – und war bestenfalls unscheinbar. Mittelklein, mitteldick, ein Allerweltsgesicht. Ich konnte nicht einmal eine besondere Haar- oder Augenfarbe aufweisen, bestenfalls eine Nicht-Farbe. Meine Augen waren nicht blau, nicht grau und nicht grün, sondern irgendetwas dazwischen – aber eben nicht die interessante Variante. Dasselbe galt für mein Haar. Nicht braun, nicht blond. Bestenfalls mausgrau – wenn man so etwas überhaupt als Haarfarbe bezeichnen konnte. Feldmausgraubraun.

Mit meinem Aussehen wäre ich die perfekte Verbrecherin. Wenn ich inmitten einer Menschenmenge einen Mord verüben würde, würden sich alle Augenzeugen in Bezug auf mein Aussehen widersprechen und …

Tock! Tock! Tock!

Das Wummern an der Tür riss mich aus meinen Gedanken. Konnte es sein, dass es jemand anderes war als Pierre? Für gewöhnlich gab er nach dem ersten, spätestens nach dem zweiten Klopfen auf.

»Isla? Mach auf, ich weiß, dass du da drin bist«, ertönte eine weibliche Stimme auf der anderen Seite der

Tür. Eine ungeduldige weibliche Stimme. Nämlich die meiner besten Freundin Ems.

Das erklärte alles. Ich klappte die Ecke der Buchseite um, in die ich gerade vertieft gewesen war, wälzte mich aus dem Bett und bahnte mir einen Weg durch das Zimmer zur Tür.

»Kannst du mir sagen, was das soll?«, zischte Ems mich zur Begrüßung an.

Sie war seit Studentenzeiten meine beste Freundin und mittlerweile auch meine Arbeitspartnerin. Zusammen mit Abigail Walker betrieben wir das Detektivbüro Walker, Wright & Ferguson, das in der Clink Street im Londoner Viertel Southwark seinen Sitz hatte und uns normalerweise ziemlich auf Trab hielt. Normalerweise. Seit zwei Wochen war Flaute. Kein einziger Fall war in Sicht. Nicht einmal ein Versicherungsbetrug oder eine eifersüchtige Ehefrau, die ihren Mann bespitzeln ließ. Anfangs hatten wir uns noch darüber gefreut, dass wir plötzlich für so profane Dinge wie Bücher Zeit hatten, aber langsam begann das Ganze langweilig zu werden.

Ems trat über die Schwelle, wobei sie genau darauf achtete, wohin sie ihre Füße setzte. Kopfschüttelnd sah sie sich um. »Ich werde nie verstehen, wie du in diesem Durcheinander leben kannst.«

Ich hingegen verstand nur allzu gut, dass das ein Problem für sie war. Ems sah aus wie aus dem Ei gepellt. Immer. Ihre rote Mähne fiel in perfekt gestylten Wellen über ihren Rücken. Sie schien einer verdammten Shampoo-Werbung entsprungen zu sein, dazu die grünen Augen und die Designerkleidung, die wohl teilweise noch aus ihrer Zeit als Menschenrechtsanwältin stammte. Ihre eigene Wohnung wirkte wie aus einem Magazin für Interior-Design. Aufgeräumt, elegant und klinisch sauber. Das Chaos in meinem beengten Apartment widersprach ihrem Wesen völlig.

»Ich wollte gerade aufräumen«, sagte ich.

Sie zog die Augenbrauen hoch und sah bedeutungsvoll auf mein Bett, wo der Thriller lag, in dem ich gerade gelesen hatte. »Und darin steht beschrieben, wie man das macht?«

»Das Buch ist der Hammer.«

»Deine Wohnung ist ein Saustall.« Ems schüttelte den Kopf. »Aber darum geht es jetzt nicht. Wir haben versucht, dich zu erreichen. Ungefähr hundertmal. Aber du tauchst einfach unter. Und das an diesem Tag.«

Ich verstand gar nichts. Erstens gab es in der Detektei gerade nichts zu tun, zweitens war ich doch immer erreichbar. Außer … Ich ließ Ems unvermittelt stehen und beugte mich zu meinem Telefon, das an der Ladestation neben der Tür auf dem Boden lag. Es war voll aufgeladen und eingeschaltet, aber … »Ich hatte gestern einen Einsatz und hab es davor auf stumm geschaltet und danach wohl vergessen …«

Ems schnaubte. »Du mit deinen Einsätzen. Ist alles gut gegangen?«

Ich lächelte. Ems war diejenige meiner beiden Freundinnen, die meine Graffiti-Leidenschaft noch am ehesten akzeptierte. Seit ich damals einen Wettbewerb der Tate

Modern gewonnen und eines meiner Graffitis für eine Weile den Eingangsbereich geziert hatte, bezeichnete sie mich sogar als »ihre« Künstlerin.

»War alles easy, ja«, sagte ich. »Gegen Ende sind die Bobs gekommen, aber die *Watchmen* haben uns rechtzeitig gewarnt, und so hatten die Bobs keine Chance. Du musst mich nicht wieder raushauen.«

Ems nickte ungeduldig. »Ich hau dich immer wieder gern raus. Aber deswegen bin ich nicht da. Könntest du ab jetzt bitte wirklich daran denken, das Telefon einzuschalten? Hätten wir nicht die Tracking-App installiert, wären Ab und ich eingegangen vor lauter Sorgen.«

Das war eine der Sicherheitsmaßnahmen, die Ab, die früher als Polizistin tätig gewesen war, gefordert hatte. Ich hatte anfangs wenig Freude damit gehabt. Wer wollte schon, dass seine Freundinnen jederzeit wussten, wo man sich befand? Aber nachdem jede von uns dadurch aus mehr oder weniger brenzligen Situationen gerettet werden konnte – allen voran ich selbst –, hatte ich mich gefügt.

»Tut mir leid«, erwiderte ich. »Ich war so fertig gestern Abend, dass ich nicht mehr ganz bei Sinnen war. Warum habt ihr mich so dringend gesucht? Haben wir endlich einen neuen Fall?«

Ems schüttelte nachsichtig den Kopf. »Isla, Schatz, du bist manchmal echt verpeilt. Wir wollten feiern. Heute ist dein Geburtstag.«

»Uuuups.« Na, das war ja wieder einmal typisch für mich. Meinen eigenen Geburtstag zu verschlafen. Aber

Ems hatte recht. Heute war der 1. Februar und damit mein dreiunddreißigster Geburtstag.

»Nachdem wir das geklärt haben: Könntest du bitte in die Gänge kommen? Unten wartet ein Uber, und Ab ist schon im Bill's. Wir haben was für dich geplant.«

Ein warmes Gefühl machte sich in mir breit. Meine Freundinnen dachten an mich. Es war schön zu wissen, dass ich zumindest ihnen nicht egal war.

»Jetzt mach aber weiter. Ewig wird uns Bill den Tisch nicht freihalten, und außerdem weißt du, was Warten mit Ab anstellt.«

»Sie mutiert zu einem Tiger mit Zahnschmerzen?«, meinte ich.

Ems kicherte. »So ähnlich. Also: Husch! Husch! Findest du noch etwas halbwegs Sauberes in diesem Haufen?« Sie musterte die Kleider am Boden kritisch.

Ich bückte mich und zog eine Jeans heraus, dazu ein T-Shirt, das wie durch ein Wunder halbwegs knitterfrei war, schnüffelte daran und befand es für gut genug. Daraufhin schlüpfte ich zuerst in die Sachen, dann in meine geliebten Chucks, und schließlich warf ich mir meinen Rucksack über, in dem es verdächtig schepperte.

»Lass die Dosen gefälligst hier!«, befahl Ems. »Ab kriegt sonst einen Schreikrampf.«

Damit übertrieb sie maßlos. Ab schrie nicht. Sie würde allerhöchstens tadelnd die Augenbrauen hochziehen und ihre ganze Verachtung für mich in ihren Gesichtsausdruck legen. Diese Reaktion bekäme ich zwar auch zu spüren, wenn ich ohne meine Sprühdosen ankommen würde, einfach weil Ab aus irgendeinem für mich nicht nachvollziehbaren Grund neuerdings allergisch auf mich reagierte, trotzdem tat ich, was Ems verlangt hatte, und klaubte die leeren Farbdosen aus meinem Rucksack. Entsorgen würde ich sie, wenn ich wieder nach Hause kam. Oder morgen. Oder … vielleicht auch erst, wenn ich mir den Weg von der Tür zum Bett freischaufeln müsste.

Ich schüttete eine Dose Katzenfutter in Hagrids Napf, kraulte ihn noch einmal zwischen den Ohren, dann schulterte ich meinen Rucksack. »Wir können.«

Das Uber hielt direkt vor dem Bill's in der Clink Street, von dem aus man zu unserem Bürogebäude sehen konnte. Zumindest normalerweise, denn heute scharte sich vor dem Gebäude eine bunte Menge Schaulustiger. Im ersten Augenblick wunderte ich mich darüber, dass sich an diesem Tag so viele Menschen die Ruine der großen Halle des Winchester Palace ansahen, die dem Eingang zu unserem Büro schräg gegenüberlag. Ich selbst liebte den Anblick des ehemaligen Bischofssitzes, der im frühen 19. Jahrhundert abgebrannt war, und es passierte auch immer wieder, dass Passanten an dem Geländer stehen blieben und die wunderschöne Steinrosette am Giebel fotografierten, aber so eine gewaltige Attraktion war das alte Gemäuer dann doch wieder nicht.

Dann erst erkannte ich, dass die Menschen ihre Gesichter gar nicht der Ruine zugewandt hatten, sondern dem Eingang unseres Büros, und als ein Mann, den ich flüchtig als Reporter von *London Daily* kannte, eine Fotokamera mit überdimensional großem Objektiv genau auf unsere Eingangstür richtete, dämmerte mir, dass es sich nicht um Touristen handelte.

Ems schien es im selben Augenblick zu erfassen. »Mist! Was wollen die von uns?«, entfuhr es ihr. »Ist das nicht dein Verehrer?« Sie deutete auf einen groß gewachsenen Mann mit dunkelblondem *Messy Faux Hawk*, der ebenfalls in der Gasse stand. Als er seinen Blick langsam die Klinkerfassade des Gebäudes hochwandern ließ und uns dabei sein Profil zuwandte, erkannte ich, dass es ohne Zweifel Max Wilders war, mein ehemaliger Arbeitskollege, der im Gegensatz zu mir immer noch bei der größten Londoner Tageszeitung, dem *London Outwatch*, arbeitete und den ich unter »Sexy Maxi« in meinen Kontakten gespeichert hatte. Dass so viele Journalisten vor unserem Büro herumlungerten, konnte nichts Gutes bedeuten.

»Warum belagern die uns?«, wollte ich von Ems wissen.

»Keine Ahnung.« Im Gehen zog sie ihr Mobiltelefon hervor. Kurz darauf zischte sie: »Was soll das, Ab? Was ist hier los?«

Ich hörte aufgebrachtes Quaken aus dem Lautsprecher, konnte jedoch nicht verstehen, was unsere Freundin erzählte. An der Veränderung in Ems' Gesicht erkannte ich jedoch, dass es nichts Erfreuliches war.

»Lass sie nicht nach unten gehen. Die zerfleischen sie«, sagte Ems, gefolgt von: »Ja ... Nein, niemals ... Versuch, sie zu beruhigen ... Ja, ich weiß, dass du immer behauptest, nicht mit Menschen zu können und dass es nicht dein Job, ist Miss Molly zu trösten, aber in dem Fall ist es eben deiner. Wir sind gleich oben. Dann übernehmen wir. Aber wenn du nicht willst, dass sie einen Herzinfarkt kriegt, kümmerst du dich um sie.«

»Was ist los?«, fragte ich.

»Miss Molly. Es gibt eine Planänderung. Wir müssen hoch ins Büro.«

Gleichzeitig sahen wir zum Eingang des Gebäudes hinüber, dann uns gegenseitig an.

»Hintertür?«, fragte ich.

Ems nickte.

Wir wandten uns um und schlugen über die Stoney Street, den Winchester Square und die Cathedral Street einen großen Bogen um die Hyänen, mit dem Ziel, über die interne Verbindungstür im The Old Thames Inn in unser Bürohaus zu gelangen.

Während wir durch die engen Gassen eilten, wartete ich vergeblich darauf, dass da mehr käme. Schließlich fragte ich: »Was ist mit Miss Molly?«

»Sie steht unter Verdacht, die Ehefrau ihres Ex umgebracht zu …«

Schockiert blieb ich stehen. »Miss Molly?« Sie war unsere Sekretärin. Eine ältere Dame, die uns umsorgte wie eine Mutter. Sie nahm Anrufe entgegen, hielt wartende Klienten mit Tee und selbstgebackenen Cookies bei Laune und sorgte dafür, dass es uns gut ging. Sie war eine Seele von Mensch und ganz sicher nicht fähig, einen Mord zu begehen.

»Geh weiter!«, zischte Ems. »Ja, Miss Molly. Und Ab ist allein mit ihr, und du weißt, wie gut sie darin ist, jemanden zu trösten.«

Ja, das wusste ich. Ab beschrieb man am besten als harte Schale mit einem Kern, der die Konsistenz eines Marshmallows hatte. Aber sie ließ kaum jemanden so nahe an sich heran, um das zu erkennen. Entsprechend gut war sie in sozialer Interaktion. Ein Mensch konnte neben ihr zusammenbrechen, und sie war imstande, mit einer nüchternen Bemerkung zur Tagesordnung überzugehen – natürlich nachdem sie die Rettungskräfte informiert und eine Spendenaktion für die Angehörigen organisiert hatte. Vermutlich hatte sie Miss Molly inzwischen in ein sachliches Gespräch über die Hintergründe der Tat verwickelt, ohne ihr auch nur mit einer klitzekleinen Geste ihr Mitgefühl zu signalisieren.

Ich erhöhte das Tempo, und so erreichten wir ein paar Minuten später das Lokal, das direkt an der Themse und gegenüber der Rekonstruktion des Schiffes von Francis Drake, der *Golden Hinde*, lag. Außer Atem betraten wir den düsteren Pub, nickten dem jungen Mann hinter der Theke zu und gelangten durch die Tür mit der Aufschrift »Privat« in die Lagerräume des Pubs und von dort aus in das Treppenhaus des Bürogebäudes. Mit dem Lastenaufzug fuhren wir in die oberste Etage, in der sich unser Büro befand.

Der ausladende Schreibtisch im Eingangsbereich, an dem Miss Molly normalerweise residierte, war verwaist, und statt der peniblen Ordnung, die sonst dort herrschte, empfing uns ein Durcheinander aus zusammengeknüllten Papiertaschentüchern und dem wild über den Tisch verstreuten Inhalt einer Damenhandtasche, darunter eine Brille mit zerbrochenen Gläsern.

Aus unserem Büro kamen Stimmen, und als ich es hinter Ems betrat, erkannte ich, dass es Miss Molly und Ab waren, die auf dem Chesterfield-Sofa saßen und redeten. Auf dem niedrigen Tischchen vor dem Sofa standen zwei Tassen, aus denen dampfende Schwaden aufstiegen.

Sie sahen auf – Ab unendlich erleichtert, Miss Molly verheult und verzweifelt –, und Ems flog zu der alten Dame hin, setzte sich neben sie und nahm sie in den Arm.

»Wir bringen das in Ordnung, Miss Molly«, sagte sie. »Es wird alles wieder gut.«

»Sie glauben, dass ich sie getötet habe«, schniefte Miss Molly.

»Sie werden schnell dahinterkommen, dass der Verdacht unbegründet ist«, erklärte Ems. »Wir werden ihnen beweisen, dass Sie es nicht gewesen sein können, und ihnen den richtigen Mörder auf dem Silbertablett servieren, nicht wahr, Ab?«

Ab nickte.

»Aber ich habe nicht einmal ein Alibi für die Tatzeit.«

»Dann werden wir es anders beweisen müssen«, sagte Ems, und ich bewunderte sie dafür, dass sie es schaffte, ihren Worten einen so überzeugenden Klang zu verleihen. Wenn Miss Molly kein Alibi hatte, würde es schwierig werden, ihre Unschuld zu beweisen. Aber hey, wozu waren wir Privatdetektivinnen?

»Sind Sie denn die einzige Verdächtige?«, fragte ich. »Da wird es doch wohl noch andere Menschen geben, die ein Problem mit dieser Frau hatten, oder?«

Miss Molly wechselte einen Blick mit Ab. »Soll ich vielleicht noch einmal am Anfang beginnen?«

Ab nickte. »Das wäre das Beste.«

Miss Molly seufzte. »Heute Morgen, gerade als ich zur Arbeit gehen wollte, hat es an der Tür geklingelt, und ein Polizeibeamter stand draußen. Ich bekam einen Schock. Ihr könnt euch nicht vorstellen, was einem da für Gedanken durch den Kopf gehen, wenn ...«

Ab räusperte sich. Vermutlich ging ihr die ausschweifende Erzählweise unserer Empfangsdame gegen den Strich.

Miss Molly zuckte zusammen, nickte und fuhr fort: »Er hat mich mit aufs Revier genommen, und da hat er dann lauter Fragen gestellt, die ich nicht beantworten konnte. Was ich gestern zwischen zwei und drei Uhr nachmittags getan habe, ob ich ein Alibi für die Zeit hätte, wann ich die Frau meines Ex das letzte Mal gesehen habe. Ich ... hatte keine Ahnung. In meinem Kopf war ein schwarzes Loch, ich wusste absolut nicht mehr, was ich gestern zwischen zwei und drei Uhr nachmittags gemacht habe. Jetzt weiß ich es wieder.«

»Was?«, fragte Ab sofort.

»Ich war spazieren. An der Bankside.«

»Dann sollte es doch jemanden geben, der sich an Sie

erinnert«, rief ich aus. Mittags drängten sich die Menschen am Ufer der Themse. Jeder nutzte seine Pause, um ein bisschen frische Luft zu schnappen. Miss Molly war nicht allein gewesen.

Ems jedoch zerstörte meine Hoffnung sofort wieder. »Keiner wird sich an Sie erinnern. Außer Sie haben einem Bettler Geld gegeben oder auf dem Platz vorm Shakespeare's Globe eine Arie gesungen. Und selbst dann dürften es vor allem Touristen sein, die das gesehen haben, und die erreichen wir nicht einmal mit einem Aufruf über die Nachrichten.«

Sie hatte natürlich recht und ich ließ den Kopf hängen.

»Wann haben Sie die Frau Ihres Ex denn zum letzten Mal gesehen, Miss Molly? Wissen Sie das jetzt auch wieder?«, fragte Ab.

Sie schüttelte den Kopf. »Ich habe Fanny in meinem ganzen Leben nur zweimal gesehen. Einmal, als ich Bertie damals dank eurer Hilfe bei ihr gefunden habe«, sie verzog das Gesicht zu einer schmerzlichen Grimasse, »und dann bei ihrer Hochzeit.« Auch bei der Erwähnung der zweiten Hochzeit ihres Ex trat ein Ausdruck in Miss Mollys Gesicht, der keinen Zweifel ließ, dass sie immer noch daran zu knabbern hatte, wie schnell Bertie, oder besser ihr Ex Albert Yates, sich einer anderen zugewandt hatte.

»Wie kommen die Beamten dann darauf, Sie zu verdächtigen?«, wollte Ems wissen. »Das ist doch hanebüchen. Jeder andere ist verdächtiger als Sie. Ihr Ex, der Ex dieser Fanny – sie war doch davor auch verheiratet, oder?«

Miss Molly nickte, dann senkte sie verlegen den Kopf. »Ich … ich habe ihr geschrieben.«

»Geschrieben?« Ems runzelte die Stirn.

»Briefe. Ich …« Miss Molly atmete tief durch. »Ich musste meinen Gefühlen Luft machen und habe ihr Briefe geschrieben. Die hat die Polizei als *Beweismaterial* sichergestellt.« Sie machte mit den Fingern Anführungszeichen, als sie das Wort Beweismaterial aussprach. »Es waren … keine netten Briefe. Und ich schäme mich dafür, aber das hilft uns jetzt auch nicht weiter.«

»Was war der Inhalt dieser Briefe?«

Miss Mollys Wangen färbten sich rosa. »Dass ich sie hasse. Dass sie mir meinen Mann weggenommen hat. Dass sie eine Ehe zerstört hat. So Zeug eben.«

»Drohungen?« Ems fixierte unsere Empfangsdame eindringlich.

Miss Molly schüttelte den Kopf. »Nein.«

»Was genau haben Sie dieser Frau geschrieben, Miss Molly?«

»Dass ich hoffe, dass sie dasselbe Unglück erleidet wie ich. Dass ich ihr wünsche, dass in ein paar Jahren eine Jüngere daherkommt und sich Bertie schnappt. Dass sie genauso unglücklich enden soll wie ich. So was.«

Ab wechselte einen Blick mit Ems und fragte: »Sonst nichts?«

Miss Molly hob die Schultern. »Ich weiß nicht mehr, was ich alles geschrieben habe.«

»Haben Sie Kopien von diesen Briefen?«

Die alte Dame verneinte. »Ich habe sie geschrieben

und abgeschickt ... und danach habe ich die Datei gelöscht. Ich könnte mich ohrfeigen dafür.«

Ab sah aus, als würde sie Letzteres gern übernehmen, daher griff ich schnell ein: »Ab, kannst du nicht Miller fragen, ob er uns Kopien von den Briefen zukommen lassen kann? Vielleicht wäre es hilfreich, wenn wir wüssten, was darin die Polizei dazu bringt, Miss Molly zu verdächtigen?«

Malcolm Miller war Abs Freund, und er hatte eine höhere Position bei Scotland Yard inne. Sie kannten sich von früher, und wenn mich nicht alles täuschte, war er verliebt in unsere Freundin. Bisher hatte er sich die Zähne an ihrer harten Schale ausgebissen, aber er gab nicht auf, und ich war zuversichtlich, dass er es schaffen würde, irgendwann ihr Marshmallowherz zu erobern.

»Du kannst ihn dann auch gleich fragen, wie diese Fanny getötet wurde«, meinte Ems. »Heißt sie übrigens wirklich Fanny?«

Über Miss Mollys Gesicht huschte ein schadenfrohes Grinsen. »Ja, sie hieß tatsächlich so. Frances, und Bertie nannte sie daher immer Fanny. Das Beste ist, dass sie mit Nachnamen auch noch Butt hieß. Fanny Butt. Die Arme.«

Ein unkontrolliertes Kichern entfuhr ihr, und plötzlich lachten wir alle vier. Im britischen Slang war »Fanny« eine Bezeichnung für die Geschlechtsteile der Frau. Das, in Verbindung mit einem Nachnamen, der »Hintern« bedeutete, war einfach zu viel des Guten.

Ab war natürlich die Erste, die sich wieder fing. »Okay. Ich rufe Malcolm an und frage ihn, ob er was für uns hat. Was macht ihr in der Zwischenzeit?«

»Ich könnte Max anrufen und fragen, wie die Presse so schnell Wind von der Sache bekommen hat«, schlug ich vor. Dass gleich mehrere Reporter unser Büro belagerten, war typisch für London. Die Medien befanden sich in einem ständigen Konkurrenzkampf. Wer als Erster vor Ort war, wenn ein Verbrechen passiert war, wurde gehypt, je sensationslüsterner die Berichte, desto höher waren die Einschaltquoten oder im Fall von Printmedien die Auflage. So war Berichterstattung zu einer wilden Schlacht geworden, die sich nicht selten über die Persönlichkeitsrechte hinwegsetzte. Trotzdem war es seltsam, dass der Mord an einer gewöhnlichen Frau in einer Stadt, in der jeden dritten Tag ein Mensch durch ein Gewaltverbrechen starb, so einen Wirbel verursachte. Irgendetwas musste an ihr sein, was diese Aufregung rechtfertigte. »Ist diese Fanny eine VIP?«

Miss Molly schüttelte den Kopf. »Nicht, dass ich wüsste.«

Ich zuckte mit den Schultern. »Na gut, dann werde ich mich mal ins Netz stürzen, um herauszufinden, warum die Journalisten sie so attraktiv finden.«

»Zuerst rufst du deinen Kollegen beim *London Outwatch* an«, meinte Ab. »Der weiß sicher Bescheid. Wenn er nicht selbst im Haifischbecken da unten kreist.« Ich verzichtete darauf, ihr zu bestätigen, dass sie mit ihrer Vermutung recht hatte. »Und was machst du?«, wandte sie sich an Ems.

Die hob die Augenbrauen. »Ich kümmere mich um Miss Molly und frage im Premier Inn nach, wie es mit

Zimmern ausschaut. Ich gehe davon aus, dass Miss Mollys Haus auch belagert wird.«

Ab nickte knapp. »Dann los, Mädels!«

Sie schnappte sich ihr Telefon, und kurz darauf hörte ich sie mit jemandem sprechen. Ich wusste, dass es Miller war, den sie an der Strippe hatte, da ihre Stimme um mindestens eine Terz höher geworden war. Ems und ich lächelten einander wissend an.

Dann flüsterte Miss Molly: »Es tut mir so leid«, und hatte damit wieder unsere Aufmerksamkeit.

»Was genau tut Ihnen denn leid?« Ems sah sie irritiert an. »Dass Sie unschuldig verdächtigt werden?«

»Dass ich Schande über die Firma bringe. Ich … All die Journalisten da unten wissen jetzt, dass ich hier arbeite. Das werden sie natürlich in ihren Berichten erwähnen. Ich bringe die Detektei in Verruf.« Sie sah beschämt zu Boden. »Eine Mörderin als Empfangsdame in einem Detektivbüro. Das geht gar nicht.«

Ich konnte nicht anders, als sie zu umarmen. Sie roch leicht nach Lavendel. »Ach, Miss Molly! Wenn *ich* es bisher nicht geschafft habe, uns in Verruf zu bringen, dann schaffen Sie das ganz bestimmt nicht. Im Gegenteil. Sehen Sie es doch einfach so: Wir haben endlich wieder eine Aufgabe. Wir drei haben uns doch inzwischen beinahe zu Tode gelangweilt.«

Miss Molly schüttelte den Kopf. »Ich weiß, Sie meinen es gut, aber … ich habe den Namen Walker, Wright und Ferguson beschmutzt. Ich …« Sie sah Ems mit einem verzweifelten Ausdruck an. »Es ist wohl besser, ich kündige.«

»Das kommt nicht infrage«, widersprach Ems vehement.

»Doch. Ich reiche hiermit meine Kündigung ein.«

»Ich nehme sie nicht an.«

»Aber …«

»Miss Molly«, sagte Ems mit fester Stimme und sah unserer Empfangsdame eindringlich in die Augen. »Ganz egal, was da heute passiert ist: Sie gehören zu uns. Wir drei sind die tollen Privatdetektivinnen, die immer mal wieder im Rampenlicht stehen, weil wir außergewöhnliche Fälle lösen, aber ohne Sie sind wir gar nichts. Stellen Sie sich mal vor, Ab müsste ohne ihre geliebten Schoko-Cookies überleben. Sie wäre unausstehlich!«

»Oder stellen Sie sich vor, Isla hätte niemanden, der ihr hin und wieder den Schreibtisch aufräumt«, meldete sich Ab mit einem Augenzwinkern zu Wort, als sie in diesem Augenblick wieder zu uns in den Raum trat. »Wir würden im Chaos versinken.«

»Sie räumen meinen Schreibtisch auf?«, fragte ich fassungslos. »Aber …«

Selbst Miss Molly konnte nicht anders, als in das Kichern mit einzustimmen.

»Malcolm besorgt mir die Kopien«, sagte Ab. »Er übergibt sie mir beim Dinner.« Sie verzog genervt das Gesicht. »Da erzählt er mir auch ein paar Details über den Fall, hat er versprochen.«

Ich verkniff mir ein Schmunzeln. Miller nutzte es schamlos aus, dass Ab wieder einmal etwas von ihm brauchte, und sie tat so, als würde sie das nerven. In Wirklichkeit …

»Erde an Isla?«, riss mich Abs Stimme aus meinen romantischen Tagträumen.

»Ja?«, fragte ich verwirrt.

»Ob du deinen Journalistenfreund auch schon angerufen hast, will sie wissen«, informierte mich Ems, die mich amüsiert betrachtete.

»Du weißt doch, dass ich mit dir hier bei Miss Molly war«, erklärte ich. »Ich …«

»Ruf ihn an!«, verlangte Ab. »Und Sie, Miss Molly, gehen mit mir jede Minute des gestrigen Tages durch und sagen mir, was Sie alles getan haben.«

Seufzend ergab sich unsere Empfangsdame ihrem Schicksal, ich erhob mich und schnappte mein Telefon. Während ich Max Wilders Kontakt aufrief, dachte ich wehmütig, dass es doch besser gewesen wäre, meinen Geburtstag ahnungslos im Bett zu verbringen.

Kapitel 2

»Ich zwinkerte ihr verführerisch zu. Zumindest hoffte ich, dass es verführerisch auf sie wirkte, denn langsam war ich mir meines Charmes, von dem ich immer überzeugt gewesen war, nicht mehr so sicher.«
Maximilian Wilders trifft sich mit Isla Wright und bekommt endlich, worauf er schon lange wartet.

Es war pures Glück, dass ich genau in dem Augenblick auf mein Mobiltelefon schaute, als Isla mich anrief. Ich war nicht überrascht. Im Grunde hatte ich ihren Anruf erwartet.

»Hi, Babe«, raunte ich mit schmelzender Stimme ins Telefon.

»Du sollst mich nicht so nennen, Max. Nicht in der Öffentlichkeit.«

»Wo wir nicht sind. Also, Babe, warum rufst du an?«

»Ich muss mit dir reden. In fünf Minuten im The Old Thames Inn?«

»Woher weißt du …« … *dass ich da bin*, sollte der Satz enden, doch sie unterbrach mich.

»Ich weiß es einfach. Kommst du oder kommst du nicht?«

»Natürlich komme ich.«

»Allein«, ergänzte sie und bewies damit, dass sie im Bilde darüber war, was am Eingang ihres Büros vor sich ging.

Ich beschloss, die Gentleman-Karte auszuspielen. »Soll ich dich am Eingang abholen und vor der Meute abschirmen?«

»Damit sie uns alle nachlaufen?« Sie schnaubte. »Sei einfach im The Old Thames Inn.« Damit legte sie auf.

Ich atmete durch.

»Schlechte Neuigkeiten?«, fragte mich Andrew Summers vom *Daily Express*, der direkt neben mir stand.

»Nein«, sagte ich, dann entschied ich, seine Vorlage als Ausrede zu verwenden. »Doch. Irgendwie schon. Ich muss los.«

»Es kann nicht mehr allzu lang dauern, bis sie runterkommt. Oder eine der Detektivinnen.«

»Ich weiß, aber … es ist dringend.« Ich verzog genervt das Gesicht.

Summers fragte nicht weiter nach, sicher auch, weil plötzlich Bewegung in die Meute kam.

»Da ist wer!«, rief jemand weiter vorn, und das war das Zeichen für die anderen, sich dichter um den Eingang zu drängen. Ich seufzte. Manchmal schämte ich mich für meinen Berufsstand. Nein, *manchmal* traf es nicht annähernd. Ich schämte mich immer.

Die englische Berichterstattung konnte man nicht anders beschreiben als sensationsheischend und unseriös. Früher hatte sich die Zeitung, bei der ich arbeitete, von diesem Revolverblatt-Journalismus abgehoben, doch seit mein Chefredakteur Arthur Price nach einer achtmonatigen Haftstrafe zurückgekommen war, hatte sich alles geändert. Plötzlich fühlte er den Druck des

Aufsichtsrates, und so standen auch bei ihm die Verkaufszahlen im Vordergrund. Dazu wurden immer mehr Arbeitsplätze wegrationalisiert, weil die neue Technologie der Künstlichen Intelligenz so weit vorangeschritten war, dass sie Menschen überflüssig machte. Bereits zwei meiner Kollegen hatten ihren Arbeitsplatz verloren, und die Stimmung in der Redaktion war gedrückt. Jeder fürchtete um seine Zukunft.

Ich war beinahe froh, dass Isla nicht mehr dort arbeitete. Spätestens jetzt wäre sie unter dem Stress in der Redaktion zusammengebrochen.

Inzwischen stand ich vor dem The Old Thames Inn und überlegte, ob Isla wohl lieber im düsteren Innenbereich oder doch draußen auf der Terrasse mit Blick auf die Themse und die *Golden Hinde* sitzen wollte, da nahm ich am Eingang eine Bewegung wahr. Es war Isla. Keine Ahnung, wie sie es geschafft hatte, so schnell und vor allem unbemerkt an der Meute vorbeizukommen – vielleicht war sie auch gar nicht oben im Büro gewesen. Jedenfalls stand sie im Eingangsbereich und winkte mir hektisch zu. Meine Frage war beantwortet. Sie wollte drinnen sitzen.

»Hi, Max«, sagte sie und küsste mich zur Begrüßung auf die Wange. Als sie mich dabei mit der Brust streifte, schoss mein Blut in tiefere Regionen. Ich hatte sofort das Bild der beiden Nippelpiercings vor Augen, die sie von einem anderen Fall als »Andenken« zurückbehalten hatte, und auch wenn ihre Erinnerung daran sicher nicht besonders sexy war, konnte ich nichts gegen die Flut an Bildern unternehmen, die der Gedanke daran in mir jedes

Mal auslöste.

»Hi, Babe.«

»Du sollst mich nicht …«

»Ich weiß, Babe.« Ich zwinkerte ihr verführerisch zu. Zumindest hoffte ich, dass es verführerisch auf sie wirkte, denn langsam war ich mir meines Charmes, von dem ich immer überzeugt gewesen war, nicht mehr so sicher. Seit gut einem Jahr versuchte ich, bei Isla zu landen. Mehr als einen Kuss hatte sie mir bisher nicht zugestanden, und langsam begann ich, an mir zu zweifeln. Damals in der Redaktion war sie in mich verliebt gewesen, und ich war mir beinahe zu hundert Prozent sicher, dass sie auch jetzt noch Gefühle für mich hatte. Warum also wollte sie diese Beziehung nicht vertiefen? Klar. Sie hatte ein traumatisches Erlebnis hinter sich, aber sie ging zur Therapie und sie wusste, dass ich einer von den Guten war. Warum also wollte sie nicht den nächsten Schritt machen?

»Max!«, sagte sie warnend.

Doch ich hatte nicht vor, mich abwimmeln zu lassen. Heute war ihr Geburtstag, das hatte mir mein Kalender verraten. »Happy Birthday, Süße«, sagte ich und zog eine kleine Schachtel hervor.

Ihre Augen weiteten sich. »Für mich?«

»Ich sehe weit und breit kein anderes Geburtstagskind.« Ich grinste.

Ein Strahlen erhellte ihr Gesicht, dann öffnete sie die Geschenkpackung. Mit leuchtenden Augen zog sie die zierliche Kette heraus, die ich für sie gekauft hatte. Ein Herz baumelte daran.

»Sie ist wunderschön!« Isla drehte das Herz um, und ich wartete atemlos auf ihre Reaktion. Auf der Rückseite hatte ich unsere Namen eingravieren lassen. *Romantisch, ich weiß, und absolut verfrüht.* Wie gesagt, mehr als diesen einen Kuss hatte sie mir bisher nicht zugestanden.

Bevor sie etwas sagen oder das Geschenk womöglich ablehnen konnte, nahm ich es ihr aus der Hand, trat hinter sie und legte ihr die Kette um. »Ich weiß, es kommt plötzlich, und ich weiß auch, dass du noch ganz viel verarbeiten musst, aber, Isla, wir zwei …«

»Ich weiß«, unterbrach sie mich. Dann wandte sie sich mir zu und legte ihre Hände an meine Wangen, und dann – endlich! – küsste sie mich. Oh, ja. Zuerst war es ein zaghafter Kuss, aber ich ließ sie nicht entkommen. Sanft strich ich ihr mit der Zungenspitze über die Lippen, bis sie sie öffnete und mir Einlass gewährte, und während unsere Zungen einander umtanzten, glitt meine Hand über ihre Seite hoch zu ihrer Brust, mein Daumen strich zart über ihren Nippel, und da war der kleine Ring, den ich in meiner Fantasie wieder und immer wieder angefasst hatte. Ich stöhnte, sie löste sich aus dem Kuss und schlug meine Hand weg.

»Lass das!«, sagte sie scharf.

»Entschuldige. Ich …« Wieso hatte sie das Ding an ihrer Brust gelassen, wenn sie nicht wollte, dass ich ihren Nippel stimulierte? Oder wollte sie bloß nicht, dass *ich* es tat? Plötzlich fühlte ich mich zurückgewiesen. Ich, Max Wilders, wurde von Isla Wright verschmäht. Beinahe hätte ich gelacht über diese absurde Situation. Doch ich verkniff es mir im letzten Moment. »Entschuldige. Es hat mich übermannt. Ich mag dich, Isla. Sehr.«

Sie schien sofort wieder versöhnt. »Ich mag dich auch, Max. Danke für die wunderschöne Kette. Ich werde sie in Ehren halten. Und jetzt lass uns zur Sache kommen.«

BÄM! Eine Ohrfeige, die ihresgleichen suchte. Doch ich ließ mir nichts anmerken, sondern nickte. »Wollen wir uns setzen?«

Isla steuerte einen Tisch in der dunkelsten Ecke des Pubs an. Eine Funzel an der Wand spendete schwaches Licht, in dem man kaum die Speisekarte entziffern konnte. Genau richtig für ein konspiratives Treffen – oder ein romantisches Stelldichein, wobei ich vermutete, dass Isla nicht der Sinn nach Letzterem stand.

Ich sollte recht behalten. Kaum hatten wir Platz genommen und unsere Bestellung aufgegeben, faltete Isla die Hände auf der Tischplatte und starrte mich eindringlich an. »Warum belagert ihr uns?«

»Weißt du das nicht?«, fragte ich zurück. Ihre Empfangsdame war unseren Informationen nach schon vernommen worden. Hatte sie ihren Vorgesetzten nicht erzählt, was passiert war? Ich witterte bereits eine neue Story, da schüttelte sie den Kopf.

»Natürlich hat uns Miss Molly alles erzählt, aber die Frage ist, wie ihr schon davon erfahren habt.«

»Du weißt, dass ich meine Informanten nicht preisgeben darf«, gab ich zurück. Sie kannte den Journalisten-Kodex. Warum also fragte sie?

»Ich habe dich nicht darum gebeten, dass du deine

Informanten preisgibst. Ich frage, warum ihr das schon wusstet. Miss Molly ist direkt von der Vernehmung ins Büro gefahren. Kaum ist sie oben, lungert auf der Straße die Meute herum.«

Ich zuckte mit den Schultern.

Isla wechselte die Taktik. »Was weißt du noch?«

»Worauf genau willst du hinaus?«

»Max! Raus mit der Sprache!«

Ich atmete durch. »Dann mach dich auf eine längere Geschichte gefasst.«

»Ich habe Zeit.«

Genau das war es, was ich von ihr wollte. Zeit. Und so legte ich los. Dabei fixierte ich sie zuerst nur mit meinem Blick, dann legte ich erst eine Hand, dann die andere auf ihre, schließlich begann ich sie zu streicheln, als wäre ich in Gedanken. Sie zog ihre Hände nicht zurück.

Kapitel 3

»Der Mörder ist jemand, der weiß,
wie man einen sinnvollen Text formuliert.«
Isla Wright spricht über Bücher und
Zeitungsartikel und schließt einen Deal ab.

»Ich habe Zeit«, sagte ich, und da begann er zu erzählen.

»Ich habe einen Tipp von … jemandem innerhalb der Polizei bekommen.« Er sah mich bestätigungsheischend an. Es wirkte beinahe, als erwartete er von mir, dass ich ihm den Kopf tätschelte und ein Leckerli hinhielt. Ich beschränkte mich auf ein Nicken.

»Die Tote heißt Frances Butt und ist die Ehefrau des Ex von eurer Empfangsdame.«

»Wie ist sie gestorben?«

»Sie wurde erwürgt. Und das Besondere daran ist …«, er beugte sich vor, und ich hielt intuitiv den Atem an, »auf ihrem toten Körper lag ein Zeitungsbericht über die Tat.«

Wie zufällig legte er zuerst eine und dann die andere Hand auf meine. Ich tat so, als würde ich es nicht bemerken, genau wie das Streicheln seines Fingers über meinen Handrücken, und runzelte die Stirn. »Der Mörder hat also zuerst einen Artikel in der Zeitung veröffentlicht und dann die Tat begangen?«

»Nicht veröffentlicht. Auf der Leiche lag der Computerausdruck eines Textdokuments. Ein Zeitungsbericht über die Tat – natürlich ohne die Nennung von Namen, leider fehlte auch der des Mörders. Als wolle der Mörder uns Journalisten die Arbeit abnehmen.«

»Warum sollte er das tun?«

Er zuckte mit den Schultern. »Keine Ahnung. Er … Mein Informant hat mir ein Foto des Berichts geschickt. Willst du es sehen?«

Natürlich wollte ich. »Lass sehen.«

Max kramte mit einer Hand in seiner Jackentasche nach seinem Mobiltelefon, wischte auf dem Display herum und hielt es mir hin. »Da.«

Ich nahm das Telefon entgegen, befreite dabei unauffällig meine Hände aus seinen und vergrößerte das Bild. Gespannt las ich den Artikel, der gleichzeitig eine Nachricht des Mörders darstellte.

Rätselhafter Mord in Kensington: Mrs Frances Butt tot aufgefunden

Polizei steht vor einem mysteriösen Fall ohne klares Motiv oder Hinweise auf den Täter

Kensington ist in Aufruhr nach dem grausamen Mord an Frances Butt, der persönlichen Assistentin des angesehenen Thrillerautors Aryan E. Lamb. Die Ermittler stehen vor einem Rätsel, da es sich nicht um einen Raubüberfall handelte und keine offensichtlichen Spuren auf den Täter hindeuten.

In den frühen Morgenstunden des 31. Januar 2023 entdeckte

man den leblosen Körper von Frances Butt, der persönlichen Assistentin des Thrillerautors Aryan E. Lamb, in ihrer Wohnung. Der grausame Mord versetzt die Bewohner von Kensington in Angst und Schrecken, denn bisher gibt es keinerlei Anhaltspunkte für ein Motiv oder Hinweise auf den Täter.

Frances Butt, Mutter von zwei Söhnen und stolze Großmutter eines Mädchens, hatte nach jahrelanger Trauer um ihren ersten Ehemann erst kürzlich erneut den Bund der Ehe geschlossen. Ihr Ehemann befand sich zum Tatzeitpunkt außer Haus und konnte ein glaubwürdiges Alibi vorweisen.

Bisher sind keine klaren Hinweise auf das Motiv des Täters vorhanden. Die Tatsache, dass es sich nicht um einen Raubüberfall handelte und nichts aus der Wohnung entwendet wurde, verstärkt das Rätsel um diesen tragischen Vorfall. Die Ermittler arbeiten unter Hochdruck daran, die letzten Stunden von Frances Butts Leben zu rekonstruieren und mögliche Verdächtige zu identifizieren.

Aryan E. Lamb, der bekannte Autor, für den Frances Butt als persönliche Assistentin arbeitete, äußerte sich bestürzt über den Verlust seiner langjährigen Mitarbeiterin und Freundin. Er betonte die wichtige Rolle, die sie in seinem beruflichen Leben spielte, und erklärte, dass ihr Tod eine unersetzliche Lücke hinterlassen werde.

Wir werden weiterhin über den Fall berichten, während die Ermittlungen voranschreiten.

Ich lehnte mich zurück. »Der Artikel ist alles andere als perfekt. Lauter Wiederholungen, alles doppelt gemoppelt, viel zu offensichtlich reißerisch. Aber wer auch immer das geschrieben hat, macht das nicht zum ersten Mal.«

Max brummte zustimmend.

Ich überlegte. »Denkst du, dass der Mörder ein Journalist ist?«

»Dafür ist der Artikel doch viel zu übertrieben«, sagte Max.

»Der Autor?«

»Den hatte ich auch in Verdacht«, erwiderte Max, »aber mein Informant sagt, dass sich Lamb gerade auf den Seychellen befindet. Er wurde telefonisch kontaktiert und ist geschockt über das, was passiert ist.«

»Vielleicht ist er gar nicht auf den Seychellen?«

Max schüttelte den Kopf. »Sie haben seinen Handystandort geortet. Er ist dort. Aber keine Angst, Scotland Yard arbeitet mit der Polizei vor Ort zusammen. Man wird sicherlich herausfinden, ob er auch zur Tatzeit dort war.«

Ich nickte. Dieser Autor gab mir zu denken. Gedankenverloren zog ich mein Mobiltelefon aus der Tasche und gab seinen Namen in die Suchmaschine ein. Und da hatte ich plötzlich vor Augen, warum mir der Name so bekannt vorkam. »Ich lese gerade ein Buch von ihm.«

»Von Lamb?«

»Ja. Es heißt *Der Schattenjäger*, und ich liebe es. Richtig spannend.«

»Du liest Thriller?«

Ich zuckte mit den Schultern. »Darf ich nicht?«

»Doch. Klar. Ich hätte dich nur als, na ja, Romance-Leserin eingestuft. Ich weiß auch nicht, warum.«

Ich zwinkerte ihm zu. »Romance lese ich auch. Zufrieden? Aber eben auch Thriller. Und dieser Lamb hat es echt drauf. In *Der Schattenjäger* geht es um einen Serienmörder, und das Buch spielt auch in London. Ziemlich verrückte Geschichte. Eine …« Plötzlich erinnerte ich mich wieder an den Grund meines Treffens mit Max. »Sorry. Wenn das Gespräch auf Bücher kommt, bin ich abgelenkt. Also, der Autor hat ein Alibi. Was ist mit dem Ex der Toten?«

Max schüttelte den Kopf. »Tot. Sie war Witwe.«

»Oh. Andere Verdächtige?«

»Außer eurer Empfangsdame niemand. Sie hat wohl irgendwelche Briefe an die Tote geschrieben … ziemlich ausfällig, mit versteckten Drohungen. Frances Butt hat sie alle aufbewahrt und wollte damit zur Polizei gehen, aber der Mörder – oder die Mörderin – ist ihr zuvorgekommen.«

Ich dachte nach. »Du hast gesagt, Frances Butt wurde erwürgt?«

Er nickte.

»Kennst du Miss Molly?«

Wieder nickte er.

»Kannst du dir vorstellen, dass sie einen anderen Menschen erwürgt?«

Max hob die Schultern. »Eigentlich nicht. Das ist wohl auch der Grund dafür, dass sie sie haben laufen lassen, statt sie in Untersuchungshaft zu stecken. Aber bisher ist sie die einzige greifbare Verdächtige. Und vielleicht hatte sie ja Hilfe?«

»Miss Molly ist keine Mörderin«, widersprach ich entrüstet. »Sie kann nicht einmal einer Fliege was zuleide tun. Ganz bestimmt keinem Menschen.«

»Nun, die Briefe sind ziemlich eindeutig, wenn ich meinem Informanten glauben darf.«

»Hast du Zugriff darauf?« Ich wusste zwar, dass Malcolm Miller uns Kopien der Briefe besorgen würde, aber vielleicht ging es über Max schneller.

Doch er zerstörte meine Hoffnung sofort. »Leider nein. Die hat die Polizei beschlagnahmt, aber mein Informant hat mir versprochen, dass …«

»Ich denke, da ist unser Informant schneller. Ab hat Miller an der Angel.« Natürlich kannte Max Miller, so wie er auch den Senior-Staatsanwalt Zayn Montgomery kannte, der bei uns – oder vielmehr bei Ems – ein und aus ging.

»Kannst du sie mir zukommen lassen, wenn ihr sie habt? Du weißt schon: Eine Hand wäscht die andere.« Max sah mich fordernd an.

Ich seufzte. »Klar. Ich leite sie dir weiter.«

»Danke.« Er lehnte sich zurück. »Schlag mich tot, aber ich habe das Gefühl, dass das hier erst der Anfang ist.«

Ich schlug ihn nicht tot, denn sosehr ich mich auch dagegen wehrte, ich hatte dieselbe unbestimmte Befürchtung.

Kapitel 4

»Ja, das war wieder einmal ein vertrackter Fall, der vor uns lag. Aber ich war mir sicher, dass wir ihn lösen würden.«
Isla Wright steckt ihre Nase in fremde Post
und hat einen Geistesblitz.

»Ich hasse diese Maulwürfe«, grummelte Ab, als ich meinen beiden Freundinnen und der angespannt lauschenden Miss Molly wenig später den Inhalt meines Gesprächs mit Max wiedergab. »Sie sind wie Ungeziefer. Kaum hat man einen davon gestellt, kriecht der nächste aus seinem Loch.«

Ich zuckte mit den Schultern und fand, dass sie sich nicht so anstellen sollte. Dass ihr angebeteter Malcolm Miller uns im Handumdrehen die Kopien der Briefe schicken wollte, war im Grunde nichts anderes als das, was Max' Informant getan hatte: Er gab Ermittlungsergebnisse weiter, die nicht für die Öffentlichkeit gedacht waren. Daher sagte ich: »Egal, wie wir an die Infos gekommen sind, sie helfen uns weiter. Das ist es, was zählt. Und ich finde, wir sollten diesen Thrillerautor genauer beleuchten. Auch wenn er ein hieb- und stichfestes Alibi hat, wenn man den Worten dieses Informanten glauben kann.«

»Finde ich auch«, mischte sich Ems ins Gespräch ein. »Wie du sagst: Wer auch immer diesen Artikel verfasst hat, kann mit Worten umgehen. Das sollte für einen gefeierten Thrillerautor die leichteste Übung sein. Abgesehen davon hat Frances Butt für ihn gearbeitet und vermutlich mehr Zeit mit ihm verbracht als mit ihrem Ehemann. Wir sollten sein Alibi auf jeden Fall noch einmal über unsere Wege überprüfen.«

Ich nickte. »Ich werde mal herausfinden, in welchem Hotel er auf den Seychellen abgestiegen ist. Da gibt es doch sicher Videoüberwachung, und wenn er an dem Tag wirklich dort war, sollte er auf einem der Bänder zu sehen sein.«

Ems nickte mir anerkennend zu, dann verzog sie ihr Gesicht. »Er könnte natürlich auch mit jemandem zusammengearbeitet haben. Dann hat er sich auf die Seychellen verkrochen, sich damit ein Alibi verschafft, und der Mörder verübt die Tat in seiner Abwesenheit. Das würde die Angelegenheit um einiges erschweren.«

»Dann hoffen wir einfach, dass das nicht der Fall ist«, meinte Ab. In dem Moment gab ihr Computer den Signalton von sich, der das Eintreffen einer Mail ankündigte. Sie stand auf, ging zu ihrem Schreibtisch und warf einen Blick auf den Bildschirm. Ein zufriedener Ausdruck huschte über ihr Gesicht. »Auf Malcolm ist einfach Verlass.«

»Die Briefe?«, vermutete ich.

»Jep.« Der Drucker kam in die Gänge und warf kurz darauf ein paar Blätter aus, die Ab holte und auf das Tischchen vor dem Sofa legte. »Die Briefe.«

Das Erste, was mich erstaunte, war, dass Miss Molly die

Briefe mit dem Computer geschrieben hatte. In meinem Kopf war immer noch die Vorstellung, dass man persönliche Briefe von Hand schrieb, auch wenn ich selbst größte Schwierigkeiten mit handschriftlichen Texten hatte. Da lagen nun an die zehn Ausdrucke vor uns, die mit unterschiedlich viel Text gefüllt waren. Als ich erkannte, dass alle mit »Mary Ainsworth« unterzeichnet waren, stutzte ich kurz, dann erst stellte ich die Verbindung her. Molly war die Koseform von Mary und Ainsworth ihr Nachname.

»So viele Briefe habe ich aber nicht geschrieben«, meldete sich Miss Molly verwirrt zu Wort. »Nur vier oder höchstens fünf. Nicht …«, sie zählte die Blätter auf dem Tischchen, »elf.«

Wir sahen einander an. Alle Briefe trugen eindeutig ihre Unterschrift, aber natürlich konnte man eine Unterschrift einscannen und in ein beliebiges Dokument einsetzen.

»Welche davon stammen denn von Ihnen?«, erkundigte sich Ems sanft.

Miss Molly zog die Blätter zu sich heran. Sie warf einen Blick auf den ersten Brief und schob ihn zur Seite. »Der hier ist von mir und … der hier auch. Der nicht, der auch nicht, der … nein …«

Bald hatte sie vier Blätter vor sich liegen, der Stapel mit den »falschen« Briefen war eindeutig der größere, und – was uns auffiel – bei diesen Briefen handelte es sich um diejenigen mit mehr Text.

Auch wenn es sich falsch anfühlte, die Nase in fremde Post zu stecken, zog ich einen Brief von Miss Mollys

Stapel und las, was sie ihrer Konkurrentin geschrieben hatte.

An die Frau, die meinen Mann gestohlen hat!

Keine Ahnung, ob du gewusst hast, dass mein Mann nicht frei ist. Ich gehe vom Guten im Menschen aus und behaupte mal, du hast es nicht gewusst. Aber irgendwann muss es dir klar gewesen sein. Dann nämlich, wenn du in seinem Auto mitgefahren bist, in dem am Spiegel ein Bild von mir hängt. Oder wenn du in der Seitentür seines Wagens meine Häkelzeitschriften gefunden hast – immer die aktuellste Ausgabe. Oder wenn meine Nachrichten an ihn auf seinem Handy aufgeblinkt sind. Hast du gelacht, als du gesehen hast, wie seine alte, dumme Ehefrau ihm Herzchen geschickt hat? War es dir egal, dass er nach dem Besuch bei dir zu seiner alten Frau heimgekehrt ist? War es dir egal, dass du eine glückliche Ehe zerstörst? Weißt du, ich wünsche dir, dass du dasselbe Schicksal erleidest. Du sollst dich in ihn verlieben – denn nein, ich glaube nicht, dass du ihn liebst –, sollst dein ganzes Denken, Fühlen, Sein auf ihn ausrichten, sollst annehmen, dass ihr glücklich seid, dass eure Beziehung einzigartig ist, und dann soll eine Jüngere kommen und ihn dir wegschnappen. Das wünsche ich dir. Von ganzem Herzen.

Mary Ainsworth

Eine zutiefst verletzte Frau sprach aus diesem Brief.

Nachdenklich zog ich den anderen heran, den Molly als nicht von ihr identifiziert hatte. Er begann beinahe gleich:

An die Frau, die meinen Partner für sich gewonnen hat!

Ich möchte diese Zeilen nutzen, um meine Gefühle und meine Erwartungen in Bezug auf deine Handlungen zum Ausdruck zu bringen. Es besteht kein Zweifel daran, dass du von Anfang an wusstest, dass mein Partner bereits in einer festen Beziehung war. Dennoch hast du dich entschieden, ihn weiterhin für dich zu beanspruchen, ohne Rücksicht auf die Konsequenzen.

Es ist bemerkenswert, wie geschickt du all die Zeichen unserer Verbundenheit ignoriert hast. Das Bild von mir am Spiegel seines Autos, das du sicherlich gesehen hast. Die aktuellen Häkelzeitschriften in der Seitentür, die dich immer wieder daran erinnerten, dass du in eine bestehende Beziehung eingedrungen bist. Und nicht zuletzt die Nachrichten auf seinem Mobiltelefon, in denen ich unsere Liebe mit ganzer Hingabe zum Ausdruck brachte. Du hast dich darüber amüsiert, nicht wahr? Du hast dich über mein Herzblut lustig gemacht, das ich in diese Beziehung investiert habe.

Lass mich dir eines sagen: Ich werde nicht tatenlos zusehen, wie du unsere glückliche Ehe weiterhin zerstörst. Ich werde nicht zulassen, dass du ohne Konsequenzen davonkommst. Du magst denken, dass du etwas Einzigartiges mit ihm teilst, dass eure Verbindung unzerbrechlich ist. Aber sei gewarnt, dass das Leben unvorhersehbar ist und das Glück flüchtig. Was du mir angetan hast, wird eines Tages auch dir widerfahren, und dann wirst du vielleicht endlich lernen, dass es Konsequenzen für deine Handlungen gibt. Du wirst verstehen, wie schmerzhaft es ist, jemanden zu verlieren, den man liebt, und wie es ist, mit gebrochenem Vertrauen zu kämpfen.

Denke gut über deine nächsten Schritte nach und bedenke die Folgen. Ich kann nicht garantieren, dass ich deine Handlungen weiterhin ignoriere. Es liegt an dir, deine eigenen Entscheidungen zu treffen und die Konsequenzen zu tragen.

Mit eindringlichen Grüßen,

Mary Ainsworth

»Hm«, machte ich.

»Hm, und weiter?«, wollte Ab wissen, die mich beim Lesen ebenso gespannt beobachtet hatte wie Ems und Miss Molly.

»Hm. Das klingt nicht wie Miss Molly. Und ich brauche keine Profilerin zu sein, um das herauszukriegen. Das klingt eher wie … Wartet mal.« Diesmal war ich es, die zum Computer stürzte. Mit Miss Mollys echtem Brief in der Hand öffnete ich den Internetbrowser und gab die Zeilen in das Chatfenster einer Künstlichen Intelligenz ein. Dann ließ ich den Befehl »Schreib einen Brief mit ähnlichem Inhalt, aber mit leicht drohendem Unterton« folgen und wartete ab. Und tatsächlich, die Variante, die die Künstliche Intelligenz ausspuckte, kam derjenigen, die ich in der Hand hielt, verblüffend nahe. »Ich glaube, der zweite Brief wurde von einer KI geschrieben.«

»Von einer Künstlichen Intelligenz?«, fragte Ab.

Ich nickte. »Ja. Stilistisch perfekt, grammatikalisch auch. Aber irgendwie fehlt die Seele dahinter, versteht ihr, was ich meine?«

Ab schnappte sich das Blatt und ließ die Augen über die Zeilen fliegen, dann nickte sie. »Genau wie du sagst.

Aber warum sollte jemand so etwas tun?«

»Um Miss Molly verdächtig zu machen?«

Ab kniff die Augen zusammen und dachte nach. »Dann müsste dieser Jemand sich in ihrem Umfeld bewegen und den Mord verübt haben, um sie in Schwierigkeiten zu bringen. Fällt Ihnen jemand ein, der so etwas tun würde, Miss Molly?«

Sie schluckte, dann senkte sie den Blick. »Der einzige Mensch, der mich so sehr würde verletzen wollen, ist Albert. Aber wieso sollte er seine geliebte Fanny töten, um mir zu schaden?«

»Zudem hat er ein Alibi«, erinnerte uns Ems.

»Sieht nach einem ziemlich vertrackten Fall aus«, meinte ich nachdenklich.

Ab grinste. »Also genau das Richtige für uns.«

Und damit war es beschlossene Sache, dass wir Miss Mollys Fall übernehmen würden.

Kapitel 5

»›Papperlapapp. Bereit …‹ Das Teufelchen kicherte leise. ›Wann wirst du jemals bereit sein? Oh!‹ Es verstummte, dann kicherte es noch einmal. ›Hörst du es auch?‹«
Isla Wright denkt über Geburtstage nach und hört ihre biologische Uhr ticken.

Um neun Uhr abends war ich endlich wieder zu Hause. Desillusioniert.

Es war gar nicht so lang her, da hatte mich Ems mit dem Versprechen, dass sie im Bill's etwas für mich zum Geburtstag vorbereitet hatten, aus dem Bett gescheucht. Ich hatte weder das Bill's von innen gesehen, noch war mein Geburtstag mit einem Wort erwähnt worden. Genau genommen hatten mir alle beide nicht einmal gratuliert.

Klar, was passiert war, hatte alles in den Schatten gestellt, auch meinen Geburtstag. Trotzdem. Man wurde nur einmal im Leben dreiunddreißig.

Ich ließ mich aufs Bett fallen. Hagrid sprang sofort auf meinen Schoß und rollte sich zurecht. Kaum lag er, begann er zu schnurren. Gedankenverloren strich ich über sein Fell.

Ich war dreiunddreißig und hatte in meinem Leben irgendwie noch nichts auf die Reihe gekriegt. Den Job bei der Zeitung, für den ich studiert hatte, hatte ich aufgrund einer Schreibblockade an den Nagel hängen müssen; den Job, den ich gerade ausübte, hatte ich nur aufgrund des Mitleids meiner Freundinnen. Ich hatte keinen Mann, keine Familie …

Deine Schuld, flüsterte mir das Teufelchen auf meiner Schulter ins Ohr. *Deine Mum hat schon mehrmals angeboten, dich mit einem netten Mann bekannt zu machen.*

»Ja, mit Mister Lame«, knurrte ich gegen das Teufelchen an. »Der so bigott ist, dass es schon sektenverdächtig ist, und der im Alter von fünfunddreißig Jahren immer noch in seinem alten Kinderzimmer bei Mummy zu Hause wohnt. Was soll ich mit ihm?«

Es gäbe nicht nur den, flüsterte das Teufelchen. *Was ist mit Max?*

Die Erinnerung an den Kuss heute Nachmittag wurde in mir angeknipst – in Farbe und 3D. Ich konnte förmlich riechen, wie Max gerochen hatte, und schmecken, wie er geschmeckt hatte, aber …

Trotzdem nichts für die wählerische Isla? Haben wir da schwache Tendenzen zu Fluchtverhalten?

»Haben wir nicht. Ich bin einfach noch nicht bereit!«, wehrte ich mich.

Papperlapapp. Bereit … Das Teufelchen kicherte leise. *Wann wirst du jemals bereit sein? Oh!* Es verstummte, dann kicherte es noch einmal. *Hörst du es auch?*

»Was?« Ich horchte. Da war nichts. »Was soll ich hören?«

Hör genau hin. Und puff! Schon hatte sich der kleine Schelm in Luft aufgelöst.

Ich schnaubte. Gut so. Er sollte verschwinden. Ging ihn ja wohl nichts an, was ich mit meinem Leben anfing.

Ewig Single und mit Lust und so …

Und da hörte ich es. Ganz leise. Ein Ticken wie von einer Taschenuhr.

Ich schüttelte den Kopf. Nein, das konnte nicht sein.

Doch es war da. Ein ganz schwaches Ticken, kaum hörbar. Es kroch durch meine Hirnwindungen und ließ sich nicht ausblenden. Tick. Tick. Tick. Leise und durchdringend.

»Was ist das?«, fragte ich irritiert.

Ein fernes Kichern antwortete mir. *Deine biologische Uhr, Isla. Deine biologische Uhr. Noch tickt sie leise, aber das wird nicht so bleiben. Tick. Tick. Tick.* Ein Kichern, das allmählich verhallte.

Ich war beinahe froh, als mich der schrille Klingelton meines Mobiltelefons aus meinem Albtraum riss.

»Ja?«

»Lust auf ein *Trainbombing?*«

»Gonzales, du rettest meinen Tag.«

»So schlimm?«

»Schlimmer. Wo?«

»London Bridge.«

Fabelhaft. Genau in der Nähe meines Arbeitsplatzes. »Was ist der Plan?«

Er kicherte. »Wenn wir die Leute zusammenkriegen, ein *Married-Couple*. Sonst nur ein *Wholecar*.« Er wollte einen Zugwaggon vollständig besprühen, wenn möglich sogar zwei davon.

»Geil«, sagte ich. »Schickst du den Entwurf?«

»Kommt gleich per Message. Dein Teil ist rot eingekreist. Du brauchst viel Weiß.«

»Hab ich. Wann?«

»Zwanzig nach Mitternacht, Treffpunkt beim Bill's in der Clink Street. Kennst du das?«

»Wie meine Westentasche.«

»Perfekt. Dort wartet Wax auf dich. Der erklärt dir einen Schleichweg zum Abstellgleis. Alles klar?«

»Kann's kaum erwarten.«

»Dann bis bald.«

Als Gonzales das Gespräch beendete, stieß ich einen kleinen Jubelschrei aus, der dafür sorgte, dass Hagrid wieder unter den Stuhl schoss. »Jep! Wenigstens ein Geburtstagsgeschenk«, sagte ich fröhlich. Und dann begann ich, meine Kannen zusammenzusuchen.

Zum verabredeten Zeitpunkt stand ich wieder in der Clink Street, wo im obersten Stockwerk des Bürogebäudes, in dem sich unsere Detektei befand, heute Miss Molly übernachtete. Ems hatte zwar versucht, für unsere Empfangsdame ein Zimmer im Premier Inn zu bekommen, aber Miss Molly fürchtete sich davor, in die Gasse zu treten und sich den Journalisten mit ihren eindringlichen Fragen zu stellen.

Peinlich berührt dachte ich daran, dass ich bis vor nicht allzu langer Zeit selbst zu dieser Meute gehört hatte. Auch ich hatte Menschen belagert, auf Biegen und Brechen versucht, ein Bild von ihnen zu ergattern, war ihnen an die unmöglichsten Orte gefolgt. Mit Grauen erinnerte ich mich an eine Kommunalpolitikerin, die wegen Bestechung ins Gerede gekommen war und der ich auf die Toilette einer Tankstelle gefolgt war, um sie dort mit meinen Fragen zu bombardieren. Ich hatte meine Antworten bekommen und Applaus in der Redaktion, weil ich sichergestellt hatte, dass wir die Ersten waren, die über den Skandal berichteten, in den sie verwickelt war, aber bereits damals hatte ich mich geschämt.

Nun konnte ich diese Maschinerie aus einem anderen Blickwinkel betrachten, und es kotzte mich an, dass ich einmal dazugehört hatte.

Jetzt, um Mitternacht, war die Clink Street ruhig. Nur vereinzelte Nachtschwärmer waren unterwegs. Das Bill's hatte bereits seit elf geschlossen. Ich schien die Erste zu sein, also setzte ich mich auf einen der Stühle, die Bill mit einer Kette gesichert hatte, und wartete.

»Isla?«

Ich wandte mich der Stimme zu, die mich aus der Dunkelheit ansprach. »Ja?«

»Komm mit!«

Ich grinste über die konspirative Art, ließ mir von dem Kerl, bei dem es sich um Wax handeln musste, einen Zettel mit einem Plan geben, der mich zu dem Einstieg führen würde, und machte mich auf Richtung Southwark Cathedral.

»Pass beim ersten Abschnitt auf den Gleisen auf, dass dich kein Zug erwischt«, raunte er mir hinterher.

Na super. Wenn ich Glück hatte, würde ich an meinem dreiunddreißigsten Geburtstag von einem Zug zermatscht werden. Und das nur, weil ich zusammen mit ein paar weiteren Verrückten einen Zug »beschmieren« wollte, wie Ab das ganz sicher genannt hätte.

Ich ging die Cathedral Street entlang, bog kurz vor der Unterführung, unter der sich der Bourough Market befand, in den Green Dragon Court ein und kletterte am oberen Ende der Treppe eine Hängeleiter empor. Oben stand ich direkt auf den Gleisen. Super! Ich huschte so schnell ich konnte durch die Dunkelheit und war erleichtert, als sich die Gleise teilten und ich weit entfernt den Zug, um den hektische Lichter flackerten, auf dem Abstellgleis sah. Ans Werk!

Gonzales mit seinem *Man-Bun* erkannte ich sofort. Er tanzte barfuß über den kalten Boden, der Spinner. Verdammt, es war immerhin Anfang Februar. Aber so war er. Tagsüber ein biederer Lehrer an einer Privatschule, nachts der verrückte Sprayerkönig.

»Hey, *Toy*«, rief er mir zur Begrüßung zu.

Ich streckte ihm die Zunge raus. Klar, er war der *King of the Town*, aber ich war schon lange kein *Toy* mehr. Eines meiner Werke hatte den Eingangsbereich der Tate Modern geschmückt, verdammt!

Er grinste nur. »Da drüben hab ich dir ein Fleckchen freigehalten. Mach mir keine Schande!«

Ich ging zu dem mir zugewiesenen Platz und zog eine weiße Farbdose aus meinem Rucksack. Um mich herum ertönte das Klickern und Zischen der Kannen, und wie immer legte sich eine Art nervöse Ruhe über mich. Ruhe deshalb, weil mich das Sprayen entspannte wie nichts, nervös deshalb, weil die Sprayer ungewöhnlich laut waren.

Verführte sie die Weitläufigkeit des Geländes dazu? Oder waren einfach ein paar unvorsichtige Exemplare zusammengekommen? Ich wusste es nicht, aber ich war nicht überrascht, als nach etwa zwanzig Minuten – das Endbild war schon erkennbar – der Pfiff eines *Watchman* ertönte.

Bobs im Anmarsch. *Shit!*

Ich raffte meine Dosen zusammen, rammte sie in meinen Rucksack und zog ihn notdürftig zu, dann rannte ich, und zwar in die Richtung, aus der ich gekommen war.

Aus der genau in diesem Augenblick ein Zug kam. *Shit!* Ich versuchte, abzuschätzen, auf welchem der beiden Gleise er auf mich zufuhr. Ich wusste, dass an der Stelle, an der ich auf die Gleise geklettert war, kein Platz zum Ausweichen war, und wenn mir auf dem anderen Gleis ein Zug entgegenkäme, wäre ich geliefert. Daher drehte ich mich um und rannte zurück. Da vorn war die London-Bridge-Station. Dort würde es eine Möglichkeit geben, mich unter die Menschen zu mischen.

Ich rannte und rannte … den Polizisten geradewegs in die Arme.

»*Fuck!* Verdammter Scheiß! Lassen Sie mich los! Verdammt!« Ja, ich fluchte wie ein Kesselflicker, doch es hatte keinen Zweck. Der Beamte hielt mich in festem Griff, und ich hatte keine Chance, ihm zu entkommen.

Wenig später saß ich im Einsatzwagen neben einer anderen Sprayerin. Eine blonde Teenagerin, die ich nur vom Sehen kannte, die jedoch eine von den Lauten gewesen war. Wegen ihr saß ich nun hier …

»Ein Anruf steht euch zu, Mädels«, sagte der Beamte mit dem Stahlklammergriff, als wir in der Polizeistation waren.

»Meine Mum schläft schon«, maulte die plötzlich nicht mehr so laute Blonde. »Nachts schaltet sie das Telefon aus.«

»Dann wirst du die Nacht hier verbringen müssen.« Ohne Mitgefühl wandte sich der Polizist mir zu. »Bei Ihnen müssen wir wohl nicht darauf warten, dass Ihre Mum wieder aufwacht, Miss. Aber wir halten Sie trotzdem fest, bis jemand eine Kaution für Sie bezahlt. Langsam reicht es mir mit Ihnen.«

»Sie haben doch kein Recht dazu, eine Kaution für mich zu verlangen, oder? Kann das nicht nur der Staatsanwalt?«

»Willkommen im Vereinigten Königreich«, sagte der Polizist. »Bei Wiederholungstätern darf hier sogar die Polizei eine Kaution verlangen. Also rufen Sie mal schön Ihre Mutter an, und dann bitten wir die zur Kasse.«

»Nein.« Meine Mum war in Kent und würde allerhöchstens einen Schreikrampf bekommen, wenn ich sie wegen so einer Sache anrufen würde. Nach dem Schreikrampf wären ihre ersten Worte: »Das macht London aus dir. Wärst du in Kent geblieben, vielleicht in der Redaktion unserer Stadtzeitung, dann wärst du schon längst verheiratet, und ich hätte Enkelkinder.«

Würg.

»Bitte?« Der Beamte sah mich streng an.

Hatte ich das laut gesagt? »Ich weiß, wen ich anrufe«, sagte ich.

»Das Telefon ist dort drüben an der Wand.«

Ich stand auf, ging zum Telefon und tippte schweren Herzens die Nummer von Ems ein. Es war halb zwei, und sie würde natürlich auch schlafen. Und sie würde sich maßlos über meine Unvernunft ärgern …

Es klingelte. Und klingelte. Und …

»Isla?« Ems' Stimme klang gar nicht verschlafen, im Gegenteil, und hörte ich im Hintergrund Musik? Ich konnte mir ein Grinsen nicht verkneifen. Klar. Das war Musik! Die psychedelische Musik, auf die Ems so stand. Vermutlich tanzte sie sich gerade in ihrem Lieblingsclub in Soho den Frust aus dem Leib.

»Ems?«

»Ist was passiert?«

»Ähm … muss was passiert sein, wenn ich dich anrufe?«

Sie lachte. »Wenn es um diese Zeit ist, ja.« Ems mit ihrer unbestechlichen Logik.

»Okay.«

»Okay was?«

»Es ist was passiert.«

Ein Stöhnen war die Antwort. Dann: »Wo soll ich hinkommen?«

»City of London Police.«

»Was hast du angestellt?«

»*Trainbombing.*«

Ich wartete auf die Gardinenpredigt, doch Ems überraschte mich: »Ist es wenigstens schön geworden?«

»Wunderschön. Nur nicht fertig.«

»Dann sollte ich dafür sorgen, dass du rauskommst und es fertigstellen kannst, nicht wahr?«

Ein Stein fiel mir vom Herzen. »Weißt du, dass ich dich lieb habe?«

»Ich bin in einer halben Stunde bei dir. Bis dahin musst du Kerkerluft schnuppern.«

»Danke.«

Dann legte sie auf.

»Haben Sie die Person erreicht?«, fragte mich der Beamte.

Ich nickte. Und anschließend wartete ich darauf, dass Ems zu meiner Befreiung kam.

Kapitel 6

»Wollte sie mir damit sagen, dass sie mich zu den bösen Menschen zählte? Ich wusste, dass Ab manchmal ihre Schwierigkeiten mit meinem chaotischen Wesen hatte, aber dass sie mich nicht ausstehen konnte, hatte ich nicht geahnt.«
Isla Wright surft im Netz, stolpert über einen Online-Artikel und über Abs Laune und muss mit Kaffee besänftigt werden.

Erst um vier Uhr morgens hatte Ems alle Formalitäten erledigt und mich gegen Kaution freigeboxt. Dann bestellte sie mir auch noch ein Uber, das mich nach Hause bringen sollte.

»Sieh es als Geburtstagsgeschenk«, sagte sie. »Und übrigens: Tut mir leid, dass das mit der Überraschung nichts geworden ist. Das holen wir nach. Alles, alles Gute, auch wenn es einen Tag zu spät ist.« Sie umarmte mich, und mir traten die Tränen in die Augen.

Zu Hause fiel ich samt Kleidern ins Bett, um gleich danach von meinem Wecker aus dem Schlaf gerissen zu werden. Die morgendliche Joggingrunde, auf der Ab bestand, schwänzte ich. Aber ich war pünktlich um neun in der Detektei und saß schon über meiner Recherche, als meine beiden Freundinnen das Büro betraten. Ems natürlich frisch und munter, als hätte sie die ganze Nacht über tief und fest geschlafen.

Ab warf mir einen beleidigten Blick zu und setzte sich an ihren Schreibtisch. Okay, das war also einer dieser Tage. Ich surfte weiter im Internet. Es dauerte nicht lang, und ich hatte das Hotel ausfindig gemacht, in dem Aryan E. Lamb abgestiegen war. Hotel Cliff Hanger – was für ein passender Name für ein Hotel, in dem ein Thrillerautor Urlaub machte. Die Suche nach Überwachungskameras stellte sich jedoch als schwieriger heraus.

In dem Moment, als ich endlich einen Hinweis auf den Überwachungskameras fand, riss mich Abs Stimme aus der Arbeit. »Täusche ich mich, oder hat dein Lover den Artikel, den der Mörder hinterlassen hat, eins zu eins übernommen?«

»Was?«

»Na, dein Lover hat den Artikel wohl Wort für Wort abgedruckt.« Ab drehte mir den Bildschirm zu, und ich sah die Online-Version des *London Outwatch* – auch eine Entwicklung, die ich nicht mehr mitbekommen hatte. Ich rollte mit meinem Bürostuhl an ihre Seite, wobei ich einen gleichermaßen entrüsteten Blick von Ab und von ihrem Hund Chief erntete, der sich wie üblich zu ihren Füßen zusammengerollt hatte.

»Sorry, Chief«, sagte ich versöhnlich und streckte die Hand nach ihm aus. Er drehte mir beleidigt das Hinterteil zu.

»Hunde spüren, ob ein Mensch gut oder böse ist«, bemerkte Ab weise.

Ich sah sie sprachlos an. Wollte sie mir damit sagen, dass sie mich zu den bösen Menschen zählte? Ich wusste, dass Ab manchmal ihre Schwierigkeiten mit meinem chaotischen Wesen hatte, aber dass sie mich nicht ausstehen konnte, hatte ich nicht geahnt. Mein Blick flog zu Ems, die stumm den Kopf schüttelte. Okay. Da war wohl wieder etwas, das die beiden vor mir geheim hielten. Auch das verletzte mich. Klar, ich war als Letzte dazugekommen, und als ehemalige Journalistin konnte ich außer meiner Fähigkeit zu recherchieren und ein paar interessanten Kontakten nicht allzu viel zur Auflösung unserer Fälle beitragen, aber nach über einem Jahr der Zusammenarbeit fühlte ich mich doch als vollwertiges Mitglied der Detektei Walker, Wright & Ferguson. So von Ab vor den Kopf gestoßen zu werden, tat weh.

Trotzdem sagte ich nichts, sondern rollte wieder zurück zu meinem Schreibtisch. »Ist schon gut. Ich schau mir den Artikel auf meinem Computer an.«

Ems schnaufte entnervt, Ab drehte den Bildschirm wieder zu sich. Chief stand noch einmal auf, um sich umständlich ein paarmal um die eigene Achse zu drehen und dann endlich wieder auf seinem Kissen zum Liegen zu kommen – mit dem Hinterteil in Abs Richtung. Von wegen …

Ich beschloss, dass jeder das Recht hatte, einmal schlecht gelaunt zu sein. Dann war eben heute einer dieser Tage für Ab, und ich würde den Teufel tun und das persönlich nehmen. Zumindest nahm ich mir das vor.

Um mich abzulenken, rief ich die Seite des *London Outwatch* auf. Es war ein Onlinemagazin wie alle anderen auch. Ein Newsticker, ein paar flüchtig heruntergeschriebene

Artikel, die im Laufe des Tages ergänzt – und in seltenen Fällen auch korrigiert – wurden. Der von Max war ganz oben gelistet. Ja, auch wenn in London jeden dritten Tag ein Mensch getötet wurde, stellte so ein Gewaltverbrechen immer noch eine willkommene Sensation in den Medien dar. Besonders, wenn es mit einem Rätsel gekoppelt war. Ich klickte auf den Artikel und las, was Max geschrieben hatte. Tatsächlich hatte er nur ein paar Formulierungen abgeändert und den Bericht um ein Foto der Toten und des Thrillerautors Aryan E. Lamb erweitert.

Es war das Foto, das auch auf der Buchrückseite seines Thrillers zu sehen war. Lamb war ein gut aussehender Mann mittleren Alters, ein paar Strähnen seines sonst schwarzen Haares waren bereits grau, auch sein gut gepflegter Bart war von weißen Härchen durchsetzt. Sein Blick war direkt in die Kamera gerichtet, und er trug ein sympathisches Lächeln im Gesicht. Sicherlich hatte er massenhaft Verehrerinnen. Auf dem Bild lehnte er lässig an einer Steinmauer, beide Hände in den Hosentaschen.

»Warum tut er das?«, fragte Ab.

»Was?«, fragte ich zurück, noch ganz bei dem gut aussehenden Autor.

»Den Artikel Wort für Wort übernehmen. Hat er selbst keine Fantasie?«

Das Wort Fantasie mutete seltsam an in Zusammenhang mit der Berichterstattung über einen Mord, fand ich.

»Ich meine, ist er so unkreativ?«, fragte Ab weiter.

Ich hob die Schultern und ließ sie wieder fallen. »Ich weiß nicht, warum er das so geschrieben hat. Vielleicht denkt er auch, er kann den Täter damit aus der Reserve locken. Ihr wisst schon: Wenn er dessen Text als seinen eigenen ausgibt.«

»Wieso sollte ihn das aus der Reserve locken?« Ab betrachtete mich stirnrunzelnd.

»Wäre ich der Täter, würde mich das ärgern, wenn jemand meinen Text als seinen eigenen verkauft. Das ist Diebstahl geistigen Eigentums.«

»Hm«, machte Ab. »Und du denkst, der Täter ärgert sich dann so sehr, dass er aufspringt, in die Redaktion vom *London Outwatch* spaziert und sich outet?«

»Nein, aber das ist vielleicht das, was Max denkt«, erklärte ich und suchte insgeheim einen Grund, das Büro verlassen zu können. Die Stimmung hier war mir heute einfach zu anstrengend. Geistesabwesend aktualisierte ich den Browser, und da sah ich, dass ein anderer Artikel an die erste Stelle gesprungen war.

Was mir sofort auffiel, war der Name, der in der Überschrift prangte.

»Was zum …«, keuchte ich und klickte auf den Artikel. Dann las ich laut vor.

London Outwatch *trauert mit seiner langjährigen Mitarbeiterin Sybill Butt*

London – Mit großer Trauer und Bestürzung teilen wir mit, dass unsere langjährige Mitarbeiterin, Sybill Butt, eine schreckliche Tragödie erfahren hat. Am 31. Januar wurde ihre geliebte Mutter, Frances Butt, Opfer eines tragischen

Gewaltverbrechens – wir haben in unserer gestrigen und in unserer heutigen Ausgabe darüber berichtet.

In diesen schwierigen Zeiten möchten wir der Familie unser tiefstes Mitgefühl aussprechen. Sybill Butt ist eine engagierte und geschätzte Kollegin, deren Wohlbefinden und Privatsphäre für uns höchste Priorität haben. Wir bitten daher alle, ihre Privatsphäre zu respektieren und ihr den Raum zu geben, den sie benötigt, um mit dieser Tragödie umzugehen.

Gleichzeitig möchten wir unsere Dankbarkeit für die Unterstützung und die Anteilnahme vonseiten unserer Leserinnen und Leser ausdrücken. Die Solidarität und die Sympathiebekundungen sind ein Zeichen dafür, wie sehr Sybill Butt von Menschen geschätzt wird, mit denen sie in ihrer beruflichen Laufbahn in Kontakt kam.

In Gedenken an Frances Butt möchten wir auch darauf hinweisen, dass Gewaltverbrechen eine schreckliche Realität sind, mit der viele Menschen weltweit konfrontiert werden. Wir möchten alle ermutigen, sich für eine friedliche Gesellschaft einzusetzen und gegen Gewalt in jeglicher Form einzutreten. Zweckdienliche Hinweise, die zur Auflösung des Falls führen können, nimmt unsere Redaktion gern entgegen.

»Gezeichnet Maximilian Wilders«, flüsterte ich gedankenverloren und fragte mich, wieso dieser Artikel so wenig nach ihm selbst klang. Eher hölzern und als wäre er nicht wirklich involviert. Dabei machte es ihn doch sicher betroffen, dass es sich ausgerechnet um die Mutter einer Arbeitskollegin handelte, die in Kensington ermordet worden war.

Sybill Butt war also Mitarbeiterin beim *London Outwatch*. Kannte ich sie womöglich sogar? Die Redaktion war nicht so groß gewesen, dass man nicht alle Kollegen beim Namen gekannt hätte, trotzdem erinnerte ich mich an keine Sybill Butt. Vermutlich war sie erst nach meiner Zeit zur Mannschaft gestoßen. Oder … Moment mal! Es war doch, kurz bevor ich die Redaktion aufgrund meiner Schreibblockade verlassen musste, eine junge Frau neu eingestellt worden. Frisch von der Uni. Sie war jung, unverbraucht und engagiert gewesen und bereit, zwanzig Stunden am Tag zu arbeiten, wenn nötig. War das Sybill Butt? Ich erinnerte mich an blondes Haar. Viel blondes Haar. Und an ein freches Mundwerk.

Schnell gab ich ihren Namen ein und fand sie gleich auf mehreren Profilen in den sozialen Netzwerken. Ja, das war sie. Ein blonder Lockenkopf, der jede Frau neidisch machte, ein Mund, mit dem sie eine Gurke quer fressen konnte, und mindestens doppelt so viele Zähne wie ein Normalsterblicher – so sah es zumindest aus, wenn sie lächelte.

»Hast du was gefunden?«, fragte Ems.

»Ja. Diese Sybill. Sieht nett aus.«

»Auch eine Mörderin kann nett aussehen«, sagte Ab.

»Wie kommst du darauf?«, fragte ich.

Ab schnaubte. »Ach, bitte. Wir wissen doch alle, dass der Mörder in neunundneunzig Prozent der Fälle aus dem engeren Familienkreis stammt. Der Ehemann kann es nicht gewesen sein, ergo ist die Tochter die Nächste auf der Liste.«

Ich seufzte. Ganz unrecht hatte sie nicht. »Dann haben wir nun also drei Verdächtige. Diesen Lamb, Miss Mollys Ex und Sybill. Hatte Frances noch andere Kinder?«

Mit fliegenden Fingern durchsuchte ich Sybills Profil. »Sybill ist verheiratet.« Wow. Die Gute war vierundzwanzig und schon verheiratet. Ich verdrängte den Gedanken an mein Alter und konzentrierte mich auf meine Suche. »Sie hat einen Bruder. Mason. Er ist … Moment … drei Jahre älter als sie, verheiratet und hat ein Kind. Ein süßes Kind.« Ich schluckte, als ich die Bilder auf seinem Profil sah. Er hatte ebensolche Locken wie seine Schwester, dazu einen durchtrainierten Oberkörper und sah aus, als wäre er zu Michelangelos Zeiten dessen bevorzugtes Model gewesen. Was für Gene hatte diese Familie? Seine Ehefrau sah vergleichsweise normal aus. Glattes braunes Haar, ein Allerweltsgesicht, etwas pummelig. *Wo die Liebe hinfällt*, fiel mir dazu nur ein.

»Isla?«

»Ja?« Hatte ich wieder etwas nicht mitgekriegt?

»Sie ist in ihrem Paralleluniversum«, stellte Ab fest.

Ems kicherte. »Ja, und dort sabbert sie die Kissen voll. Ach nein, das macht sie in diesem Universum ja auch.«

»Hallo? Würdet ihr bitte aufhören, über mich zu reden, als wäre ich nicht anwesend?«

»Na ja, wirklich anwesend warst du bis vor einem Augenblick ja nicht.« Ems sah mich amüsiert an. »Aber ich wiederhole mich gern. Wenn du dann mit Sabbern fertig bist, würdest du deinen Lover beim *Outwatch* anrufen und fragen, mit welchem Hintergedanken er den Artikel kopiert hat?«

Ich nickte mürrisch. »Noch etwas?«

»Nein. Wieso?«

»Ich soll die Überwachungskameras auf den Seychellen überprüfen, meinen ›Lover‹, der übrigens nicht mein Lover ist, fragen, warum er scheiß Artikel schreibt, die Angehörigen des Mordopfers suchen – tut ihr eigentlich auch was, um den Fall zu lösen?«

»Ja«, sagte Ab. »Ich gehe jetzt einen Kaffee trinken. Im Bill's. Kommst du mit, Ems?«

»Immer.« Auch Ems erhob sich. Beim Hinausgehen zwinkerte sie mir zu. »Und du kommst auch mit, Isla. Wir haben uns eine Pause verdient. Besonders du.«

Und damit war ich wieder ausgesöhnt. Na ja. So war ich eben. Obwohl ich fand, dass ich allen Grund dazu hatte, auf die beiden sauer zu sein, hielt so ein Zustand bei mir nie lange an. Das war mir einfach zu anstrengend. Außerdem würde ich jetzt einen Kaffee bekommen, und spätestens dann wäre ich wieder mit der Welt im Reinen.

Kapitel 7

»Ich war verknallt in Isla – immer schon gewesen –, und ich würde es ganz sicher nicht leugnen.« Maximilian Wilders trifft die richtige Wahl und ringt Isla Wright eine Zusage ab.

Gerade hatte ich meine Mails abgearbeitet und streckte meinen schmerzenden Rücken durch, da stand plötzlich Isla vor mir. Schnell klappte ich meinen Laptop zu und lächelte sie an.

»Wir müssen reden«, sagte sie und blickte sich gehetzt um.

Ich konnte ihr deutlich ansehen, dass sie sich in der Redaktion nicht wohl fühlte. Wie auch? Sie hatte uns vor gut zwei Jahren verlassen. Niemand hatte von ihrer Schreibblockade gewusst, nur Price, und der hatte Islas Problem zum Anlass genommen, um ihr zu kündigen. Bis zum heutigen Tag war ich mir sicher, dass außer der Schreibblockade noch etwas anderes hinter der Kündigung gesteckt hatte, aber weder aus Isla noch aus Price oder irgendeinem meiner Kollegen war etwas herauszubekommen.

»Willkommen zurück in der Redaktion«, sagte ich. »Worüber willst du mit mir reden?«

»Ich habe … zweckdienliche Hinweise«, sagte sie und starrte in die Richtung von Holly, die neugierig zu uns herüberlinste.

Mich durchfuhr es heiß und kalt. Instinktiv senkte ich die Stimme. »Was für Hinweise?«

»Können wir …« Sie sah sich wieder unbehaglich um. »Können wir nicht woanders reden?«

»Klar.« Wenn Isla wirklich Hinweise zur Auflösung des Mordfalls hatte, dann musste ich das wissen. Ich stand auf, schnappte mir meine Jacke und nickte Holly zu. »Wenn der Alte nach mir fragt: Ich bin im Außendienst.«

»Außendienst, klar«, sagte Holly und grinste anzüglich.

Mir war es egal. Sollte sie doch denken, was sie wollte. Sollte sie doch den Flurfunk befeuern mit ihren Vermutungen. Sie läge in jedem Fall richtig. Ich war verknallt in Isla – immer schon gewesen –, und ich würde es ganz sicher nicht leugnen. Wie zum Beweis griff ich nach ihrer Hand, verschränkte meine Finger mit ihren und hob sie gut sichtbar für Holly und die anderen Kollegen, die uns neugierig beäugten, hoch. Dann zog ich sie hinter mir her aus der Redaktion.

Kaum waren wir im Aufzug, entzog sie mir ihre Hand. »Das war nun wirklich nicht nötig«, sagte sie.

»Nötig nicht, aber es war ehrlich. Und Ehrlichkeit ist das Grundprinzip jedes seriösen Journalisten, wie du weißt.«

»Musst du deine Ehrlichkeit unbedingt dann auspacken, wenn sie mich auch betrifft? Für mich war das jetzt echt peinlich, von allen angestarrt zu werden.«

»Es ist dir peinlich, dass wir zusammengehören?« Ich zwinkerte ihr zu. Natürlich wusste ich, was sie meinte, aber ich liebte es, wenn ihre Wangen rosa anliefen.

»Natürlich nicht. Aber du weißt schon …«

Statt einer Antwort zog ich sie an mich und küsste sie.

Der Aufzug gab ein »Ping!« von sich, das ankündigte, dass wir das Erdgeschoss erreicht hatten, und sie löste sich hastig von mir. Ich ließ es nicht zu. »Ich will nichts verstecken. Du weißt schon: Ehrlichkeit.« Wieder küsste ich sie. Von der Theke des Portiers her erschallte Applaus.

Schließlich gelang es ihr, sich aus meinen Armen zu winden. »Bist du immer so ehrlich?«

»Nicht immer. Aber dich würde ich niemals anlügen. Und ebenso wenig werde ich andere belügen, wenn es um meine Beziehung zu dir geht.«

»Max …« Ihr Gesichtsausdruck verhieß nichts Gutes.

»Nein, Isla. Lass mich ausreden. Ich weiß, du hast Schlimmes hinter dir, aber ich kann warten. Du hast doch keinen anderen, oder?«

Sie schüttelte den Kopf.

»Und du magst mich auch, nicht wahr?«

Ein zögerliches Nicken war die Antwort.

»Und du findest es schön, mich zu küssen?«

Wieder nickte sie.

»Dann ist es abgemachte Sache«, sagte ich. »Ich werde dich zu nichts drängen, aber ich werde dich auch nicht einfach so gehen lassen. Wenn du nur Händchen halten willst, ist das für mich in Ordnung. Wenn du mich küssen willst, ist das für mich noch besser, und wenn du irgendwann über deinen Schatten springen und dich ganz auf mich einlassen kannst, bin ich der glücklichste Mann auf dieser Welt.«

»Ich fürchte, das wird niemals sein«, entgegnete sie.

»Dann werde ich mich mein Leben lang mit Händchenhalten und Küssen begnügen müssen. Aber das kannst du getrost mein Problem sein lassen. Möchtest du drinnen oder draußen sitzen?«

In der Zwischenzeit waren wir bei einem kleinen Café angekommen, das Isla, wie ich wusste, lieben würde. Es war genauso chaotisch wie sie. Bunt zusammengewürfelte Tische, Stühle und Sofas. Nichts passte zueinander, aber durch diese Buntheit fügte sich dann doch wieder alles zu einem harmonischen Ganzen zusammen. Pflanzen hingen von der Decke, auf dem Boden lagen alte Perserteppiche wild durcheinander, und das Ganze wurde durch ein Regal vervollständigt, in dem Frühstücksgeschirr, das genauso verrückt war wie der Laden selbst, zum Verkauf angeboten wurde.

»Wow! Das ist der Wahnsinn hier! Oh, ich liebe es!« Isla sah sich mit leuchtenden Augen um.

Ich lächelte. »Abgesehen davon ist der Kaffee fabelhaft.«

»Dann ist das ab jetzt mein Lieblingsort.« Sie steuerte auf eine Sitzecke zu, die aus einem gelben und einem blauen Polstersessel bestand, und ließ sich nieder. »Mich kriegst du hier nicht mehr weg.«

»Das habe ich auch nicht vor.« Ich orderte einen Latte für Isla und einen Americano für mich, ließ mir auch noch einen Brownie geben, und als ich alles hatte, setzte ich mich zu Isla und sagte: »So. Und jetzt erzähl! Was weißt du?«

»Die Briefe«, sagte sie. »Sie sind gefälscht.«

Mein Herz begann schneller zu schlagen. »Wie meinst du das?«

»Hast du sie schon gelesen?«

Ich nickte. »Klar. Gleich nachdem du sie mir weitergeleitet hast. Sie sind nicht sehr nett.«

»Das stimmt. Allerdings stammen nur vier davon von Miss Molly. Die vier sanftesten.«

»Und das weißt du, weil …?«

»Weil Miss Molly es uns gesagt hat.«

Ich lehnte mich zurück. »Ach so.«

»Nichts ›Ach so‹!«, protestierte sie heftig. »Miss Molly hat die Briefe nicht geschrieben, und ich kann dir auch erklären, warum wir ihr glauben.«

Ich beugte mich wieder vor. »Ja? Dann mach mal.«

Sie zog ein paar Blätter aus einer dünnen Mappe und legte sie vor mich hin. »Lies das!« Sie tippte auf eines davon, das nicht allzu viel Text enthielt.

Ich tat, was sie von mir verlangte, und las den Brief, den ich ja schon kannte. Eine verletzte Frau sprach daraus, blumige Beschreibungen dessen, was sie ihrer Konkurrentin an den Hals wünschte. Als ich ihn zu Ende gelesen hatte, sah ich auf. »Und?«

»Jetzt lies diesen!« Sie kramte in den Papieren, pickte eines davon heraus und hielt es mir hin.

Auch diesen Text kannte ich. Trotzdem las ich ihn noch einmal. Anschließend nickte ich. »Gelesen.«

»Fällt dir nichts auf?«

»Im ersten Text ist sie bloß dramatisch, im zweiten droht sie bereits unterschwellig.«

Isla stieß entnervt die Luft aus. »Sonst fällt dir nichts auf?«

Ich schüttelte den Kopf. »Sollte mir?«

»Fällt dir nicht auf, dass der zweite Brief den ersten wiederholt? Nur eben mit dieser unterschwelligen Drohung?«

Ich zuckte mit den Schultern. »Na ja, vermutlich ging ihr langsam das Material aus. Ich meine … Frances Butt hat ihr den Mann weggeschnappt, sie war verletzt, aber da keine neuen Verletzungen dazugekommen sind, hat sie sich im Kreis gedreht. Für mich völlig nachvollziehbar.«

»Du denkst falsch. Lies den Text noch einmal, und dann sag mir, dass ihn derselbe Mensch geschrieben hat.«

Ich beugte mich seufzend über den Brief und tat so, als würde ich ihn lesen.

Als ich wieder hochkam, sah sie mich triumphierend an. »Na?«

»Ja, klingt tatsächlich anders.«

»Eben! Und weißt du, was ich glaube?« Islas Wangen waren vor Aufregung rot gefärbt. »Ich glaube, den zweiten Brief hat eine KI geschrieben.«

»Eine KI?«

»Ja, eine Künstliche Intelligenz. Die sind mittlerweile richtig gut, weißt du. Vor allem, was Gebrauchstexte angeht. Geschäftsmails, Berichte, Zeitungsartikel – warum also nicht einen persönlichen Brief? Ich stelle mir das so vor: Der Mörder hat Miss Mollys Briefe durch eigene ergänzt, nur dass seine einen drohenden Unterton haben.«

»Und warum sollte der Mörder Miss Mollys Briefe durch eigene ergänzen?«

»Na, um Miss Molly verdächtig zu machen.«

»Du denkst, er ist in die Wohnung von Frances Butt eingedrungen, hat sie ermordet und dann nach etwas gesucht, womit er den Verdacht auf jemand anderen lenken kann? Und dann hat er die Briefe mit denen einer Künstlichen Intelligenz ergänzt? Ist das nicht … an den Haaren herbeigezogen?«

Isla schüttelte wild den Kopf. »Nein. Ist es nicht. Es ist die einzige Erklärung, warum sich die vier Briefe, die Miss Molly geschrieben hat, vermehrt haben.«

»Aber warum dann eine Künstliche Intelligenz?«

»Vielleicht weil er unkreativ ist? Sieben solche Briefe irgendwie umzumodeln … da brauchst du schon ein kreatives Köpfchen, nicht? Wie viel einfacher ist es, an Frances Butts Computer zu gehen, sich auf der Seite der KI einzuloggen und dann schnell mal die Briefe zu generieren. Die hat er zu den anderen gelegt. Oh!« Isla riss die Augen auf, als habe sie gerade einen Geistesblitz. »Und dann hat er auch noch gleich diesen Zeitungsartikel generiert, den du Faulpelz heute beinahe Wort für Wort übernommen hast!«

»Schuldig«, sagte ich. »Aber was sollte ich tun? Ich hatte einfach keine Zeit für mehr.«

Noch ein weiterer Gedanke blitzte auf Islas Gesicht auf. »Du benutzt die KI auch für deine Arbeit, stimmt's?«

Ich wand mich.

»Du hast gesagt, du würdest mich niemals anlügen«, erinnerte sie mich.

Und das gab den Ausschlag. »Du hast recht. Hin und

wieder mache ich das. Der Aufruf an die Leser, dass sie Sybill in Ruhe lassen sollen, ist von einer KI geschrieben. Ich … ich konnte nicht anders. Es ging mir zu nahe. Sybill ist eine wunderbare Kollegin, weißt du. Ein bisschen so, wie du warst, als du frisch in die Redaktion gekommen bist. Sie so zerstört zu sehen, hat mich fertiggemacht, und ich hatte einfach nicht genügend Abstand. Daher habe ich zur KI gegriffen. Ich … schäme mich.«

»Musst du nicht. Ich glaube auch nicht, dass dir irgendwer auf die Schliche kommt.«

»Du bist mir auf die Schliche gekommen.«

»Ja, weil ich deine Artikel kenne und deine Art zu schreiben liebe. Und weil ich weiß, dass du das besser kannst. Aber für alle anderen wird es okay sein.«

»Denkst du?«

»Ich bin sicher.« Sie lächelte mich warmherzig an. »Und danke für deine Ehrlichkeit.«

»Danke für dein … Verständnis«, sagte ich.

Einen langen Moment sahen wir uns tief in die Augen, dann ging Isla wieder zur Tagesordnung über. »Was sagst du zu unserer Theorie mit der KI?«

Ich überflog zwei weitere Briefe. Dann nickte ich. »Doch. Könnte hinkommen. Vor allem, weil eigentlich in den Briefen nichts Neues vorkommt. Es wiederholen sich mehr oder weniger die Gedanken aus den Originalen. Ja, ich glaube, an deiner Theorie könnte was dran sein.«

Sie strahlte. Meine Isla war so leicht glücklich zu machen.

Ich legte meine Hand auf ihre. »Du solltest mit deiner Theorie zur Polizei gehen.«

»Tun wir. Ab ist in diesem Moment bei Miller.« Sie beugte sich zu mir und sah sich um, als könne jemand unser Gespräch belauschen. »Vorgeblich, um ihm unsere Theorie zu unterbreiten, aber in Wirklichkeit haben sie ein Date, glaube ich.«

»Na, vielleicht wird das endlich was zwischen den beiden«, brummte ich. Selbst ich als Außenstehender hatte beobachtet, wie sich Islas Freundin und der Polizist gegenseitig umschlichen, ohne zu einem Ergebnis zu kommen. Er liebte sie, das war so offensichtlich, wie England im Dreck versinken würde, wenn es so weitermachte. Doch er blitzte ständig bei ihr ab. Es war beinahe wie bei Isla und mir. Was war nur los mit diesen drei Detektivinnen, dass sie keine Männer an sich heranließen?

»Ich wünsche es ihr«, sagte Isla.

Und an ihrem Gesichtsausdruck erkannte ich, dass Liebe für sie kein völlig fremdes Konzept war. Mein Herz machte einen Sprung. Es bestand noch Hoffnung für uns.

In dem Moment gab mein Mobiltelefon einen Laut von sich. Eine Nachricht aus der Redaktion war eingegangen. Ich brauchte nur eine Sekunde, um sie zu überfliegen.

»Ich muss los«, sagte ich und stand auf. »Es ist was passiert.«

Und damit verließ ich das Backyard Café und Isla.

Kapitel 8

»Umarmungen waren Ab ein Graus, wie alles, was mit Zuneigung und Liebe zu tun hatte. Manchmal hatte ich den Verdacht, dass wir es bei ihr mit einer Art hochfunktionalem Autismus zu tun hatten.«
Isla Wright genießt Zeit für sich und erlebt einen Moment der Wahrheit.

Ja, so waren die Männer. In einem Moment hüllte er mich noch in Sicherheit ein und gab mir das Gefühl, immer und jeden Augenblick meines Lebens für mich da zu sein, im nächsten war er weg.

Ich ließ mich in den wunderbar bequemen Polstersessel zurücksinken und nippte an meinem Latte, der erst jetzt die richtige Temperatur zum Trinken hatte. Entspannt ließ ich den Blick durch das Café schweifen. Ich fand es herrlich chaotisch. Einfach zum Wohlfühlen. Es wäre unter Garantie nichts für Ab gewesen, die Chaos hasste wie die Pest, aber für mich kam es dem Paradies nahe, und ich wusste, dass ich auf jeden Fall öfter hierherkommen würde.

Wie gut Max mich inzwischen kannte. Und wie lieb es von ihm war, dass er mir meine Sprödheit verzieh. Nur wie lange würde er Nachsicht haben? Unwillkürlich fuhr ich mir mit meiner Hand an die Brust. Die beiden Piercings waren durch den dünnen Pulli deutlich spürbar, und was andere vielleicht als stimulierend empfanden, hatte für mich denselben Effekt wie ein kalter Guss. Ich konnte mir einfach nicht vorstellen, dass ich es jemals genießen könnte, wenn sich wieder eine Hand dorthin verirren würde, egal wie liebevoll die Berührung wäre. Max hatte es versucht, gestern im The Old Thames Inn, aber ich war zusammengezuckt und sofort abgeturnt gewesen. Vielleicht sollte ich die Ringe aus den Nippeln nehmen und das schreckliche Erlebnis verdrängen. Aber nein. Sie gehörten jetzt zu mir. Sie zu entfernen, würde das Geschehene nicht ungeschehen machen.

Ich seufzte und nahm wieder einen Schluck. Im Hintergrund ertönte leise Chill-out-Musik, die Gespräche der anderen Gäste waren gedämpft, und ich schloss die Augen, um den Moment zu genießen.

»Miss? Miss?«

Unsanftes Ruckeln an meinem Arm riss mich Sekunden später aus meinen Gedanken. Ich öffnete die Augen und sah in das besorgte Gesicht der Kellnerin.

»Alles okay mit Ihnen, Miss?«

»Klar, ich … habe nur die schöne Atmosphäre genossen und ein bisschen … meditiert.« So konnte man das wohl nennen.

»Sie haben geschlafen.«

»Habe ich nicht.«

»Äh, doch«, kam eine belustigte Männerstimme vom Nebentisch. »Ich konnte gar nicht mehr hören, was meine Freundin gesagt hat, so laut haben Sie geschnarcht.«

Besagte Freundin kicherte hinter vorgehaltener Hand.

»Das kann nicht sein. Gerade eben ist mein Kollege zur Tür hinaus und …« Mein Blick fiel auf das Handydisplay, das gerade mit einem missmutigen Brummen zum Leben erwachte. Die Uhr zeigte Mittag an. »Hopsala.«

»Wohl eine lange Nacht gehabt«, meinte der Mann am Nebentisch, und damit hatte er irgendwie recht.

»Sorry. Sorry«, sagte ich in alle Richtungen, doch die anderen Gäste winkten ab. Sie waren ebenso gechillt wie das Café.

Da erkannte ich, dass die Kellnerin immer noch vor mir stand und wohl auch etwas gesagt hatte.

»Entschuldigung, ich bin noch nicht ganz im Hier und Jetzt angekommen«, sagte ich. »Was meinen Sie?«

»Dass Sie da jemand ganz dringend sucht.« Sie deutete auf mein Mobiltelefon. »Es hat die ganze Zeit gebrummt, und das Display leuchtet auf. Deswegen habe ich Sie geweckt.« Und leiser raunte sie mir zu: »Sie haben nicht geschnarcht.«

Meine Wangen mussten mittlerweile in flammendem Rot stehen, so peinlich war mir das Ganze. »Danke«, sagte ich und nahm mein Mobiltelefon an mich. Dreiundzwanzig Anrufe! Von Ab, von Ems, von unserem Firmentelefon und von Max. Mist! Es musste schon wieder etwas passiert sein.

Statt die fünfundvierzig Nachrichten zu lesen, die in unserem Chat standen, rief ich direkt Ems an.

»Isla! Dem Himmel sei Dank! Wo treibst du dich rum?«

»Als ob ihr das nicht wüsstet.« Schließlich konnten sie mein Telefon tracken.

»Bei mir wird angezeigt, dass du in einem Hinterhof bist. Seit beinahe drei Stunden. Du bist doch nicht schon wieder entführt worden?«

Ich schnaubte verächtlich. »Wenn du genau schaust, dann siehst du, dass das ein Café ist. Und ich bin nicht entführt worden. Ich ... bin eingeschlafen«, fügte ich beschämt hinzu.

Jetzt war es an Ems zu schnauben. »Eingeschlafen.«

»Kann ja nicht jeder so viel überschüssige Energie haben wie du. Was gibt es so Dringendes?« Meine Hoffnung, dass Ems sich ablenken ließ, wurde zum Glück erfüllt.

»Lies den Artikel, den dein Schatz veröffentlicht hat«, sagte sie nur. »Ich rufe dich in fünf Minuten an.« Damit legte sie auf.

Ich rief das Onlinemagazin des *Outwatch* auf und las den Artikel, der an erster Stelle gelistet war.

Sybill Butt: Von der trauernden Tochter zur Verdächtigen – Neue Erkenntnisse im Mordfall ihrer Mutter

London, Kensington – Im schockierenden Mordfall von Mrs Frances Butt gibt es nun beunruhigende Hinweise, die auf eine mögliche Beteiligung ihrer eigenen Tochter, Sybill Butt, hindeuten. Die Polizei hat herausgefunden, dass zwischen Mutter und Tochter in letzter Zeit zunehmende Spannungen und Streitigkeiten herrschten, wie von besorgten Nachbarn berichtet wurde.

Die Details über die angespannte Beziehung zwischen Sybill Butt, die zuvor als trauernde Tochter angesehen wurde, und ihrer Mutter werfen ein neues Licht auf den Fall. Aussagen von Nachbarn zufolge kam es in jüngster Zeit zu lauten Auseinandersetzungen zwischen den beiden Frauen, die teilweise auch handgreiflich geworden sein sollen. Es wird angenommen, dass diese Konflikte zu einer angespannten Atmosphäre innerhalb der Familie führten.

Bislang liegen jedoch keine konkreten Beweise vor, die auf die Schuld von Sybill Butt hindeuten. Die Polizei arbeitet intensiv daran, alle Spuren und Beweismittel zu sammeln, um Licht ins Dunkel dieses tragischen Falls zu bringen.

Es bleibt abzuwarten, wie sich der Fall entwickelt und welche neuen Erkenntnisse die Ermittlungen zutage fördern werden. Die Polizei ruft Zeugen dazu auf, jegliche Informationen bereitzustellen, die zur Aufklärung des Verbrechens beitragen könnten.

London Outwatch *appelliert an die Öffentlichkeit, die Mitarbeiterin nicht zu verurteilen, solange ihre Schuld nicht zweifelsfrei bewiesen ist. Trotzdem wird Sybill Butt bis zum Beweis ihrer Unschuld nicht für London Outwatch arbeiten. Wir bitten um Verständnis dafür, dass ihre Kolumne »Töchter und Mütter« übergangsweise von unserer Mitarbeiterin Holly Sanders fortgeführt wird.*

»Gezeichnet Maximilian Wilders«, las ich und versuchte, das Gefühl zu verdrängen, dass hier etwas Böses, etwas wirklich Böses passierte.

Mein Telefon brummte, und ich hob ab, ohne auf das Display zu schauen.

»Isla, Gott sei Dank.«

»Max?«

»Ja. Ich wollte dir erklären …«

»Was schreibst du da für einen Mist?«

»Ich … deswegen rufe ich an. Ich …«

»Wo ist der seriöse Journalismus hin, den wir uns gegenseitig gelobt haben? Was du da hingeschmiert hast, ist reißerischer Dreck voller Mutmaßungen, der eine Frau, die du noch dazu kennst, zerstören wird!«

»Ich weiß, deshalb wollte ich dir …«

»Du bist überarbeitet, ihr seid alle unter Druck, aber … wie konntest du nur? Und überhaupt: Woher nimmst du das Recht, deine Kollegin so in Verruf zu bringen?«

»Das wollte ich dir gerade sagen. Es sind …«

Eine Hand fischte mir das Telefon vom Ohr, und Abs kühle Stimme erklang: »Sie wird nachher zurückrufen.«

»Wie …«, setzte ich an.

»… konntest du nur? Wie konntest *du?* Wir haben uns Sorgen gemacht! Riesige Sorgen! Es passiert etwas, wir brauchen dich, und du bist nicht erreichbar? Und dann zeigt uns die Tracking-App an, dass du in irgendeinem Hinterhof bist – für Stunden! Weißt du, was wir dachten? Dass du entführt worden bist und dein Telefon verloren hast. Dass wir dich nie mehr wiedersehen. Und diesmal hätten wir nicht einmal einen Anhaltspunkt gehabt, wo du sein könntest! Tu. Das. Nie. Wieder!« Und dann zog mich Ab in eine Umarmung.

Ich war völlig perplex. Ab versuchte, wo es ging, Körperkontakt zu vermeiden. Umarmungen waren ihr ein Graus, wie alles, was mit Zuneigung und Liebe zu tun hatte. Manchmal hatte ich den Verdacht, dass wir es bei ihr mit einer Art hochfunktionalem Autismus zu tun hatten. Umso wertvoller waren diese Momente, wenn sie trotzdem passierten, und mir gingen sofort die Augen über.

Ich räusperte mich. »Ich wollte eigentlich sagen: Warum bist du hier?«

Sie löste sich aus der Umarmung und sah mich streng an. »Ich bin mit dem Vorhaben gekommen, die Kellnerin zu foltern, bis sie mir etwas über deinen Aufenthaltsort verrät.« Sie sah sich um. »Nett ist es hier.«

Das war das zweite Mal, dass mir innerhalb kurzer Zeit die Kinnlade herunterfiel.

»Schmeckt der Kaffee?«, wollte Ab wissen.

»Äh … ja? Ich meine, ja, er ist super!«

»Dann lass uns noch einen bestellen. Ich glaube, ich brauche jetzt was für die Nerven.« Sie sah auf ihr Telefon. »Ems ist auch gleich da. Sie hat sicher auch nichts gegen Koffein. Ich habe so das Gefühl, dass wir das heute noch brauchen.«

Verdattert rief ich die Kellnerin herbei und bestellte. Einen weiteren Latte für mich und zweimal einen Pott voll Kaffee, schwarz wie die Nacht, für Ab und Ems. Dann ließ ich mich wieder in meinen Polstersessel sinken.

Ab folgte meinem Beispiel. Chief, der natürlich mit von der Partie war, erkannte, dass ihm eine Pause gewährt wurde, und rollte sich zu Abs Füßen zusammen.

»Ist nicht das Bill's, aber ist ganz gemütlich«, meinte Ab. »Haben sie auch Kuchen?«

Noch immer sprachlos deutete ich zu der schmalen Vitrine mit den vier Regalen, in der verschiedenste Kuchenstücke präsentiert wurden.

Ab erhob sich. Chief machte sofort Anstalten, ihr zu folgen, doch sie signalisierte ihm mit einer Fingerbewegung, dass er bleiben soll, und so legte er seinen Kopf wieder ab. Trotzdem behielt er sie im Auge, als sie zu der Vitrine marschierte.

Eigentlich süß, so ein Hundchen, dachte ich. Hagrid hätte in derselben Situation nicht einmal mit dem Augenlid gezuckt.

In dem Moment betrat Ems das Café und sah sich um. Ich winkte wild und bekam nicht mehr mit, was Ab an der Vitrine mit der Kellnerin verhandelte. Ems steuerte auf mich zu. Ihre Begrüßung war weniger stürmisch als die von Ab, aber sie hatte ja auch bereits mit mir telefoniert, und daher wusste sie schon etwas länger, dass ich noch unter den Lebenden weilte. Sie küsste mich auf die Wangen, dann setzte sie sich weit weg von Abs Hund in den Polstersessel, in dem noch vor Kurzem – ähm, vor drei Stunden – Max gesessen hatte, und meinte: »Hast du den Artikel gelesen?«

Ich bejahte ihre Frage. »Ich war gerade dabei, mit Max zu telefonieren, als Ab mir das Handy weggenommen und ihm erklärt hat, dass ich später zurückrufen würde.«

Ems kicherte. »Typisch Ab. Also weißt du nicht, welcher Teufel ihn geritten hat, als er das verfasst hat?«

»Nein. Aber ich vermute, dass er eine Künstliche Intelligenz bemüht hat. Er hat zugegeben, dass er das hin und wieder macht.« Keine Ahnung, warum ich das Gefühl hatte, seine unseriöse Arbeitsweise abmildern zu müssen. »Einfach, weil sie inzwischen gut sind und weil es manchmal schneller geht und …«

»Weil sie unter Druck sind in der Redaktion?« Ems nickte. »Ja, davon hab ich auch schon gehört. Ich sage dir eins: Diese ganze Sache mit der Künstlichen Intelligenz wird uns noch in den Schwanz beißen.«

Wenn ich an die Artikel dachte, die Max als seine eigenen ausgab und die um so vieles schlechter waren als seine eigenen, musste ich ihr zustimmen. »Aber deshalb habt ihr mich nicht gesucht, oder?«

Ems schüttelte den Kopf. Dann richteten sich ihre Augen auf einen Punkt hinter mir und sie lächelte. »Diese Diskussion verschieben wir auf später. Fantastische Idee, Ab.«

Ich drehte mich um, und als ich sah, was Ab in den Händen trug, verschlug es mir die Sprache. Es war ein süßer kleiner Kuchen mit viel Sahne, in der lauter Jelly Beans steckten. Ich schlug die Hände vor den Mund, um nicht meine Freude laut hinauszukreischen.

Ab rollte mit den Augen. »Alles Gute zum Geburtstag, Isla«, sagte sie.

»Oh, ihr! Du!« Ich hatte keine Worte, um mich für diese liebe Geste zu bedanken. Stattdessen stürzte ich auf Ab zu, der die Kellnerin geistesgegenwärtig die Torte abnahm, bevor ich die Arme um meine Freundin schlang und sie die zweite Umarmung an diesem Tag über sich ergehen lassen musste.

»Ist nicht das, was wir im Bill's vorbereitet hätten, aber zumindest etwas. Wenn auch zu spät. Alles Gute zum Geburtstag.«

»Ich liebe euch. Wisst ihr das?«

Ab nickte. Dann setzte sie wieder ihre professionelle Miene auf. »Können wir jetzt über diesen Artikel sprechen?«

Ems und ich wechselten einen Blick und brachen in Lachen aus. Doch als ich Abs sauertöpfisches Gesicht sah, wurde ich ernst. »Können wir.« Und in einigen Sätzen wiederholte ich auch für Ab, was ich Ems gerade berichtet hatte.

Ab wartete ungeduldig, bis ich geendet hatte, dann meinte sie: »Alles schön und gut. Die Frage ist: Wann beginnen wir mit der Recherche? Wir haben jetzt vier Verdächtige – wenn wir Miss Molly mitzählen.«

»Tun wir nicht«, warf ich ein, doch Ab tat meinen Kommentar mit einer ungeduldigen Handbewegung ab.

»Miss Molly, ihr Ex-Ehemann Albert Yates, Lamb und Sybill Butt. Und bisher haben wir noch mit keinem von ihnen gesprochen – von Miss Molly abgesehen.«

»Die nicht die Mörderin ist«, wagte ich mich wieder vor.

Ab warf mir einen tadelnden Blick zu. »Dafür trinken wir hier Latte und essen Kuchen. Klären wir so unsere Fälle auf?«

Beschämt sah ich auf die Tischplatte vor mir, auf der inzwischen ein riesiges Jelly-Beans-Kuchenstück darauf wartete, von mir verspeist zu werden. »Wenn du mich mit Max hättest telefonieren lassen, wüsste ich jetzt zumindest, von wem er diese Informationen hat.«

»Dann ruf ihn jetzt an.«

»Ab«, griff Ems beschwichtigend ein. »Wir essen jetzt unseren Kuchen und feiern Islas Geburtstag nach. Danach wenden wir uns dem Fall zu. Isla macht sich an Max heran und versucht, an seine Zeugen zu kommen. Ich übernehme Miss Mollys Ex – der zittert sowieso, wenn er mich auch nur nahen sieht, das kann bei seiner Befragung nur von Nutzen sein. Und du ...«

»Ich kümmere mich um diesen Autor«, sagte Ab. »Du hast ja inzwischen herausbekommen, in welchem Hotel ich ihn erreiche, nicht?«

Ich nickte schnell. »Im Cliff Hanger. Aber du brauchst nicht auf die Seychellen zu telefonieren. Lamb kommt zurück. Heute Abend. Er wollte nicht auf den Seychellen Urlaub machen, wenn seine Mitarbeiterin ermordet wurde, hat er den Medien gegenüber angegeben. Heute Abend schon will er eine Pressekonferenz geben.«

»Und ich denke, da sollte unsere Journalistin hingehen«, stellte Ems fest.

»Ich bin keine Journalistin mehr«, sagte ich.

»Aber du weißt, wie man die richtigen Fragen stellt.« Und mit diesen Worten von Ems war es beschlossene Sache, dass ich zu der Pressekonferenz ging. Ich würde mich an Max hängen, der gewiss auch dort wäre und mich einschleusen sollte. Ab würde stattdessen mit den Nachbarn von Frances Butt sprechen, um herauszufinden, aus welcher Ecke die Gerüchte um den Streit zwischen Frances und ihrer Tochter kamen. Und so hatte jede von uns einen Plan für den Rest des Tages.

Kapitel 9

»Ich bemerkte, was ihnen selbst möglicherweise entging: blasse, überarbeitete Gesichter, nervöse Ticks, pochende Adern an den Schläfen, Schnappatmung … meinen ehemaligen Kollegen ging es nicht gut.«
Isla Wright kehrt in ihren alten Beruf zurück und stellt fest, dass sie es als Privatdetektivin besser getroffen hat.

Es hatte nicht viel Überzeugungsarbeit gebraucht, um Max einen Presseausweis und die Information, wo die Pressekonferenz von Aryan E. Lamb stattfinden würde, abzuschwatzen.

»Solange du mit mir hingehst, tue ich alles für dich«, sagte er und legte seine Hand auf meinen Oberschenkel.

Ich linste nervös zum Rückspiegel des Taxis, das uns zum Temple brachte – eine Aktion, die ich völlig überzogen fand, denn von unserem Detektivbüro aus wäre es ein Spaziergang von etwa zwanzig Minuten gewesen. Max jedoch hatte auf dem Taxi bestanden.

Ich drückte seine Hand kurz, bevor ich sie von meinem Oberschenkel schob. Frustration blitzte in seinem Gesicht auf, doch er hatte sich schnell wieder im Griff.

»Was versprichst du dir überhaupt von der Pressekonferenz?«, fragte er.

Ich dachte nach. »Ehrlich gesagt weiß ich es auch nicht. Es ist ja nicht so, dass ich ihm da wirklich persönliche Fragen stellen könnte.«

»Wage es bloß nicht! Am Ende kriege ich Probleme, weil ich dich mitgebracht habe.«

»Nein. Das habe ich eigentlich nicht vor. Ich glaube, ich will ein Gefühl für ihn bekommen, verstehst du?«

Er schüttelte den Kopf. »Nein, nicht wirklich.«

»Wie gibt er sich vor Publikum? Gibt es Fragen, die ihm unter die Haut gehen? Verstrickt er sich in Widersprüche? Ich werde mich aufs Beobachten beschränken, denke ich, und das Fragen den Profis überlassen.«

»Du bist auch ein Profi, Isla.«

Ich verneinte. »Nicht mehr. Ich bin nicht einmal sicher, ob ich jemals einer war.«

»Du warst brillant. Deine Artikel waren …« Er seufzte. »Du weißt gar nicht, wie oft ich dich um deine Artikel beneidet habe. Du hast die schwierigsten Themen mit einer Leichtigkeit auf den Punkt gebracht, dass ich mich oft gefragt habe, ob du in irgendeiner Weise schwindelst. Ich konnte das nie.«

»Daher auch die KI?«

Max nickte mit unbehaglicher Miene. »Daher die KI. Es ist nicht so, dass ich jeden Artikel von einer Künstlichen Intelligenz schreiben lasse, ich lasse mir vielmehr helfen, verstehst du?«

»Nicht wirklich.«

»Ich diktiere der KI, was in dem Artikel stehen soll. Dann lasse ich sie einen Versuch machen, und dann … picke ich mir heraus, was mir gefällt, formuliere um, streiche … Ich baue Türmchen.«

Ich sagte nichts. Ich hatte meine ganze Schulzeit über niemals gespickt, hatte mich auf jede Prüfung akribisch vorbereitet, keine Arbeiten aus dem Netz kopiert, wie viele meiner Kommilitonen das gemacht hatten. Einerseits, weil mir das Lernen immer leichtgefallen war und ich keinen Sinn darin sah, mich stundenlang mit der Anfertigung von Spickzetteln aufzuhalten. Meistens genügte es, wenn ich etwas einmal aufschrieb, dann war es sowieso in meinem Kopf verankert. Andererseits, weil ich panische Angst davor hatte, erwischt zu werden.

Als Journalistin hatte ich die Herausforderung geliebt, jedes noch so schwierige Thema in die richtigen Worte zu verpacken. Hatte es geliebt, an Formulierungen zu schleifen, bis sie meinen Ansprüchen genügten, schwer greifbare Botschaften zwischen die Zeilen zu packen … Mir genau das von einer Künstlichen Intelligenz abnehmen zu lassen, hätte mir die Freude am Spiel verdorben.

Schweigend dachte ich darüber nach, wo wir überall bereits von Künstlichen Intelligenzen eingelullt wurden. Schrieben sie Bücher? Drehbücher für Filme? Stammten die Einträge in Online-Lexika aus dem unermesslichen Repertoire Künstlicher Intelligenzen? Und wohin sollte das führen? Wer kontrollierte, was diese Computer an Inhalten in die Welt setzten? Wer verhinderte, dass irgendwann Missbrauch damit betrieben wurde? Wer sorgte für den Tiefgang in den Texten, die wir lasen? Mir wurde ganz schlecht, wenn ich daran dachte, was die Erschaffung dieser Künstlichen Intelligenzen für meinen Berufsstand bedeutete. Nein, nicht für mich als Detektivin, sondern für den kleinen Teil meines Herzens, der mein Leben lang für den Journalismus schlagen würde. Und ich dachte darüber nach, was die Konsequenzen für die Journalisten wären, für die Verlage, die Zeitschriften. Machte die Künstliche Intelligenz sie alle nicht irgendwann überflüssig? Was sollte mit all den Journalisten geschehen? Mit den Autoren?

Ich sah zu Max hinüber, der mit geschlossenen Augen neben mir saß. »Wie geht es dir, Max?«

Überrascht sah er mich an. »Wie soll es mir gehen? Gut?«

»Seid ihr unter Druck in der Redaktion?«

Er seufzte. »Weißt du, ich denke oft, dass es gut für dich war, dass dir das mit der Schreibblockade passiert ist. Versteh mich nicht falsch. Natürlich tut es mir leid, ich bin sicher, du hättest eine glänzende Laufbahn vor dir gehabt. Vielleicht wärst du irgendwann sogar Chefredakteurin geworden. Aber ich bin froh, weil ich das alles nicht für dich gewollt hätte. Diese angespannte Atmosphäre in der Redaktion, der Stress, die Notwendigkeit, zu unlauteren Mitteln zu greifen, um das liefern zu können, was von dir erwartet wird.«

»Daher die Künstliche Intelligenz«, schlussfolgerte ich.

Max nickte. »Daher die Künstliche Intelligenz. Ich … ich bin nicht stolz darauf, aber ich kann nicht anders, als sie zu nutzen. Wir müssen eben auch mit der Zeit gehen.«

»Kannst du dich an den Weber erinnern, den wir mal zusammen porträtiert haben?«

»Unser erster Artikel«, sagte Max. »Sie haben ihn uns zugeschanzt, um uns zu testen. Wir waren unheimlich stolz darauf.«

»Bis Price ihn vor unseren Augen zerrissen hat. Ich weiß noch, wie mir jeder Strich mit dem Rotstift beinahe körperliche Schmerzen bereitet hat. Nichts hat vor seinem kritischen Auge standgehalten. Am Ende war in dem Artikel mehr Rot als Schwarz, und ich habe geheult.«

»Er hat gemeint, dass wir alles vergessen sollen, was wir an der Uni gelernt haben. Und dann hat er den Artikel genau so gedruckt, wie wir ihn verfasst haben«, erinnerte sich Max.

»Der Idiot.« Ich kicherte. »Aber darauf wollte ich nicht hinaus. Weißt du noch, was der Weber gesagt hat?«

»Dass er einem toten Gewerbe nachgeht. Dass die Menschen heutzutage nicht auf Qualität, sondern auf Quantität achten würden. Dass keiner mehr die schweren Stoffe kaufe, die er herstellte.«

Ich schüttelte den Kopf. »Es ist typisch, dass dir nur diese negativen Sätze im Kopf geblieben sind.«

»Und was habe ich dann deiner Meinung nach vergessen?«

Ich holte tief Luft. »Er hat gesagt, dass er von Hand webe, weil er die Erinnerung an die alte Zeit aufrechterhalten möchte. Dass es wichtig wäre, dass sich die Leute auf das besinnen, was früher war, damit sie im Notfall dorthin zurückkehren könnten. ›Eine Maschine kann kaputtgehen. Was sich an Können und Wissen im

Gedächtnis der Menschheit eingeprägt hat, bleibt bestehen. Ich bin ein Bewahrer. Ich webe das alte Wissen in das Gedächtnis der Menschheit ein, damit es nicht in Vergessenheit gerät.‹ Das hat er gesagt.«

»Ich kann mich erinnern.« Max lehnte seinen Kopf zurück. »Nun, ich komme als Bewahrer nicht infrage. Ich bin zu sehr an den weltlichen Dingen interessiert. Ich möchte leben. In einem relativen Wohlstand. Außerdem bin ich zu feige.«

»Niemand wird mutig geboren.«

»Da magst du recht haben. Aber manche bleiben ihr Leben lang auf der Seite der Ängstlichen.« Max sah aus dem Fenster. »Wir sind gleich da.«

Er hatte recht. Das Taxi hielt in der Crown Office Row, direkt vor der Rezeption des Treasury Buildings des Inner Temple. Wir stiegen aus dem Wagen und ließen unsere Blicke über den Backsteinbau wandern, in welchem eine der vier Anwaltskammern untergebracht war. Instinktiv strichen wir unsere Kleidung glatt, und ich sah nervös auf meine Chucks hinunter. Ich hatte keine Zeit gehabt, nach Camden in meine Wohnung zu fahren, und zum ersten Mal in meiner Tätigkeit als Detektivin bereute ich es, Ems' Rat nicht angenommen zu haben, ein Set eleganter Kleidung und Schuhe im Büro zu deponieren.

»Für alle Fälle«, hatte sie gesagt. Meinen Einwand, dass ich aus allen Klamottenläden, die auch nur annähernd das verkauften, was Ems als »elegant« bezeichnete, hochkant hinausgeworfen würde, wenn ich dort mit meinen geliebten Chucks aufkreuzte, hatte sie einfach weggewischt.

»Dann gehe ich eben mit dir zusammen einkaufen. Das möchte ich erleben, dass sie mich rauswerfen.«

Jetzt bereute ich, dass ich ihr Angebot nicht angenommen hatte.

Doch dann sah ich, wie eine Journalistin das Gebäude betrat, und meine Zweifel waren fort. Sie trug eine Cordjacke, die so vintage war, dass sie aus einem Secondhandladen stammen musste, und dazu zerschlissene Jeans. Ihr Haar hatte sie größtenteils unter einer schwarzen Wollmütze verborgen, und sie war viel zu stark geschminkt für die ehrwürdigen Hallen. Ich war in bester Gesellschaft. Mit neu erwachtem Selbstbewusstsein betrat ich das geschichtsträchtige Gebäude.

Dass Aryan E. Lamb seine Pressekonferenz im Lecture Theatre des Inner Temple abhalten würde, hatte symbolischen Charakter. Er begab sich ins Zentrum der Rechtsprechung, wie um zu beweisen, dass er unschuldig war und vor der Untersuchung keine Angst hatte.

Allein das machte ihn in meinen Augen verdächtig. Wieso demonstrierte er so großspurig seine Unschuld? Wieso überhaupt begnügte er sich nicht einfach mit einer Pressemitteilung, sondern zog durch so eine Pressekonferenz noch mehr Aufmerksamkeit auf sich? Irgendwie fand ich das seltsam.

Umso neugieriger war ich darauf, was der Thrillerautor von sich geben würde.

Wir zeigten an der Rezeption unsere Presseausweise und wurden in das Treasury Building des Inner Temple weitergeleitet. Ein dicker blauer Teppich schluckte unsere

Schritte und dämpfte auch sonst alle Geräusche. Eine ehrfürchtige Stimmung ergriff von mir Besitz.

»Ganz schön einschüchternd, hm?«, flüsterte Max mir zu.

Ich nickte nur.

»Seltsam, dass er genau diesen Ort für die Pressekonferenz gewählt hat, oder?«

Also spürte auch er, dass hier etwas nicht mit rechten Dingen zuging. Ich war erleichtert, dass meine Instinkte mich nicht im Stich gelassen hatten, oder doch zumindest mit denen von Max übereinstimmten.

»Warum hat er das wohl getan?«, fragte ich. »Was meinst du?«

Er zuckte mit den Schultern. »Keine Ahnung. Prestigegehabe?«

Auch das konnte natürlich sein. Für diesen Saal blätterte er gut und gerne einen Betrag von mehreren tausend Pfund hin. Verdienten Schriftsteller so gut? Oder bezahlte sein Verlag die Miete? Lamb war eines der Aushängeschilder des Verlags. Seine Bücher befanden sich immer mehrere Wochen lang auf den Bestsellerlisten und wurden in Buchhandlungen prominent platziert. Wenn mich nicht alles täuschte, war zumindest einer seiner Thriller mittlerweile auch verfilmt worden. Er war wohl das, was man einen erfolgreichen Autor nannte.

Dass er nun mit einem Mord in Verbindung gebracht wurde, tat seinem Image sicher nicht gut. Ich machte mir einen geistigen Vermerk, dass ich nachforschen musste, ob sich der Vorfall auf die Verkaufszahlen des jüngsten

Werkes von Aryan E. Lamb ausgewirkt hatte. Nicht, dass ich davon ausging, dass der Autor aus Marketinggründen für einen Mord gesorgt hatte, aber man konnte nie wissen …

Wir hatten das dritte Stockwerk erreicht. Ein digitales Kunstwerk eines gläsernen Pferdes, das sich über die gesamte Breite des Treppenhauses hinzog, empfing uns. Davor eine Dame mit Stewardessenlächeln, die uns freundlich nach unseren Presseausweisen fragte und uns nach einem Blick auf die beiden in Plastik eingeschweißten Ausweise weiterleitete. Wieder ein großzügiger Raum, und dann standen wir in dem Vorlesungssaal.

An die zehn Reihen blauer, gemütlich aussehender Sessel waren so angeordnet, dass die Zuschauer Blick auf das Podium hatten, hinter dem ein überdimensionaler Bildschirm leuchtete. »Thrillerautor Aryan E. Lamb«, stand dort geschrieben. »Ich morde ausschließlich auf Papier.«

Na, das war ja mal eine Ansage. Ich wechselte einen Blick mit Max, ihm schien der gleiche Gedanke durch den Kopf zu gehen wie mir. Ein durchgestylter Auftritt wartete auf uns, der vor allem ein Ziel hatte: den Mord an Frances Butt zugunsten des Thrillerautors auszuschlachten.

»Na, dann … lasset die Spiele beginnen«, raunte mir Max zu.

Wir suchten uns einen Platz, dann warteten wir ungeduldig auf den Beginn dieser Farce. Etwa fünf Minuten nach unserer Ankunft ertönte die Titelmelodie des Thrillers, der verfilmt worden war – ich hatte also doch recht –, und Aryan E. Lamb persönlich betrat beschwingt den Saal, winkte nach allen Seiten wie ein Rockstar und blieb schweigend und mit Blick auf die Zuschauermenge hinter dem Stuhl stehen, der in der Mitte des Podestes für ihn vorbereitet war.

Applaus ertönte. Applaus? Bei einer Pressekonferenz? Ich sah mich um, aber ich erkannte nur leuchtende Gesichter, die Lamb voller Heldenverehrung anstrahlten. Ich konnte mir ein Schnauben nicht verkneifen.

Trotz der weißen Strähnen in seinem Haar und in seinem Bart schätzte ich Lambs Alter eher auf vierzig als auf fünfzig Jahre. Vielleicht täuschten mich aber auch seine in einem heftigen Blau blitzenden Augen. Er trug einen maßgeschneiderten Anzug, und sein Bart war ordentlich gestutzt. Ein attraktiver Mann.

In dem Moment hob er beide Hände, die Innenflächen nach außen gerichtet. Wieder ein Symbol der Unschuld. »Ladies and Gentlemen«, sagte er. »Bitte verzeihen Sie mir mein Aussehen. Hätte ich gewusst, was in meiner Abwesenheit in London passiert, hätte ich das Sonnenlicht natürlich gemieden. Braun gebrannt wirkt meine Reumütigkeit vermutlich nicht authentisch. Doch leider hat meine Sekretärin keinen Mord in meinen Urlaubskalender eingetragen.«

Er zwinkerte ins Publikum und Gelächter brandete auf. Ich verstand die Welt nicht mehr. Was war das da vorn? Ein Entertainer? Ein Stand-up-Comedian? Und der ganze Saal brüllte vor Lachen? Ein kurzer Seitenblick zu Max zeigte mir, dass auch er irritiert war. Wieder beruhigte es mich, nicht als Einzige offensichtlich im falschen Film gelandet zu sein.

Lamb setzte sich auf den Stuhl, nahm einen Schluck aus dem bereitgestellten Glas Wasser. »Ich danke Ihnen, dass Sie hier sind. Dass Sie sich die Zeit genommen haben, meine Version der Geschehnisse anzuhören. Ich weiß nicht, wie vertraut Sie mit meinem jüngsten Werk sind …«

»Hat er uns zu einer Buchvorstellung eingeladen oder will er Stellung zu dem Mord beziehen?«, zischte ich Max zu.

»In der Pressemitteilung stand jedenfalls, dass es um den Mord geht«, raunte er zurück.

»Also, wenn er jetzt über sein Buch spricht, stehe ich auf und frage, was das soll«, drohte ich.

Max wurde bleich.

Der Autor zog wieder unsere Aufmerksamkeit auf sich. »Nein, ich werde heute nicht über mein Werk sprechen. Oder besser gesagt nicht mehr als unbedingt nötig. Warum ich Ihnen diesen Ausschnitt vorlesen möchte, ist, weil …«

»Weil es eine Parallele zum Mord gibt«, kam eine Stimme aus dem Publikum. Die junge Journalistin in der Cordjacke, wie ich feststellte.

»Ah, da hat jemand seine Hausaufgaben gemacht«, sagte Lamb zufrieden. »Dafür haben Sie einen Preis verdient, Miss …«

»Miss Saddler vom *Standard*«, erklärte sie. »Und ja, ich habe meine Hausaufgaben gemacht. In Ihrem Buch *Der Schattenjäger* stirbt Bethany, die …«

»Hey, Spoiler!«, warf ein älterer Journalist ein. Andere pflichteten ihm bei.

»Herrgott noch mal, wir sind auf keiner Buchvorstellung, sondern auf einer Pressekonferenz, bei der es um einen Mord geht«, zischte ich. »Da ist so ein Spoiler scheißegal.«

Alle Gesichter drehten sich mir zu, und schlagartig wurden meine Wangen heiß.

»Sorry«, sagte ich.

»Die junge Dame hat recht«, erklärte Mister Lamb. »Und Sie heißen?«

Verdammter Mist! Hatte ich nicht unter dem Radar fliegen wollen? Max neben mir stöhnte frustriert.

»Junge Lady?«

Ich ergab mich in mein Schicksal. »Wright vom … *London Outwatch*.«

»Du bist mein Untergang«, raunte Max mir zu und wandte sich ab, sodass Lamb sein Gesicht nicht erkennen konnte. Feigling!

»Miss Wright vom *London Outwatch*, dann sind Sie der Meinung, ich solle den betreffenden Ausschnitt aus meinem Werk lesen?«

»Nur zu«, sagte ich, auch wenn ich mich gerade vor ein paar Augenblicken über die Vorstellung einer Lesung während der Pressekonferenz mokiert hatte.

Lamb nickte mir zufrieden zu, dann hob er das Buch und öffnete es an einer markierten Stelle. »Wer nicht gespoilert werden will, hat jetzt die Möglichkeit, den Saal zu verlassen. Allerdings verpasst er oder sie dann auch eine wichtige Information. Es steht Ihnen frei, Ladies and Gentlemen, jetzt oder nie.«

Natürlich blieben alle auf ihren Plätzen sitzen.

Er räusperte sich, eine erwartungsvolle Stille legte sich über den Saal.

»Kapitel zwei, das Ende von Bethany Bells.« Er hob den Blick. »Bethany Bells ist die Assistentin des Schriftstellers, der in meinem Werk *Der Schattenjäger* die Rolle des Ermittlers spielt. Wir befinden uns im finsteren London des späten neunzehnten Jahrhunderts. Die Stadt versinkt im Nebel und im Dreck. In den dunklen Gassen regiert das Verbrechen. Sherlock Holmes allein kann all die Kriminalfälle nicht lösen, und die Stadt ist dankbar für einen neuen Ermittler: Garland Evergreen.« Lamb ließ seinen Blick über die Reihen atemlos lauschender Zuschauer wandern, die wohl in diesem Moment größtenteils vergessen hatten, dass sie sich auf einer Pressekonferenz befanden.

Lamb hatte Erfahrung, das konnte man erkennen. Er hielt das Publikum mühelos in seinem Bann – selbst Journalisten konnten sich seinem Charisma nicht entziehen.

Dann begann er zu lesen, und seine Stimme veränderte sich. Seine Stimmlage wurde tiefer und jagte mir Schauer über den Rücken. Die Worte troffen wie Honig in meine Ohren. Gebannt beugte ich mich vor, um kein einziges dieser Worte zu verpassen. Nach den ersten Sätzen wusste ich, dass ich die Stelle bereits kannte. Erst gestern hatte ich sie gelesen, bevor Ems meine Mußestunde unterbrochen hatte.

»Bethany eilte die Gasse hinab und hielt das Bündel fest an sich gepresst. Sie musste die Seiten zur Redaktion bringen, das hatte der Meister ihr aufgetragen. Und sie durfte keine einzige davon verlieren. Genauso, wie sie sie nicht durcheinanderbringen durfte. Schwierig in London, wo man manchmal plötzlich wegen eines durchgehenden Pferdes zur Seite springen oder sich den Weg durch Bettler und anderes Gesindel bahnen musste. Doch nicht das war es, was ihr Unbehagen bereitete. Das Dienstmädchen von Garland Evergreen spürte, wie fremde Augen ihr auf dem Weg die einsame Straße hinunter folgten, doch sie drehte sich nicht um. Wenn sie ihm in seine mörderischen Augen sähe, dann wäre das ihr Ende. Das wusste sie, und daher hielt Bethany ihren Kurs. Schnurgerade zur Redaktion ging sie, und als sie diese erreichte, atmete sie erleichtert auf.

Mister Green nahm das Päckchen in Empfang, stellte ihr eine Quittung aus und richtete ihr herzliche Grüße an den Meister aus. Er solle sich doch wieder einmal persönlich sehen lassen. Ja, das würde sie ihm ausrichten, versprach Bethany. Doch sie wusste, dass der Meister keinen Fuß mehr in die Redaktion setzen würde. Nicht nach dem, was geschehen war …

Sie nickte noch einmal und machte einen sittsamen Knicks, wie es von ihr erwartet wurde, dann begab sie sich auf den Heimweg. Sie betrat ihr Zimmer durch das Treppenhaus, in dem es nach gekochtem Fisch roch, und schloss die Tür hinter sich. Ein Sonnenstrahl fiel durch das Fenster auf den Holzboden. Das war das Letzte, was Bethany sah. Starke Hände legten sich um ihren Hals und drückten zu.

Wenigstens habe ich meinen Auftrag noch erfüllt, dachte sie, und dann kam ihr völlig zusammenhanglos das Bild des Welpen in den Kopf, den sie als Kind besessen hatte.

Schwarze Flecken flackerten an den Rändern ihres Sichtfeldes auf, kurz darauf legte sich die ewige Nacht über das junge Leben. Bethany hatte ihren letzten Atemzug getan.«

Aryan E. Lamb schwieg. Auch vom Publikum kam kein Ton. Erst nach einer gefühlten Ewigkeit ertönte dumpfer Applaus.

Lächelnd kam Lamb auf die Beine, verbeugte sich leicht; dann bedeutete er dem Publikum, den Applaus enden zu lassen, ließ sich wieder auf dem Stuhl nieder und nickte der Dame mit dem Stewardessenlächeln zu, die nun neben ihn auf das Podium trat.

»Verehrte Damen und Herren«, sagte die Frau. »Mister Lamb hat diesen Ausschnitt nicht ausgewählt, um zu beweisen, was für ein wunderbarer Autor er ist, sondern aus einem bestimmten Grund. Möchten Sie sagen, was diese Stelle für Sie symbolisiert, Mister Lamb?«

»Es ist ganz klar«, sagte er. »In meinem Roman stirbt die Assistentin eines Schriftstellers, in meinem Leben stirbt meine Assistentin. Und es gibt noch eine Parallele: Meine Assistentin hatte die Aufgabe, alle Fehler, die von den diversen Korrekturlesern gefunden wurden, in dem Manuskript meines demnächst erscheinenden Werkes zu korrigieren und die überarbeitete Datei meinem Verlag zu schicken.«

Lamb nickte der Stewardess zu, die den Faden aufnahm. »Die Mail von Frances Butt mit der betreffenden

Datei traf nachmittags um zwei Uhr zweiunddreißig bei uns ein. Die Polizei hat als Todeszeitpunkt eine Zeit zwischen zwei und drei Uhr festgestellt.«

Raunen ertönte.

»Ich denke, Sie sind wie ich der Meinung, dass das kein Zufall sein kann«, erklärte Aryan E. Lamb. »Nun gibt es zwei Möglichkeiten.« Er machte eine Pause. »Entweder ich bin der Mörder und habe meine Tat von langer Hand geplant, in den Roman eingebaut, und die Tat ist ein Marketingkniff zur Vermarktung meines neuen Werkes oder … der Mörder ist jemand, der eine Rechnung mit mir offen hat und versucht, mir dadurch zu schaden, indem er die Fälle aus meinen Werken übernimmt.«

Ein Zischen erklang. Die Idee, dass der Mord an Frances Butt nur der erste einer Serie sein könnte, gefiel offenbar niemandem im Saal.

Max beugte sich zu mir und flüsterte mir spöttisch zu: »Was für ein Unschuldslamm, unser Lamb. Hoffentlich stellt sich am Ende nicht heraus, dass er ein Wolf im Schafspelz ist.«

Ich sah ihn mit großen Augen an, doch dann zog Lamb mit seinen Ausführungen wieder meine Aufmerksamkeit auf sich: »Ich gehe davon aus, dass Sie die Verkaufszahlen meiner Bücher kennen. Wenn nicht …«, er betätigte eine Fernbedienung, und das Bild auf dem riesigen Bildschirm zerbröselte und formte sich zu einem Diagramm, »dann können Sie sie hier sehen. Die Verkaufszahlen meiner Werke nach Jahren aufgeschlüsselt.

Insgesamt habe ich beinahe dreißig Millionen Bücher verkauft. Und die Vorbestellungen zu *Jenseits der Wahrheit*, das nächsten Monat erscheinen wird, sind ebenfalls schon im fünfstelligen Bereich. Wozu also soll ich ein Menschenleben opfern, noch dazu das meiner über alles geschätzten Assistentin Frances Butt? Um die Verkaufszahlen noch weiter in die Höhe zu kurbeln?«

»Weil Sie den Hals nicht voll genug kriegen können?«, mutmaßte die junge Journalistin in der Cordjacke.

»Glauben Sie mir, wenn Sie alles, was ich habe, schlucken würden, *hätten* Sie den Hals voll«, konterte Lamb und erntete Lacher wegen der Zweideutigkeit seiner Äußerung.

Die Journalistin wurde rot.

»Ich bin zutiefst erschüttert darüber, was meiner Assistentin zugestoßen ist«, fuhr Lamb fort. »Dasselbe gilt für meinen Verlag. Da ich tatsächlich davon ausgehe, dass es da jemanden gibt, der mir meinen Erfolg neidet, bitte ich alle hier Anwesenden um Mithilfe. Bitte veröffentlichen Sie meinen Aufruf. Bitte veröffentlichen Sie wortwörtlich, was ich diesem Unmenschen zu sagen habe.«

Im Hintergrund wechselte das Bild abermals, und es erschien ein Text, den alle Journalisten sofort eifrig mitkritzelten. Ich selbst begnügte mich damit, das Bild mit meiner Handykamera abzufotografieren.

»Wer Wind sät, wird Sturm ernten. Wer Hass sät, wird Rache ernten. Wer sich mit mir anlegt, zieht den Kürzeren. Ich werde dich finden, egal, wo du bist. Und dann wird abgerechnet. Für Fanny, die ich über alles geschätzt habe.«

Lamb ließ Schweigen einkehren. Man hörte hektisches Tippen und das Kratzen von Minen auf Papier. Als die Hektik sich legte, räusperte sich Lamb noch einmal.

»Ich werde die Familie von Frances Butt in Zukunft finanziell unterstützen«, sagte er. »Ich bezahle auch den Rechtsbeistand für Sybill, die Tochter von Frances, die meiner Meinung nach unverschuldet ins Gerede gekommen ist, und ich fordere jeden, der etwas gesehen hat, auf, seine Beobachtungen unverzüglich der Polizei zu melden. Zusammen werden wir diesen Bösewicht stellen.«

Jubel brandete auf.

Mir war kotzübel. Der Autor hätte Politiker werden sollen. Er spielte mit seinen Zuhörern wie ein Pianist auf den Tasten, wusste genau, welche Knöpfe er drücken musste, um die gewünschten Reaktionen zu erzielen. Einzig die junge Frau in der Cordjacke schien weiterhin skeptisch zu sein. Irgendwie erkannte ich mich selbst in ihr wieder. Nur hatte sie ihre Karriere noch vor sich. Zu welcher Zeitung, hatte sie gesagt, gehörte sie? Zum *Standard?* Ich wusste genau, welche Zeitung ich morgen lesen würde.

Ich warf einen verstohlenen Blick zu Max. Er starrte den Autor mit einer Mischung aus Zorn und Respekt an, seine Kiefer mahlten aufeinander.

»Sollen wir abhauen?«, fragte ich.

Er schüttelte den Kopf. »Wir können uns nicht davonstehlen, bevor die Fragerunde fertig ist. Und wehe, du tust das jetzt. Du hast mich schon weit genug in die

Scheiße geritten mit deiner bescheuerten Bemerkung.«

Die Fragerunde ging vorüber, ergab jedoch nichts Neues, außer dass mir dieser Autor von Antwort zu Antwort unsympathischer wurde. Ich selbst fragte nichts, sondern beschränkte mich darauf, meine ehemaligen Kollegen dabei zu beobachten, wie sie nach der Wahrheit suchten. Ich bemerkte, was ihnen selbst möglicherweise entging: blasse, überarbeitete Gesichter, nervöse Ticks, pochende Adern an den Schläfen, Schnappatmung … meinen ehemaligen Kollegen ging es nicht gut. Und plötzlich überkam mich tiefe Zufriedenheit mit meinem Job, und im Stillen sandte ich ein Dankeschön an meine beiden Freundinnen, die es mir ermöglicht hatten, mich endgültig aus diesem Hamsterrad zu verabschieden.

»Woran denkst du?«, flüsterte Max mir zu, der die Veränderung in meinem Gesicht bemerkt haben musste.

»Dass ich glücklich bin«, flüsterte ich zurück.

Er ergriff meine Hand und streichelte mit seinem Daumen über meinen Handrücken. »Wenn du glücklich bist, bin ich es auch.«

Wir hatten einander wohl wieder einmal missverstanden …

Kapitel 10

»In anderen Worten: Bücher verdrehen dir das Hirn. Ich bin beinahe froh, dass ich mit Büchern nichts anfangen kann. Das wirkt ja, als wäre dir von einer Sekte der Kopf gewaschen worden.«
Isla Wright genießt ein opulentes Frühstück und führt Gespräche über Bücher.

Am Morgen des nächsten Tages trafen wir uns im Bill's, und ich war ausnahmsweise einmal aus eigenen Stücken aufgestanden und beinahe pünktlich. Ems und Ab saßen bereits in unserer Lieblingssitznische im hinteren Teil des Lokals. Als ich an der Kellnerin Karyn vorbeikam, begrüßte sie mich mit den Worten: »Hi, Isla. Wie immer?«

Wie immer bedeutete: ein Eimer voll Kaffee mit aufgeschäumter Milch. Ich nickte.

Sie signalisierte mir mit erhobenem Daumen, dass meine Bestellung angekommen war, und verschwand hinter der Theke. Kurz darauf hörte ich das Rauschen der Kaffeemaschine.

Ems hatte mich entdeckt und winkte mir zu. Sie wirkte angespannt. Auch Abs verkniffener Gesichtsausdruck ließ darauf schließen, dass sie nicht glücklich war. Was für eine Laus war den beiden bloß wieder über die Leber gelaufen?

Ich quetschte mich auf die Bank gegenüber von den beiden und wartete darauf, dass sie ansprachen, was auch immer im Argen lag. Doch ich musste mich gedulden, denn in dem Augenblick trat Bill höchstpersönlich auf den Plan, ein riesiges Tablett mit lauter Leckereien vor sich balancierend.

»So. Euer Geburtstagsfrühstück. Alles Gute zum Geburtstag nachträglich, liebe Isla, und ich soll dir auch Glückwünsche von Tante Myrtle ausrichten. Das hier ist ihr ganz persönliches Geburtstagsgeschenk.« Bill zeigte auf ein noch verschlossenes Marmeladenglas, das mit einem Etikett mit der Aufschrift »*Wild Blueberry*« gekennzeichnet war.

»Oh, ich will auch«, jammerte Ems.

»Sie wusste, dass du das sagen würdest.« Bill zwinkerte Ems zu. »Für dich ist das hier.« Er schob ihr ein kleineres Glas mit der Aufschrift »*Peach and Prosecco*« zu und grinste.

»Tante Myrtle weiß eben, was zu uns passt«, verkündete Ems, dann sahen wir Bill alle drei erwartungsvoll an. Myrtle würde Ab nicht leer ausgehen lassen. Tatsächlich schob Bill ihr ein weiteres Glas zu. »*Old Times Orange*« stand darauf, und wir brachen in Lachen aus. Süßes für mich, Edles für Ems und Bitteres für Ab – nur Tante Myrtle konnte einem mit einem Geschenk dermaßen treffend einen Spiegel vorhalten.

Ab nahm die Konfitüre hoheitsvoll an sich. »Schmeckt sowieso viel besser als euer süßes Zeug«, sagte sie und ließ das Glas in ihrer Handtasche verschwinden.

Bill umarmte mich, dann lud er unseren Tisch voll mit all den Köstlichkeiten, die meine Freundinnen für dieses Geburtstagsfrühstück bestellt hatten. Smoothies, Rührei, Bacon, Baked Beans, Porridge, Brot, Marmelade, Avocado, Grapefruit, Wurst, Käse, Croissants – kurz: eine bunte Mischung aus kontinentalem und englischem Frühstück. Dazu brachte Karyn eine riesige Tasse Kaffee mit aufgeschäumter Milch für mich, schwarze Brühe für meine beiden Freundinnen.

»Na ja, eigentlich war das für deinen Geburtstag geplant«, sagte Ems. »Aber da ist das ja ins Wasser gefallen.«

»Es schmeckt heute genauso gut, wie es an meinem Geburtstag geschmeckt hätte«, versicherte ich ihr mit vollem Mund. Ich liebte die Kombination aus Truthahnschinken, Rührei und Avocado, war geradezu süchtig danach. Vermutlich würde ich darüber all die anderen Leckereien vergessen. Obwohl ... ich langte nach einem Croissant, biss die Ecke ab und stöhnte genüsslich, als sich mein Mund mit Nougatcreme füllte.

»Sie frisst wie ein Schwein«, stellte Ab fest.

»Lass sie«, sagte Ems. »Ist doch schön, wenn sie sich über unsere Überraschung freut.«

»Fehlt nur noch, dass sie anfängt zu grunzen.«

Ich wedelte mit meiner Gabel zwischen den beiden herum. »Hallo? Ich bin hier!«

»Vermutlich hätten wir ihr einen Trog voller Rührei hinstellen können, und sie hätte sich genauso darüber gefreut.« Ab wieder.

»Na ja, wenn man bedenkt, dass es Zeiten gab, als sie

ihrem Kater das Futter geneidet hat«, gab Ems zu bedenken.

»Könnt ihr bitte mal aufhören, ständig über mich zu sprechen, wenn ich dabei bin?«

Ems zwinkerte mir zu. »Sei doch froh, wenn wir nicht hinter deinem Rücken über dich sprechen. Alles, was wir über dich zu sagen haben, sagen wir so, dass du es mitbekommst.«

»Und das ist nicht schön!«, erwiderte ich.

»Dein Essverhalten ist nicht schön.« Als wolle sie mir demonstrieren, wie man manierlich aß, stach Ab elegant mit ihrer Gabel in das Rührei auf ihrem Teller. »Es schmeckt übrigens genauso gut, wenn du den Mund geschlossen hältst.«

»Das kannst du nicht wissen«, sagte ich – natürlich wieder mit vollem Mund.

»Bitte?«

»Na ja, du hast es noch nie probiert.« Ich deutete auf ihren Mund, der geschlossen war, während sie ihr Rührei kaute.

Ems kicherte. Ich stimmte ein, und schließlich musste auch Ab grinsen.

»Du bist unverbesserlich, Isla«, stellte sie fest.

»Aber genau deswegen mögen wir dich so.« Ems legte ihre Hand auf meinen Arm und lächelte mich an, woraufhin mir ganz warm ums Herz wurde. Ich liebte diese beiden. Egal wie ruppig sich Ab gab, egal wie tadelnd Ems mich anblickte – ich wusste, sie würden für mich durchs Feuer gehen. Und ich für sie.

Eine Weile lang aßen wir, wobei ich mich darum bemühte, Ab nicht weiter durch Schlürf- und Schmatzgeräusche zu provozieren, dann fiel mir plötzlich etwas ein. »Wo ist eigentlich Miss Molly? Wäre es nicht nett, wenn sie dabei wäre? Wir essen das alles doch nie und nimmer allein auf.«

Ems seufzte. »Miss Molly ist weg.«

»Wie, weg?«

»Sie ist nach Schottland zu ihrer Schwester gefahren.«

»Nach Schottland? Warum?«

Ab legte mit einem lauten Knall ihre Gabel und ihr Messer auf den Tisch neben ihrem Teller. »Mann, Isla, manchmal stehst du felsenfest auf der Leitung, oder? Miss Molly ist abgehauen. Sie hat sich nicht mehr aus dem Büro getraut, weil sie immer Angst haben musste, dass sie auf der Gasse von den Haien überfallen wird. Daher ist sie zu ihrer Schwester ins ferne Schottland, wo hoffentlich niemand weiß, wer sie ist.«

»Aber … wieso?«

Ab sah mich drohend an. »Habe ich das nicht gerade erklärt?«

»Du hast gesagt, dass sie Angst vor der Journalistenmeute hat, ja, aber … keinen kümmert es, wo sie ist. Oder? Inzwischen werden ja wohl mindestens zwei andere öffentlich verdächtigt, diese Fanny Butt ermordet zu haben.«

»Sybill Butt und Aryan E. Lamb«, warf Ems ein. »Ja, aber Lamb hat wohl gestern die Medien bezirzt und …«

»Er hat die Medien bezirzt?«, fragte ich entgeistert.

»Na ja, wer war denn bei der Pressekonferenz dabei? Du oder wir?«, fragte Ab, während sie zu dem kleinen Tischchen langte, auf dem Bill einen Stapel Tageszeitungen deponiert hatte. Sie zog kurzerhand den ganzen Stapel heran und drückte ihn mir in die Hände. Dann widmete sie sich wieder ihrem Rührei.

Ich legte die Dinger auf der Bank neben mir ab, bereits auf der Titelseite des *London Outwatch* sprang mir die Schlagzeile entgegen: »Thrillerautor zu Unrecht verdächtigt!« Ich ließ die Zeitung sinken. »Max, du Feigling!«, sagte ich mehr zu mir selbst als zu meinen beiden Freundinnen.

Ich blätterte bis zu dem Artikel und vertiefte mich in Maximilian Wilders Bericht über die gestrige Pressekonferenz.

Schockierender Mordfall erschüttert London: Thrillerautor Lamb unschuldig beschuldigt! Parallelen zum Bestseller Der Schattenjäger *deuten auf mörderische Vorlage hin — London in Angst vor weiteren Verbrechen!*

London – Eine wahre Schockwelle der Empörung durchzieht die Stadt, nachdem der gefeierte Thrillerautor Aryan E. Lamb zu Unrecht des Mordes an seiner Assistentin beschuldigt wurde. Lamb, dessen fesselnde Romane Millionen von Lesern in den Bann ziehen, beteuert seine Unschuld mit Nachdruck und warnt vor einer erschreckenden Möglichkeit: Könnte jemand seine Thriller als Vorlage für tatsächliche Morde nutzen? London zittert vor der brennenden Frage, ob weitere Verbrechen folgen werden.

Die brisanten Anschuldigungen gegen Lamb, dessen Bücher die Spannungsliebhaber weltweit faszinieren, haben die Literaturszene erschüttert. Bei einer Pressekonferenz las der Thrillerautor einen Ausschnitt aus seinem jüngsten Bestseller Der Schattenjäger *vor, der beunruhigende Parallelen zum aktuellen Mordfall aufweist. Lamb äußerte die Vermutung, dass jemand eine persönliche Rechnung mit ihm offen habe und seine Thriller als Anleitung für grausame Verbrechen nutze. In einer leidenschaftlichen Stellungnahme beteuerte der Autor seine Unschuld und schwor, den wahren Täter zur Rechenschaft zu ziehen. »Wer Wind sät, wird Sturm ernten. Wer Hass sät, wird Rache ernten. Wer sich mit mir anlegt, zieht den Kürzeren. Ich werde dich finden, egal, wo du bist. Und dann wird abgerechnet. Für Fanny, die ich über alles geschätzt habe«, sagte Lamb in einem wahrhaft erschütternden Statement.*

Der Fall lässt die Polizei in einem Strudel der Verwirrung und Unsicherheit zurück. Die Behörden haben bisher keine konkrete Spur auf den wahren Täter gefunden, während Lamb weiterhin seine Unschuld beteuert und auf die Gefahr hinweist, dass ein gefährlicher Nachahmungstäter am Werk sein könnte. Dieses alarmierende Szenario versetzt die gesamte Stadt in Angst und Schrecken, und Leserinnen und Leser fragen sich besorgt, ob Fiktion zur Realität geworden ist und ob weitere Verbrechen in London drohen.

Inmitten dieser beklemmenden Atmosphäre solidarisieren sich zahlreiche Fans und Kollegen mit Aryan E. Lamb und fordern unter dem Hashtag #JusticeForLamb eine gründliche und objektive Untersuchung des Falls. Die fesselnden Werke des Autors haben nicht nur die Kriminalromanwelt geprägt, sondern sind weltweit ein Aushängeschild für London und England.

Während London in gespannter Erwartung auf weitere Entwicklungen verharrt, bleibt die Angst vor einem potenziellen Nachahmungstäter und weiteren Verbrechen allgegenwärtig. Die Öffentlichkeit hofft auf eine schnelle Aufklärung dieses beunruhigenden Mordfalls und die endgültige Entlastung von Aryan E. Lamb, während die Stadt sich vor dem Schatten des Schattenjägers *fürchtet.*

Schon nach den ersten Zeilen wusste ich, dass Max wieder eine Künstliche Intelligenz bemüht hatte. Warum? Die Antwort lag klar auf der Hand. Während ich nach der Pressekonferenz gemütlich nach Camden gefahren war, wo ich mich mit einer Tüte Chips und meinem Exemplar von *Der Schattenjäger* in mein Bett verkrümelt und den Abend lesend und entspannt beendet hatte, hatte er noch in die Redaktion fahren und diesen Bericht verfassen müssen, damit er heute veröffentlicht werden konnte. Die Alternative wäre gewesen, den Artikel in seinem Tempo während seiner regulären Arbeitszeit zu schreiben und sich damit ein Donnerwetter von Price einzufangen, weil der *London Outwatch* als einzige Zeitung Londons die heißen Nachrichten einen Tag später als alle anderen brachte.

»Spiegelt der Artikel auch deinen Eindruck von der Pressekonferenz wider?«, fragte Ems.

Ich wiegte den Kopf.

»Dachte ich's mir.« Ems lehnte sich zufrieden zurück. »Erzähl, wie es war!«

In wenigen Sätzen berichtete ich, wie ich die Pressekonferenz erlebt hatte. Dass Lamb wie ein Entertainer gewirkt hatte, der wusste, wie er die Massen manipulieren konnte, und dass ich ihm nicht traute.

»Aber fragt mich nicht, wieso.« Ich hob die Schultern. »Das Ganze hat auf mich eher wie ein Werbeauftritt gewirkt und nicht wie eine Pressekonferenz, in der er Stellung beziehen will. Klar, er hat seine Trauer um Frances Butt in Worte gefasst, aber das waren bloß … na ja, Worte. Und diese Lesung aus dem Buch … Du sitzt da im Zuschauerraum und kannst dich irgendwie nicht dagegen wehren, dass seine Stimme in deine Ohren rinnt. Anders kann man das nicht sagen. Er liest toll, hat eine Stimme, die magisch wirkt, seine Texte sind … fabelhaft.«

»Aber darum hätte es in der Pressekonferenz nicht gehen sollen«, unterbrach mich Ems. »Ich sehe, auch dir hat er es angetan.«

Ich konnte nicht anders, als es einzugestehen. »Wisst ihr, was ich gestern gemacht habe, als ich nach der Pressekonferenz nach Hause gekommen bin?«

Sie schüttelten die Köpfe.

»Ich habe in seinem Buch gelesen, in *Der Schattenjäger*, und … es hat Suchtcharakter. Man kann gar nicht mehr aufhören zu lesen. Versteht ihr? Ich habe gestern das ganze sechshundertseitige Werk gelesen.«

Ab schnaubte verärgert. »In anderen Worten: Bücher verdrehen dir das Hirn. Ich bin beinahe froh, dass ich mit Büchern nichts anfangen kann. Das wirkt ja, als wäre dir von einer Sekte der Kopf gewaschen worden.«

»Nein, du verstehst nicht. Das Buch ist …«

Ems unterbrach mich mit einer Handbewegung. »Andere Frage: Wie viele Morde kommen in diesem Buch vor?«

Und das war der Augenblick, in dem es mir kalt über den Rücken lief. »Viele …«

Kapitel 11

»Doch wenn ich jetzt an ihn dachte, war da nicht mehr als ein warmes Gefühl, das um mein Herz herumwaberte. War ich schon alt? Zu alt, um mich zu verlieben?«
Isla Wright hält eine Gardinenpredigt und kommt sich vor wie Maximilian Wilders Mutter.

»Fünf. In dem Buch werden fünf Menschen ermordet.« Grauen ergriff von mir Besitz, als ich daran dachte, dass *Der Schattenjäger* womöglich der Fahrplan für einen verrückten Serienmörder war.

Ab blieb die Ruhe selbst. »Wer?«

»Diese Bethany, die so etwas wie seine Assistentin ist, der Vermieter, ein Droschkenkutscher, ein Blumenmädchen und …« Ich schluckte die Panikattacke, die mich überrollen wollte, hinunter. »Und ein Zeitungsreporter.«

Ab tat so, als könne sie meine Panik nicht erkennen. Mir war es lieber so. »Und alle stehen in einer Beziehung mit dem Autor?«

Ich schüttelte den Kopf. »Nein«, flüsterte ich. »Nur diese Bethany und der Vermieter haben näher mit ihm zu tun.«

»Und sie ist die Erste.«

Ich nickte. Langsam beruhigte sich mein Herz wieder.

»Der Vermieter kommt als Nächster dran?«

Ich fühlte mich wie versteinert.

»Isla. Ist der Vermieter das nächste Mordopfer?«

»Ja«, brachte ich heraus. Dann räusperte ich mich. »Ja, der Vermieter ist das nächste Mordopfer.« Ohne dass Ab es mir befehlen musste, rief ich auf meinem Mobiltelefon die Suchmaschine auf.

»Was schaust du nach?«, fragte Ems.

»Ob Lamb das Haus gehört, in dem er wohnt.«

Sie nickte zufrieden. »Gute Idee. Ab?«

Mein Blick ging kurz zu Ab, die bereits ihr Mobiltelefon ans Ohr hielt.

»Ich vergewissere mich, dass die Polizei die Zeitung liest.«

»Du rufst Miller an?«, fragte Ems.

Sie nickte. »Mal sehen, was er zu diesem Artikel sagt.«

»Erzähl ihm auch gleich, was wir beide gestern herausgefunden haben.«

Ab rollte mit den Augen und verlangte in befehlsgewohntem Ton nach Malcolm Miller.

Während wir in Windeseile unser Frühstück beendeten, brachten Ab und Ems mich auf den neuesten Stand – wobei selbst Ab kaum darauf achtete, nicht mit vollem Mund zu sprechen.

Was sie mir berichteten, war Folgendes: Ems hatte gestern mit Miss Mollys Ex gesprochen, der noch von seiner ersten Begegnung mit Ems völlig eingeschüchtert gewesen war und nichts lieber getan hatte, als ihr ausführlich zu erklären, wo er sich vorgestern in der Zeit zwischen zwei und drei Uhr nachmittags befunden hatte. Er hatte sich eine Thai-Massage gegönnt und mehrmals versichert, dass es wirklich nur eine Massage gewesen war. Er hatte behauptet, in letzter Zeit unter schlimmen

Rückenschmerzen zu leiden, und Ems bereitwillig die Adresse und Telefonnummer der Masseurin seines Vertrauens gegeben, wie vorher auch schon der Polizei.

Ems war abgezogen. Was sie uns von dem kurzen Gespräch noch mitbrachte, war die seltsame Beobachtung, dass Albert Yates zwar besorgt um seine eigene Person gewesen war, jedoch nicht wirklich traurig gewirkt hatte.

»Vielleicht wird mit dem Alter die Fähigkeit schwächer, Gefühle zu empfinden«, stellte Ab als Theorie in den Raum.

Ems und ich wechselten einen besorgten Blick. Wir waren alle drei über dreißig, meine biologische Uhr hörte ich mittlerweile auch in Momenten wie diesem ununterbrochen ticken. Was, wenn wir nicht nur keine Männer fanden, die sich auf uns einließen, sondern uns womöglich nicht einmal mehr richtig verlieben konnten?

Ich dachte an Max und versuchte, das Gefühl heraufzubeschwören, das ich damals in der Redaktion gehabt hatte, wenn der Blick seiner blauen Augen mich traf. Ein Gefühl, das einem Blitzeinschlag gleichkam, gefolgt von einem Beben, das von allen inneren Organen Besitz ergriff. Ja, Scheiße, es waren tatsächlich diese bescheuerten Schmetterlinge gewesen, von denen ständig in all diesen Büchern die Rede war. Doch wenn ich jetzt an ihn dachte, war da nicht mehr als ein warmes Gefühl, das um mein Herz herumwaberte. War ich schon alt? Zu alt, um mich zu verlieben?

»Isla?« Ems' Stimme holte mich aus meinen Tag-Albträumen.

»Ja?«

»Egal, wo du jetzt gerade bist, komm zu uns zurück.«

Ich öffnete den Mund und wollte erklären, welche Gedanken mir durch den Kopf gegangen waren, doch Ems unterbrach mich.

»Ich werde Albert heute noch einmal auf den Zahn fühlen. Nachdem ich eine Thai-Massage hatte, natürlich. Jetzt hör zu, was Ab herausgefunden hat.«

Ich fokussierte mich wieder auf Ab.

»Könnt ihr euch erinnern, dass sich Wilders auf die Aussagen der Nachbarn bezog, als er Sybill Butt in den Dreck gezogen hat?«

Wir nickten.

Ab verzog den Mund. »Tja, ich habe mit allen Nachbarn in der Straße gesprochen. Kein einziger von ihnen gab an, so etwas gesagt zu haben.«

Ich runzelte die Stirn. »Einer von ihnen muss es aber gesagt haben – und zwar zu jemandem aus Medienkreisen. Sonst hätte es nicht in der Zeitung gestanden.«

»Meine Zeugen haben alle angegeben, nichts von eventuellen Streitigkeiten zu wissen«, entgegnete Ab. »Frances wohnte seit eh und je in der Straße. Daher kannten die Nachbarn auch Sybill. Sie beschrieben beide als liebenswürdig, gute Nachbarn.«

»Wie kommt der *London Outwatch* dann auf so einen Unsinn?«, fragte ich.

»Das solltest du deinen Lover fragen.« Ab grinste süffisant.

Und genau das hatte ich vor. Ich verschob die Suche nach dem Eigentümer von Lambs Haus auf später, packte meinen Rucksack und stand auf. »Ich komme hoch, wenn ich fertig telefoniert habe.«

Max ging nach dem zweiten Klingeln ran.

»Isla?«, fragte er seufzend. »Lass mich raten. Du hast den Artikel gelesen und willst mir wieder den Kopf waschen, weil ich die KI bemüht habe.«

»Der Ausdruck ›bemüht‹ in Zusammenhang mit der KI ist absolut fehl am Platz«, erwiderte ich, während ich meinen Blick über die Themse schweifen ließ. Ich hatte mir ein ruhiges Plätzchen in der hintersten Ecke des Old Thames Inn gesucht, wo, wie ich wusste, kaum ein Kellner von allein hinfand – und Gäste auch nur dann, wenn wirklich alle anderen Tische besetzt waren.

»Ich weiß, aber ich …«

»Du warst müde«, unterbrach ich ihn. »Ich weiß. Und ich weiß auch, dass du nicht der Einzige bist, der diesen Mist abzieht. Die Artikel in den anderen Blättern klingen alle gleich.« *Außer einem*, dachte ich. Der Artikel im *Standard* unterschied sich beträchtlich von den anderen auf das Papier geworfenen Texten. Er hatte eine persönliche Note und zog einen in seinen Bann. Es war übrigens auch der einzige Artikel, in dem Lamb nicht ganz so gut wegkam. Josy Saddler hatte gute Arbeit geleistet. »Trotzdem habe ich andere Erwartungen an dich.«

»Du klingst wie meine Mutter«, grummelte er. »Aber du hast recht. Ich schäme mich. Nur ist das Kind jetzt schon in den Brunnen gefallen. War's das?«

»Nein, eigentlich nicht.«

»Was noch?« Er zögerte, dann setzte er nach: »Hör mal, Isla. Ich bin grad nicht so gut drauf, wenn du also nur zu meckern hast, dann … können wir das vielleicht auf einen anderen Zeitpunkt verschieben?«

Ich erkannte an seiner Stimmung, dass er mich nicht anlog. »Ich wollte nicht meckern«, sagte ich schnell. »Nur etwas fragen.«

»Was?« Er klang misstrauisch.

»In dem Artikel gestern …«

»Das hatten wir doch schon. Ja, ich habe mir auch bei dem von der Künstlichen Intelligenz helfen lassen.«

»Nein, das habe ich nicht gemeint. Von wem hast du die Informationen?«

»Wie meinst du das?«

»Na, du bist gestern Knall auf Fall aufgestanden und musstest ganz plötzlich in die Redaktion. Da hat dich ein Informant angerufen, oder?«

»Ja?«, kam es zögerlich von ihm.

»Wer war das?«

»Das war … einer von den Nachbarn.«

»Hm.«

Max stöhnte. »Isla, ich kann deine Gedanken durch das Telefon rattern hören. Was ist los?«

»Also … Ab hat heute mit allen Nachbarn gesprochen, und keiner hat bestätigen können, was du in dem Artikel geschrieben hast.«

»Äh …«

»Wer war dein Informant, Max?«

Ich hörte ihn durchs Telefon schlucken, doch es kam keine Antwort.

»Wer, Max?«

Er räusperte sich. »Hör mal, Isla. Ich … du weißt, ich darf die Namen meiner Informanten nicht preisgeben. Schon gar nicht der Polizei.«

»Ich bin nicht die Polizei.«

»Du bist etwas Ähnliches. Und mein Informant will sicher nicht Besuch von drei verrückt gewordenen Privatdetektivinnen bekommen. Daher …«

»Hast du seine Aussage überprüft, Max?«

Wieder trat am anderen Ende Schweigen ein. Dann: »Nein.«

Ich verdrehte die Augen, und weil er das nicht sehen konnte, legte ich meine ganze Entrüstung in meine Stimme: »Max!«

»Ja, ich weiß. Es tut mir leid. Ich … ich wollte der Erste sein. Immer hinke ich hinterher, ständig bin ich zu spät. Ich habe seine Aussage einfach übernommen und meinen Artikel daraus gebaut.«

»Du hast die Polizei dadurch in die Irre geleitet und eine Kollegin in Verruf gebracht.«

»Ich weiß, und es tut mir leid.«

»Du solltest das schnellstens wieder in Ordnung bringen, Max.«

»Werde ich.«

»Wie?«

Er atmete scharf aus. »Ich weiß es auch nicht.«

»Vielleicht indem du diesen Informanten noch einmal

kontaktierst und ihn fragst, wie er zu seiner Behauptung kommt? Oder indem du mir seinen Namen sagst, damit ich nachforschen kann, was er davon hat, Sybill derart in Verruf zu bringen.«

»Ich kann dir seinen …«

»… Namen nicht geben«, ergänzte ich seinen Satz. »Ich weiß. Daher wird dir nichts anderes übrig bleiben, als ihn noch einmal zu kontaktieren und zu fragen, was er mit der Falschaussage bezwecken will.«

»Vielleicht war es keine Falschaussage.«

»Wenn seine Aussage der aller anderen Nachbarn widerspricht, kann nicht allzu viel dran sein.«

»Isla …«

»Nein, Max. Ich erwarte von dir, dass du diesmal nicht den bequemen Weg gehst, sondern den seriösen. Auch wenn es wehtut, wenn du womöglich herausbekommst, dass du einem Lügner aufgesessen bist, auch wenn es peinlich wird, wenn du es in der Öffentlichkeit und vor allem vor Sybill widerrufen musst. Ich erwarte von dir, dass du das tust.«

»Ja.« Max versprach, dass er alles in Ordnung bringen würde, dann legte er auf.

Jetzt kam ich mir wirklich vor wie seine Mutter.

Kapitel 12

»Islas Aufgaben beschränken sich auch sonst auf die Internetrecherche, und die kann sie genauso gut an Miss Mollys Schreibtisch ausüben, während sie hin und wieder einen Anruf entgegennimmt. Da wird ihr schon kein Zacken aus der Krone brechen.«
Isla Wright wird degradiert und steigt danndoch die Karriereleiter hinauf.

Ich steckte mein Mobiltelefon weg und schenkte mir einen Moment der Ruhe. Im Schlick unter mir wateten Menschen, die nach Muscheln oder Schlammkrebsen suchten. Ich verzog das Gesicht. Sosehr die sogenannten Experten auch betonten, dass alles Getier, das man aus der Themse zog, essbar war, ich glaubte es nicht. Schon gar keine Muscheln, die, soweit ich wusste, so etwas wie die Kläranlage der Meere oder Flüsse waren.

Ich atmete noch einmal tief durch, dann machte ich mich auf den Weg ins Büro.

Der Schreibtisch von Miss Molly stand verwaist im Empfangsbereich, und ein beklemmendes Gefühl breitete sich in mir aus. Es war nicht so, dass Miss Molly ständig anwesend gewesen war, aber zu wissen, dass sie nun eine ganze Weile überhaupt nicht da wäre, machte etwas mit mir. Wehmütig dachte ich an den Tee, den sie uns von Zeit zu Zeit ungefragt hinstellte, an die Cookies mit den

Schokodrops, die sie eigens für Ab backte und die wir alle so liebten. Auf all das würden wir nun verzichten müssen, bis London von einer neuen Skandalwelle erfasst und sich der Verdacht, der gegen sie geäußert worden war, legen würde.

Als ich die Tür zu unserem Büro öffnete, fand ich Ab und Ems in wilde Diskussionen verstrickt vor.

»... kannst du ihr selber sagen!«, zischte Ems bei meinem Eintreten wütend, doch als sie das leise Quietschen der Türklinke hörten, fuhren beide Gesichter zu mir herum. Während das von Ab wie immer die kühle Maske trug, die sie für die Außenwelt zur Schau stellte, wurde Ems rot.

»Isla, da bist du ja!«

»Mhm«, machte ich und sah sie abwartend an. »Was ist los?«

Ems nickte Ab herausfordernd zu. »Bitte sehr«, sagte sie.

Ab zuckte mit den Schultern. »Du wirst deinen Platz hinter Miss Mollys Schreibtisch wieder einnehmen müssen.«

Ich starrte sie nur an. Ich wurde wieder zur Empfangsdame degradiert? Wie vor über einem Jahr, als ich begonnen hatte, für die Detektei zu arbeiten? Mein Blick wanderte automatisch zu Ems, die unglücklich das Gesicht verzog.

»Nur bis Miss Molly wiederkommt«, sagte sie in einem beinahe flehenden Ton. »Und wir wechseln uns natürlich ab ...«

»Nein, das werden wir nicht tun«, sagte Ab. »Islas Aufgaben beschränken sich auch sonst auf die Internetrecherche, und die kann sie genauso gut an Miss Mollys Schreibtisch ausüben, während sie hin und wieder einen Anruf entgegennimmt. Da wird ihr schon kein Zacken aus der Krone brechen, nicht wahr, Isla?« Ab sah mich mit hochgezogenen Augenbrauen an, während sie Chief über den Kopf streichelte.

Ich schluckte. »Nein«, sagte ich leise, wandte mich um und verließ den Raum. Nach all den Höhenflügen der letzten Monate war ich wieder auf dem Boden der Tatsachen gelandet. Leise zog ich die Tür hinter mir zu, dann ging ich zu Miss Mollys Schreibtisch und schaltete ihren Computer ein. Cinderella durfte wieder in der Asche schlafen.

Ich versuchte, die erregten Stimmen aus dem Büro zu ignorieren, öffnete die Suchmaschine, und ein paar Klicks später kannte ich die Adresse des Thrillerautors. Seltsam, dass er als Erfinder von Geschichten, in denen Psychopathen ihr Unwesen trieben, nicht vorsichtiger bei der Preisgabe seiner Anschrift war, doch tatsächlich hatte er sie auf seinem Blog im Impressum angegeben. Sicherheitshalber sah ich mir das Haus in Street View an, um mich zu vergewissern, dass es sich nicht um eine Agentur oder Ähnliches handelte, doch es war ein Wohnhaus in einem dezenten Taubenblau, das seltsam *clean* wirkte. Ein Mäuerchen grenzte den Vorgarten ein, in dem eine große Ulme stand, einige wenige Stiefmütterchen verpassten den rechteckigen Beeten etwas Farbe. Ein paar

Stufen führten zu einer schwarzen Haustür mit Türring, das Vordach wurde von zwei ionischen Säulen gehalten. Den silbernen Wagen, der davorstand, konnte ich eindeutig als Lambs identifizieren. Es war das Haus, in dem er wohnte.

Zufrieden mit mir gab ich *»proprietorship register«* in die Suchmaschine ein. Herauszufinden, wer der Eigentümer von Lambs Haus in Kensington war, sollte meine leichteste Übung sein. Es dauerte keine zehn Minuten, und ich wusste, dass Lamb tatsächlich nicht selbst Eigentümer des hübschen Reihenhauses in der Victoria Road war, sondern ein Kenneth Hayes.

Bingo!

Mein erster Impuls war, aufzustehen und meinen beiden Freundinnen von meiner Entdeckung zu erzählen, da kam mir die jüngste Szene wieder in den Sinn, und mein Jubel verflog. Hatte ich gestern noch gedacht, wir würden einander auf Augenhöhe begegnen, war ich jetzt davon überzeugt, dass es in der Detektei eine Zweiklassengesellschaft gab. Während die Star-Polizistin und die renommierte Anwältin eindeutig zur Oberschicht gehörten, war ich Fußvolk, und als solches gehörte ich nicht zum erlauchten Kreis. Klar, ich hätte nicht überrascht sein müssen. Ab hatte in der Vergangenheit immer wieder gezeigt, dass sie keine allzu großen Stücke auf mich hielt. Eigentlich war es immer Ems gewesen, die mir das Gefühl gegeben hatte, dazuzugehören, aber auch sie hatte sich heute nicht gegen Ab gestellt.

Weil sie derselben Meinung ist, flüsterte das Teufelchen auf meiner Schulter mir ins Ohr.

Nein, sie wollte keinen offenen Konflikt. Sie wird nachher mit Ab sprechen und alles wieder geradebiegen. Du wirst sehen. Und auch Ab mag dich. Das weißt du!, beschwor mich das Engelchen auf der anderen Schulter.

»Weiß ich das?«, fragte ich mich selbst und versuchte, ganz objektiv in meine Erinnerung zu schauen. Ab, die abschätzige Bemerkungen über mein Ordnungssystem fallen ließ; Ab, die erklärte, dass Hunde erkennen könnten, ob ein Mensch gut oder böse war …

Ab, die dich aus Lebensgefahr gerettet hat und die jeden zur Erbse macht, der auch nur ein schlechtes Wort über dich fallen lässt, mischte sich Engelchen ein.

Aber auch nur, weil sie denkt, dass dadurch das Image der Detektei angekratzt wird, erwiderte Teufelchen.

Seufzend musste ich ihm recht geben. Dann wischte ich die beiden von meinen Schultern. Wenn ich wollte, dass der Fall aufgeklärt wurde, konnte ich ihr Geschwätz nicht gebrauchen. Ich öffnete Miss Mollys Mailprogramm und wollte eben eine Mail an meine beiden Freundinnen aka Bosse verfassen, als mir etwas ins Auge fiel. Erstens, dass Miss Mollys privates Mailprogramm über Outlook mit dem Programm der Detektei verbunden war, was Ab sicher nicht gutheißen würde, und zweitens … eine Nachricht von Maximilian Wilders an Mary Ainsworth. Im Betreff stand: »R: Das könnte Sie interessieren.«

Obwohl sich alles in mir dagegen sträubte, Miss Mollys Post zu lesen, öffnete ich die Nachricht. In kurzen

Worten bedankte sich Max im Namen des *London Outwatch* für die Information und bat um telefonische Rücksprache unter der Nummer … Ich erkannte seine Privatnummer.

Was hatte Miss Molly mit Max zu schaffen gehabt? Mit klopfendem Herzen scrollte ich nach unten und las, was sie ihm geschrieben hatte.

Sehr geehrter Mr Wilders,

wir kennen uns nur flüchtig. Ich bin die Empfangsdame in der Detektei Walker, Wright & Ferguson und habe Ihnen manchmal Tee serviert, wenn Sie geschäftlich mit den Damen zu tun hatten. Warum ich mich jetzt melde: Ich habe eine Information für Sie, die möglicherweise zur Aufklärung des Falls beitragen kann. Bitte halten Sie mich nicht für illoyal, weil ich geschäftsinterne Informationen ausplaudere. Das liegt mir normalerweise fern. Doch in diesem Fall treibt mich der Rachedurst an, muss ich schmählich eingestehen. Sie wissen sicher Bescheid, dass es sich beim Ehemann des Mordopfers Frances Butt (ich nenne sie immer Fanny Butt) um meinen einstigen Gatten handelt, der mir übel mitgespielt hat. Sehen Sie diese Mail also nicht als Schreiben der Detektei, sondern als das einer unglücklichen Ehefrau.

Damit möchte ich auch zum Punkt kommen. Ich habe Frances Butt mehrmals aufgesucht bzw. wollte sie aufsuchen. Ich bin zu ihrem Haus in South Kensington gegangen, dort auf der Straße auf und ab gewandert, ohne mich wirklich zum Klopfen überwinden zu können. Ich wollte ihr so gern ins Gesicht sagen, was ich ihr bisher nur schriftlich mitteilen konnte, doch der Mut verließ mich immer im letzten Augenblick. Trotzdem hatte ich so genügend Gelegenheiten, zu beobachten, was im Hause Yates/Butt vor sich geht. Und ich kann Ihnen sagen, es ist nicht alles heile Welt dort. Frances hatte immense Probleme mit ihrer Tochter – und mit Albert. Es ist ganz schön lautstark zugegangen bei ihnen. Türenknallen, Geschirr, das zerbricht, Brüllen – das ganze Programm. Also, wenn Sie mich fragen, egal, was für ein Alibi Albert hat: Er hatte auch allen Grund, Frances loszuwerden. Vielleicht hatte er ja Hilfe.

Mit dieser Überlegung beende ich meine Mail. Ich hoffe, meine Information trägt dazu bei, den Fall aufzuklären. Ich möchte nicht als Informantin genannt werden, darum bitte ich Sie. Ich möchte nur, dass die Wahrheit siegt.

Hochachtungsvoll, Mary Ainsworth

Ich las die Mail einmal, dann las ich sie noch einmal. War das wirklich dieselbe Miss Molly, die bei uns im Büro arbeitete? Das liebe, knuddelige Frauchen, das uns verwöhnte und umsorgte, als wären wir ihre eigenen Töchter?

Ich las die Mail ein drittes Mal, kontrollierte die Zeit, wann sie abgeschickt worden war – in der Nacht, in der Miss Molly in unserem Büro übernachtet hatte –, und wann Max darauf geantwortet hatte – kurz bevor ich bei ihm in der Redaktion aufgetaucht war. Er hatte bei meinem Anblick schnell den Laptop zugeklappt. Hatte er verhindern wollen, dass ich die Mail von Miss Molly entdeckte? War Miss Molly am anderen Ende der Leitung gewesen, als er in dem hübschen Café diesen dringenden Anruf bekommen hatte?

Warum hatte sie ihr Wissen lieber mit den Medien geteilt als mit uns? Was hatte sie sich davon versprochen? Traute sie uns nicht zu, dass wir die Wahrheit ans Licht bringen würden? Oder anders gefragt: Traute sie den Medien mehr als uns? Nach so vielen erfolgreich gelösten Fällen?

Ganz ohne mein Zutun drängte sich mir ein Gedanke auf, der mir gar nicht gefiel. Warum hatten die Nachbarn, die Tür an Tür mit Albert Yates und Frances Butt lebten, nichts von diesen Streitereien mitbekommen, dafür Miss Molly, die nur gelegentlich dort aufgetaucht war. Log sie? Und wenn ja, warum? War es nur, weil sie Albert eins auswischen wollte, oder steckte doch mehr dahinter?

Mein Ärger über die beiden Damen hinter der Tür war plötzlich vergessen. Stattdessen druckte ich die Mail samt Maximilians Antwort zweimal aus und trug die Ausdrucke wie Fahnen ins Büro.

Eisige Stimmung empfing mich. Ems saß mit verkniffenem Gesicht hinter dem PC, Ab saß mit ebenso verbissenem Gesicht ihr gegenüber. Chief winselte leise zu ihren Füßen.

Tja, Hunde spüren eben, wenn etwas bei ihrem Frauchen im Argen liegt, dachte ich mit leichter Schadenfreude.

»Alles okay?«, fragte Ems. In ihrem Gesicht stand deutlich, wie leid ihr die ganze Situation tat.

Ich nickte. »Ich habe was entdeckt.«

Jetzt sah auch Ab auf. »Was?«

»Es wird euch nicht gefallen.«

»Lass das unsere Sorge sein.« Wieder Ab. Sie konnte einfach nicht aus ihrer Haut, oder?

Statt eingeschnappt zu sein, lächelte ich sie an. »Ich hab dich auch lieb, Ab.«

Sie sah aus, als hätte ich sie mit Eiswasser begossen, und ich verkniff mir ein Kichern. Ems hingegen grinste breit und zwinkerte mir zu. Mach weiter mit dem, was immer du tust, hieß das, und genau das hatte ich vor.

»Ich bin dir nicht böse, dass du mich an Miss Mollys Schreibtisch verbannt hast, weißt du, Ab? Du hättest es zwar ebenso wirkungsvoll auf nettere Art und Weise tun können, aber wir wissen beide, dass du dich hinter diesem kaltschnäuzigen Gehabe versteckst. Und je mehr du dich für dein Verhalten schämst, desto kaltschnäuziger wirst du. Sprich: Jetzt gerade schämst du dich in Grund und Boden.«

Ab öffnete den Mund, um etwas zu sagen, doch ich wischte ihren Einwand weg.

»Entschuldigung angenommen«, sagte ich.

Ems beobachtete uns belustigt, Ab nickte nur knapp. Okay, damit konnte ich leben.

»Kann ich euch jetzt zeigen, was ich entdeckt habe?«

»Mach schon!«, knurrte Ab. Ich schüttelte sachte den Kopf, und sie lenkte ein. »Bitte.«

Da reichte ich ihnen die beiden Ausdrucke von Miss Mollys Mailverkehr mit Max. »Ein Geheimnis hätten wir schon mal gelüftet. Auch wenn ich nicht sagen kann, dass ich mich darüber freue.«

Die beiden vertieften sich in die Lektüre, und ich sah zu, wie sich ihre ohnehin schon gereizten Mienen mehr und mehr umwölkten. Ems war als Erste mit Lesen fertig.

»Wir müssen sie anrufen«, sagte sie.

Ab sah ebenfalls auf. »Ich verstehe echt nicht, warum sie das tun sollte. Bist du sicher, dass es sich hierbei um keine Fälschung handelt?«

Ich schnalzte ungeduldig mit der Zunge. »Wie bitte soll eine gefälschte Mail in Miss Mollys Postfach kommen?«

»Nichts ist unmöglich«, sagte Ab.

»Wenn nicht jemand anderer ins Büro eingebrochen ist und in Miss Mollys Anwesenheit von ihrem Laptop aus eine Mail geschrieben hat, dann ist es unmöglich.«

»Jemand könnte sich mit ihren Zugangsdaten von woanders eingeloggt haben«, gab Ab zu bedenken.

»Wäre das der Fall gewesen, hätten bei Miss Molly spätestens bei Max' Antwort alle Alarmglocken geschrillt. Sie ist nicht blöd, weißt du?«

»Du hast recht«, lenkte Ab ein. Und irgendwie fühlte sich das besser an, als wenn mich der König geadelt hätte.

»Wir müssen mit ihr sprechen«, wiederholte Ems.

Ab nickte. »Wer?«

Wie auf ein Zeichen sahen wir beide zu Ems. Sie kannte Miss Molly nicht nur am längsten und besten von uns allen, sondern sie hatte auch das größte diplomatische Geschick. Egal, wie schwierig die Verhandlungen waren, Ems meisterte sie mit Bravour. Vermutlich war das ihrer Tätigkeit als Anwältin für Menschenrechte geschuldet.

»O nein, so nicht, meine Lieben«, stöhnte sie.

Ab und ich verständigten uns mit einem Blick, dann nickten wir noch einmal.

»Du bist überstimmt«, sagte Ab. »Stell auf laut, damit wir mithören können.«

Ems rollte die Augen himmelwärts. »Dafür hab ich was gut bei euch. Lasst mich nur kurz nachdenken, wie ich das angehe.«

Ab wedelte mit der Hand. Als ich zufällig beinahe synchron die gleiche Bewegung wie sie vollführte, zuckten ihre Mundwinkel kurz nach oben. Mehr nicht, aber ich wusste, sie hatte mir verziehen – was auch immer sie mir vorgeworfen hatte. Ganz genau konnte ich das ja nie nachvollziehen.

»Okay. Ich hab's. Seid bloß still, während ich mit ihr telefoniere. Verstanden?« Ems starrte Ab durchdringend an.

Die hob die Schultern, als wolle sie sagen: Bin ich doch immer.

Gespannt sahen wir zu, wie Ems Miss Mollys Kontakt aufrief und das Telefon auf laut stellte. Ein Tuten ertönte, noch eines, dann war Miss Mollys Stimme zu hören.

»Miss Ferguson?«

»Miss Molly!« Ems gab sich erfreut. »Ich wollte nur mal kurz nachfragen, ob Sie gut angekommen sind.«

»Ja, alles bestens. Die Zugfahrt war etwas lang, aber Agatha hat mich in Edinburgh abgeholt, und so musste ich nicht auf den Bus warten und …«

»Ist es schön in Schottland?«, unterbrach Ems den Redefluss unserer Empfangsdame.

»Na ja. Einsam. Wenn man die Großstadt gewöhnt ist, fühlt sich das Landleben doch immer etwas … na ja, eben einsam an. Aber ich genieße die Zeit mit meiner Schwester, und wir quatschen viel. Normalerweise kommt sie mich in London besuchen, und da laufen wir dann von einem Geschäft ins …«

Wieder unterbrach Ems sie: »Keine Zeitungsvertreter in Sicht?«

»Nein!« Miss Molly seufzte erleichtert. »Es war wirklich eine gute Idee, nach Schottland zu flüchten. Danke! Und bitte bedanken Sie sich in meinem Namen noch einmal bei Mister Miller, der mir schnell und ohne große Formalitäten die Information besorgt hat, ob ich das überhaupt darf.«

»Mach ich. Soll ich mich bei Mister Wilders auch bedanken?«

»Mister Wilders? Ja? Wieso?« In Miss Mollys Stimme klang Verwirrung mit.

Ems wechselte einen Blick mit uns. »Dafür, dass er die Meute von Ihnen weg und auf seine Kollegin gehetzt hat?«

»Ähm …« Miss Molly war hörbar aus dem Konzept gebracht.

»Miss Molly, wir haben die Mail gefunden, die Sie ihm geschickt haben.«

Am anderen Ende der Leitung blieb es still.

»Miss Molly?« Ems runzelte die Stirn, dann fragte sie noch einmal: »Miss Molly?« Ratlos sah sie uns an. »Sie hat einfach aufgelegt.«

»Mist, sie hat die Mail wirklich selbst geschrieben«, fluchte Ab.

Ich zog die Augenbrauen hoch. Klar. Was hatte sie denn gedacht? Dass jemand durch London spazierte und wahllos den Mordverdacht von einer Person auf eine andere lenkte? Wie bei einem Spiel? Dachte sie, dass die Würfel zufällig auf Miss Molly gefallen waren, die sowieso schon verdächtigt wurde, und daher hatte der wahre Mörder mal schnell die Zugangsdaten zu ihrem E-Mail-Account geknackt oder war womöglich in unser Büro eingedrungen und hatte in Miss Mollys Namen eine Mail an Max geschrieben, um den Verdacht von ihr auf Sybill zu lenken?

»Genau so«, sagte Ab mürrisch.

Ich fuhr zusammen. Hatte ich meine Gedanken laut ausgesprochen?

Ems verdrehte die Augen, als sie meine erschrockene Miene sah.

Ab fuhr schon fort: »Miss Mollys Verhalten bestätigt, dass sie die Verfasserin dieser bescheuerten Mail ist. Das bedeutet, sie hat Sybill angeschwärzt. Warum?«

»Nicht nur Sybill«, rief ich in Erinnerung. »Auch Albert.«

»Wartet mal.« Ems sah uns mit zusammengekniffenen Augen an. »Könnte es sein, dass sie Sybill nur deshalb ins Spiel gebracht hat, weil es sonst unglaubwürdig wäre, wenn sie Albert anschwärzt? Die eifersüchtige Ex und so?«

Ab nickte. »Das wäre möglich. Trotzdem eine saudumme Aktion.« Sie zuckte mit den Schultern. »Wir behalten das erst einmal für uns. Isla, du versuchst, Kontakt zu Miss Molly herzustellen.«

»Ich?«

Sie nickte kurz. »Zu dir hat sie das größte Vertrauen.

Schon, weil du ihr diese dummen Vintage-Tassen hast durchgehen lassen.« Miss Molly hatte eine Sammlung wirklich alter, wirklich schöner Tassen im Schrank der Teeküche gehortet. Tassen mit feinsten Malereien und Goldrändern, aus durchscheinendem Porzellan, die man nur mit den Fingerspitzen anhob und mit abgespreiztem kleinen Finger zum Mund führte. Ich war mir nicht sicher, dass allein der Umstand, dass ich mich nicht gegen diese schönen Stücke gewehrt hatte, zu einem besonderen Vertrauensverhältnis zwischen ihr und mir geführt hätte.

»Doch«, beharrte Ab. »Vielleicht, weil du irgendwie die Ungefährlichste von uns dreien bist.«

Ich starrte sie an. War das jetzt als Kompliment gemeint oder als Ohrfeige?

»Was? Du bist die Nette von uns dreien. Ems ist auch nett, aber nicht so unschuldig nett wie du. Ich bin … na ja, ihr wisst, wie ich bin.« Ab hob die Schultern. »Jedenfalls hat Miss Molly nur dir immer wieder mal was Privates erzählt.«

»Das stimmt doch gar nicht«, wehrte ich mich.

»Doch«, beharrte Ab. »Als sie diesen kleinen Eingriff hatte.«

»Die Zyste?«

»Genau. Uns hat sie bloß gesagt, dass sie ein paar Tage Urlaub braucht. Oder damals als sie den Scheidungstermin hatte.«

»Da hat sie bloß ein bisschen Beistand gebraucht. Sie war so traurig, weil sie Albert doch immer noch ein bisschen geliebt hat, obwohl er so ein Arsch war und immer noch ist.«

»Genau. Und wo hat sie sich den Beistand geholt?« Ab sah mich auffordernd an.

Ich fühlte meine Wangen warm werden. »Bei mir?«

»Bei dir. Daher bist du auch diejenige, die nach Schottland fahren und mit ihr reden wird, sollte sie nicht vorher zur Einsicht kommen und uns erzählen, warum sie das getan hat.«

Mir fehlten die Worte.

»Versuche es aber vorher telefonisch. Wenn sie dich auch auflaufen lässt wie Ems, dann steigst du in den Zug und fährst nach … Wo lebt eigentlich ihre Schwester?« Ab sah stirnrunzelnd von Ems, die die Schultern hob, zu mir.

»In Aberdour, in der Murrel Terrace«, sagte ich geistesabwesend.

Ab machte ein zufriedenes Gesicht. »Das meinte ich. Dann ist es ausgemacht?«

Ems nickte. »Hätten wir mal lieber gleich Isla telefonieren lassen.«

»Nein, war schon gut so«, meinte Ab. »Isla hätte sich mit ihr in ein Gespräch über die Anwendung von Lavendelblüten verstrickt und wäre dann mit zwei Rezepten für Lavendelblütensirup, dafür ohne die Informationen, die wir so dringend brauchen, zu uns zurückgekehrt.«

Ich grinste. »Wäre ich tatsächlich. Miss Molly hat so tolle Rezepte für alles Mögliche auf Lager.« Dann wurde ich wieder ernst. »Ich habe noch etwas rausgefunden.«

»Ja?« Beide sahen mich misstrauisch an. Vermutlich hatten sie Angst vor einer weiteren Hiobsbotschaft.

»Aryan E. Lamb ist nicht selbst Eigentümer des Hauses, in dem er wohnt, sondern ein gewisser Kenneth Hayes.«

»Der damit an die oberste Stelle der potenziellen zukünftigen Opfer gerückt ist«, sagte Ab. »Kannst du mehr über ihn herausfinden?«

Ich zuckte mit den Schultern. »Klar. Was wollt ihr wissen?«

»Das Übliche. Alter, Beruf, Vermögen, Skandale, Verflechtungen mit Lambs Vergangenheit und der seiner Familie … Alles, was Auslöser für einen Rachefeldzug gegen den Thrillerautor sein könnte.«

»Du glaubst Lambs Theorie?«, fragte ich Ab erstaunt.

Sie schnitt eine Grimasse. »Ich glaube, wir bereiten uns besser auf das Schlimmste vor. Wenn es nicht eintritt: umso besser. Aber wenn Lamb recht hat, gibt es noch vier weitere Menschen, die um ihr Leben zittern müssen, und das schmeckt mir gar nicht.«

In dem Moment gaben alle unsere Telefone Signale von sich, die uns unwillkürlich aufs Display schauen ließen. Es war die App des *London Outwatch*. Ein neuer Artikel war erschienen, und unsere Augen wurden wie magisch von der Schlagzeile angezogen:

»Blutiges Erbe in Kensington: Millionär Kenneth Hayes ermordet! Erbschaftsstreit eskaliert in tödlicher Tragödie!«

Kapitel 13

»Dann haben wir also alle drei ein Date? Sollen wir vielleicht einen Tisch für sechs im Bill's reservieren und …«
Isla Wright denkt über Spinnweben nach
und setzt Maximilian Wilders unter Druck.

»Kenneth Hayes, das ist der Vermieter von dem Thrillerautor«, stieß ich hervor.

Gleichzeitig sagte Ab: »Er hat ein zweites Mal zugeschlagen.«

Und Ems: »Ich hasse es, wenn wir recht haben.«

Wir sahen einander an.

»Und was jetzt?«, fragte ich.

»Wir halten uns an den Plan«, erwiderte Ab gefasster, als ich mich fühlte. »Du kümmerst dich um Miss Molly und um diesen Maximilian Wilders – er soll dir verraten, was genau passiert ist. Ich versuche, Miller auf die richtige Spur zu setzen, und Ems …«

»Ich treffe mich mit Zayn und versuche herauszukriegen, ob eines der Opfer oder einer der Verdächtigen Dreck am Stecken hat.«

»Die Informationen wirst du nicht umsonst bekommen«, warnte Ab sie.

Ems zuckte mit den Schultern. »Tja, das wird wohl nicht zu ändern sein.« Sie sah nicht so aus, als würde sie sich daran stören, dass Zayn etwas im Gegenzug verlangen könnte. »Weil wir grad beim Thema sind: Wie war das Date mit Miller?«

Ab schnaubte genervt. »Ist erst heute Abend.«

»Dann wünsche ich dir viel Spaß mit deinem Malcolm.« Ems zwinkerte ihr zu, und Abs Mund verschloss sich zu einem harten Strich.

»Dann haben wir also alle drei ein Date?«, sagte ich und kicherte. »Wir sollten sie einfach alle gleichzeitig treffen, dann können wir es uns sparen, uns nachher in einem Meeting gegenseitig auf den neuesten Stand zu bringen. Wie wär's? Wir reservieren einen Tisch für sechs im Bill's und …«

»Vergiss das lieber ganz schnell«, schnitt mir Ab das Wort ab.

Und Ems meinte: »Zayn ist auf Hunde allergisch.«

»Das hast du jetzt erfunden«, sagte ich.

Sie grinste. »Ja. Aber ich lasse mir doch die Gelegenheit nicht entgehen, Zayn zu einem Date entführen zu können. Wenn ich euch dabeihabe, wird es ein Geschäftsessen …«

»Genau das, was es sein sollte«, warf Ab ein.

Doch Ems fuhr unbeirrt fort: »Und darauf habe ich keine Lust. Ich will ein Date. Mit Zayn. Und wenn es zu Sex kommen sollte, werde ich nicht Nein sagen. Und euch beiden würde ich raten, es auch so zu halten.«

»Ich brauche keinen Sex«, knurrte Ab.

»Das glaubst auch nur du.« Ems sah mich herausfordernd an. »Wie sieht es bei dir aus, Isla?«

Ich schüttelte den Kopf. »Kein Kommentar.« So gern

ich meine beiden Mädels hatte, ich musste ihnen nicht auf die Nase binden, dass seit meinem letzten Sex ungefähr drei Jahre vergangen waren. Da unten sammelten sich sicher schon Spinnweben …

»Können wir bitte aufhören, über Sex zu reden, und uns um die wichtigen Dinge kümmern?«, fragte Ab.

»Natürlich.« Ich war sofort dabei.

»Abgesehen davon, dass wir Ems ihr Nachspiel nicht verderben wollen, ist Islas Idee nicht dumm.«

Mein Mund klappte auf. Was war heute mit Ab los?

Ohne auf meine Reaktion zu achten, redete sie weiter: »Wir sollten uns gegenseitig auf dem Laufenden halten. Also wenn etwas Besonderes passiert, schreiben wir es in den Chat. Kann ja sein, dass einer von uns dreien die Gesprächsthemen ausgeht.«

»Dann weiß ich, was ich tue«, sagte Ems und zwinkerte uns anzüglich zu.

»Dann wirst du in unseren Chat schauen und vielleicht Dinge entdecken, die du deinen Staatsanwalt fragen könntest.«

»Senior-Staatsanwalt«, verbesserte Ems sie.

»Von mir aus Mega-Super-Hyper-Senior-Staatsanwalt. Darum geht es nicht, sondern darum, was ich davor gesagt habe.«

»Wir sollen von Zeit zu Zeit in den Chat schauen und Wichtiges hineinschreiben«, wiederholte Ems brav und fuhr resigniert fort: »Juhu! Das wird das tollste Date aller Zeiten.«

Ab nickte zufrieden. »Dann los!«

Sie erhob sich, gleichzeitig kam ihr Cavalier King Charles Spaniel schnaufend auf die Beine und trottete ihr hinterher. Einen Augenblick später waren die beiden zur Tür hinaus verschwunden.

»Dann viel Spaß«, meinte Ems und zwinkerte mir zu. »Und tu nichts, was ich nicht auch tun würde.«

Ich schnaubte. Als ob ich in Versuchung kommen würde, etwas anzustellen …

»Ich meine, tu endlich was, was Ab nicht tun würde.« Ems kicherte.

Und ich konnte nicht anders, als in ihr Kichern einzustimmen.

»Ich dachte mir schon, dass du anrufen würdest«, sagte Max.

»Ach ja?«

»Na ja, war zu erwarten, oder?«

»Warum?«

»Weil du seit Neuestem das Bedürfnis hast, den Moralapostel zu spielen, und nachdem ich den jüngsten Bericht wieder mit der KI geschrieben habe, war zu erwarten, dass du mir deshalb die Ohren lang ziehen würdest. Metaphorisch gesehen.«

»Metaphorisch? Ich rufe an, um ein Da… Treffen zu vereinbaren.«

»Ein Treffen? Worum soll's denn gehen?«, fragte Max misstrauisch.

»Erstens muss ich dir die Ohren lang ziehen und zweitens … Ach, können wir aufhören, uns hier mit

Andeutungen und Mutmaßungen hinzuhalten? Ich brauche dich, du brauchst mich. In einer halben Stunde in diesem Backyard Coffeeshop?«

Er zögerte einen Augenblick. »Okay«, meinte er dann. »Aber lass dir sagen, dass ich genau weiß, was du dir von dem Treffen versprichst. Und ich sage dir: Du wirst enttäuscht sein.«

»Das lass ruhig mich entscheiden.« Ich grinste in mich hinein. Ich war mir nicht ganz sicher, ob Max alle meine Erwartungen kannte. Erwartungen, die Ems mit ihren Spötteleien geschürt hatte, wohlgemerkt.

Ich sah auf die Uhr. Es ging auf Mittag zu, und mein Magen knurrte vernehmlich. Hoffentlich hatten sie in dem netten Café auch etwas anderes außer Torten.

»Was willst du?«, fragte Max zur Begrüßung und küsste mich flüchtig auf die Wange. Dann deutete er auf dieselbe Sitzecke, in der wir bereits das letzte Mal gesessen hatten und wo bereits ein riesiger Latte nebst einem Brownie auf mich wartete. Ein Bestechungsversuch? Nicht mit mir.

»Informationen.«

»Kann ich dir nicht geben«, erwiderte er. »Meine Informanten wollen …«

»Ungenannt bleiben?« Ich zog die Augenbrauen hoch. »So wie Miss Molly?«

Er wurde bleich. »Woher weißt du …«

»Du Tarzan … ich Recherche-Queen, weißt du noch?« Ich zwinkerte ihm zu. »Ich verrate dir nicht, wie ich es rausgekriegt habe. Es muss dir reichen, dass ich es weiß.«

»*Shit*. Du bist echt gut, weißt du das?«

Ich nickte. »Jep.« Dann fuhr ich fort: »Sie war also deine Informantin. Und du bist nicht auf die Idee gekommen, dass ihre Mail aus dem Bedürfnis heraus geschrieben war, ihren Ex-Mann in einem möglichst schlechten Licht dastehen zu lassen?«

»Ist es das, was sie dir gegenüber behauptet hat?«

Ich schüttelte den Kopf. »Ich habe noch nicht mit ihr gesprochen. Vorher wollte ich mit dir reden.«

»Warum?«

»Um zu wissen, wie groß der Vertrauensbruch ist.«

»Ihrer?«

Ich schnalzte ungeduldig mit der Zunge. »Ihrer und deiner.«

»Ich wollte dich nicht anlügen. Ich … sie hat mich angefleht, euch nichts zu sagen. Sie wusste, es würde blöd rüberkommen. Ihr würdet denken, dass sie euch nicht vertraut, dass ihr denkt, sie würde euch Unfähigkeit unterstellen.«

»Tja, sie kennt uns nur zu gut«, sagte ich. Es tat tatsächlich ein bisschen weh, dass Miss Molly sich lieber an die Medien gewandt hatte, als uns drei ins Vertrauen zu ziehen.

»Sie hält große Stücke auf euch. Und sie wäre zu euch gekommen, wenn …«

»Wenn?«, hakte ich nach, als er zögerte.

»Wenn sie nicht genau gewusst hätte, wie ihre Anschuldigungen klangen.«

»Nach einer abservierten Ehefrau.«

»Genau.« Max ließ den Kopf hängen.

»Bei dir hatte sie das Gefühl nicht?«

Er hob die Schultern. »Dazu bestand kein Anlass, oder?«

»Es bestand auch kein Anlass, dass sie Angst haben musste, wir würden ihr nicht zuhören. Trotzdem ist sie davon ausgegangen. Was hast du anders gemacht?«

Max hatte den Anstand, rot zu werden. »Ich habe sie in ihrer Meinung bestärkt.« Er hob abwehrend die Hände. »Ja, ich weiß. Ich bin nicht stolz darauf, okay? Aber ich wollte unbedingt einen Artikel veröffentlichen, den niemand anderes sonst veröffentlichen würde. Nur ich hatte die Informationen. Nur ich wusste über die Streitereien im Hause Butt/Yates Bescheid. Der *London Outwatch* wäre endlich mal mit der Nase vorn, und Price …«

»Price würde dich loben, anstatt immer nur auf dir herumzuhacken«, vollendete ich den Satz für ihn. »Hat er das wenigstens?«

Er nickte. »›Da haben Sie endlich mal einen Treffer gelandet, Wilders‹, hat er gesagt. Eine Rüge in einem Lob verpackt. Aber anders kann er wohl nicht.«

Ich dachte nach. »Ja, anders kann er nicht. Was er wohl sagen wird, wenn rauskommt, dass dein Artikel eine Ente war?«

»Er wird nicht draufkommen.«

»Weil?«

»Weil ja jetzt der nächste Mord passiert ist. Zum Glück, sollte ich beinahe sagen. Jetzt wird Gras über den ersten Mord wachsen, die Polizei wird feststellen, dass Sybill mit diesem Mord nichts zu tun haben kann, man wird sie rehabilitieren.«

»Sie wird in die Redaktion zurückkommen und dich ermorden.«

»Ich schenke ihr einen Blumenstrauß.«

»Du weißt, dass du ein Arsch bist, oder?«

Er grinste. »Ein Riesenarsch. Hör mal, Isla, ich werde mich bei Sybill entschuldigen. Sie wird mir verzeihen – sie ist nicht so nachtragend wie gewisse andere Personen an diesem Tisch –, und damit hat sich's.«

Ich lehnte mich zurück. »Dein Wort in Gottes Ohr. Wäre ich Sybill, würde ich dafür sorgen, dass du zum Fenster rausgeworfen wirst.«

»Das steht ihr natürlich frei. Wobei ich nicht denke, dass Price auf so einen erfahrenen Mitarbeiter wie mich verzichten kann.«

»Einen Mitarbeiter, der jeden zweiten Bericht von einer Künstlichen Intelligenz schreiben lässt? Nein, darauf kann er sicher nicht verzichten.«

»Hey, die KI muss auch lernen, wie ein Artikel sein muss, damit er passt.«

»Oh, dann bist du also auch noch ein Lehrer?« In dem Moment, in dem ich es sagte, wusste ich, dass ich zu weit gegangen war.

Er stand auf. »Das muss ich mir nicht gefallen lassen.«

Bevor er sich zum Gehen wenden konnte, schnappte ich ihn am Ärmel und hielt ihn zurück. »Du hast recht. Ich hätte das nicht sagen sollen. Es tut mir leid. Entschuldige.«

Er musterte mich beleidigt. »Wo ist der Blumenstrauß?«

»Ich … äh … ich wusste ja nicht … nachher …«

Da begann er zu kichern. »Du bist so naiv, Isla. Jeder Idiot kann dir was vorspielen, und du glaubst es. Langsam solltest du daran arbeiten, nicht mehr auf schlechte Schauspieler hereinzufallen.«

Schlagartig verengte sich meine Kehle. Ich schnappte nach Luft, der Raum um mich herum begann sich zu drehen. Max verstand sofort. Er legte seinen Arm um meine Taille, geleitete mich zurück zu unserem Platz und ließ mich sanft in den Polstersessel gleiten. Dann rannte er an die Bar und bat um ein Glas Wasser, das er mir umgehend brachte. Ich trank ein paar Schlucke, anschließend ließ ich meinen Kopf ermattet nach hinten fallen.

Es war schon wieder passiert. Nach unzähligen Therapiestunden meisterte ich den Alltag eigentlich ganz gut, aber es gab immer wieder kleine Trigger, die mich aus dem Gleichgewicht brachten.

»Geht's wieder?«, fragte Max einfühlsam.

Ich schluckte. Das Atmen fiel mir immer noch schwer. Doch es ging. »Ja. Danke.«

»Es tut mir leid. Wirklich. Ich hätte wissen müssen, dass … Es kommt nicht wieder vor, versprochen. Du hast was gut bei mir, ja?«

»Ich habe was gut bei dir?« Es war höchste Zeit, zum zweiten Anlass dieses Treffens überzugehen.

Plötzlich sah er misstrauisch aus. »Ja?«

»Sag mir, was es mit Kenneth Hayes auf sich hat.«

Sein Gesicht verschloss sich, doch dann schien er sich einen Schubs zu geben. Vermutlich, als er erkannte, dass ich als Privatdetektivin sowieso keine Konkurrenz für ihn darstellte. »Ein Toter. Wieder in Kensington. Millionär. Den Erben ging es wohl nicht schnell genug.«

»Du weißt, dass er Lambs Vermieter war?«

Max wurde blass. »Nein. Woher weißt du …«

»Wir wollten mehr über Lamb herausbekommen. Zuerst wollten wir herausfinden, wer sein Vermieter ist. Du weißt schon …«

»*Der Schattenjäger*«, sagte er verstehend.

»Ja. Auf Lambs Website habe ich gesehen, wo er wohnt. Zwei Klicks später wussten wir, wem das Haus gehört.«

»Hayes.«

»Ja, Hayes.«

In Max' Gesicht arbeitete es, und ich wusste nicht, warum, aber irgendwie hatte ich das Gefühl, dass es da etwas gab, das er mir noch nicht gesagt hatte. Etwas, das er auch nicht in die Zeitung geschrieben hatte. »Was verschweigst du mir?«, fragte ich, als die Herumdruckserei anfing, mir auf die Nerven zu gehen.

»Nichts. Das heißt, doch, oder … nein, vergiss es …«

»Max!«, sagte ich genervt.

Er stöhnte. »Du wirst nicht lockerlassen, bis ich damit rausrücke, oder?«

»Erfasst«, sagte ich, obwohl ich nichts in der Hand hatte, womit ich ihn gegen seinen Willen zu einer Aussage hätte zwingen können.

Er stöhnte noch einmal.

»Lass es raus, Max. Es wirkt, als würde dir das Wissen schwer im Magen liegen. Es ist ungesund, so etwas mit sich herumzutragen.« Ich kam mir vor wie eine Matrone. Zumindest höchst unglaubwürdig. Schließlich lag mein Interesse nicht darin, dass er sich besser fühlte, sondern ich wollte an die Information, die ihm offensichtlich Bauchschmerzen bereitete.

»Ich habe es auch gerade erst herausbekommen, also schimpf nicht mit mir, weil ich nichts gesagt habe, aber …«

»Ja?«

»Hayes ist auch der Vermieter von Sybill Butt.«

»Shit!«

»Ja, *Shit*«, bestätigte er.

»Hast du das der Polizei gemeldet?«

Er schüttelte den Kopf. »Zuerst …«

»Zuerst willst du die Lorbeeren für deine Recherchearbeit einsammeln«, vermutete ich.

»Bin ich ein Arschloch?«

Ich konnte nicht anders. »Ja, Max. Du bist echt ein Arschloch. Du wirst Sybill zerstören und ihre Familie gleich mit. Aber … ich vermute, du wirst den Artikel trotzdem schreiben.«

Er sah mich unglücklich an. »Weißt du, manchmal wünschte ich mir, ich hätte damals bei der Einschreibung an der Uni nicht ›Journalismus‹ als Studium angekreuzt. Glaubst du mir das?«

Und wie ich ihm das glaubte. Vor allem jetzt, da ich

diese ganze Maschinerie aus der Distanz beobachten konnte, war ich froh, dass mich das Schicksal auf eine andere Spur gelenkt hatte. Als Privatdetektivin war ich eindeutig auf der Seite der Guten. Von der Journalistin Isla hätte ich das nicht uneingeschränkt behaupten können.

»Müßig, jetzt darüber nachzudenken«, meinte ich.

»Ja«, pflichtete er mir niedergeschlagen bei. »Denkst du, ich sollte nichts schreiben?«

Ich hob die Schultern. »Keine Ahnung. Price schätzt es sicher, wenn der *London Outwatch* wieder die Nase vorn hat. Deiner Kollegin wird es den Rest geben.«

»Ja«, sagte er. »Wahrscheinlich. Aber wenn ich es nicht schreibe und jemand anderes draufkommt … So schwer war es auch wieder nicht, an die Informationen zu kommen.«

Ich legte den Kopf schief. »Ich denke mal, das wird der größte Blumenstrauß der Welt …«

»Ja.« Er seufzte.

Ich hatte kein Mitleid mit ihm. »Dann geh mal und schreibe den Artikel. Und wenn er veröffentlicht ist, bestellst du den Blumenstrauß.«

Max erhob sich. »Bevor ich den Blumenstrauß bestelle, rufe ich noch bei der Polizei an.«

»Ich vermute, die haben dort auch den *London Outwatch* abonniert.« Ich winkte ihm zum Abschied nach. So viel zum Thema Sex …

Tu nichts, was ich nicht auch tun würde. Ems' Rat kam mir in den Sinn. Sie hatte gut reden. Soviel ich wusste, war ihr Ober-Hyper-Mega-Staatsanwalt einer Vertiefung ihrer Beziehung nicht abgeneigt. Und vor allem war sie selbst zu allen Schandtaten bereit. Bei mir und Max war es anders. Früher hatte ich den Boden angebetet, über den er gelaufen war, und er hatte mich ständig abblitzen lassen. Jetzt wirkte es beinahe so, als wäre er bereit für etwas Festes, und ich selbst konnte einfach nicht. Vermutlich war ich für den Rest meines Lebens geschädigt.

Ich nippte an meinem Latte und malte mir aus, wie er ins Büro trat, wie er den Laptop einschaltete. Wie er das erste Wort, den ersten Satz seines Artikels schrieb. Nein, er würde wieder die KI bemühen. Schließlich musste es schnell gehen. Der Artikel musste draußen sein, bevor einer der Kollegen von den anderen Blättern auf die Idee kam, nachzuforschen, wie Hayes an sein Geld gekommen war. Wie lang eine Künstliche Intelligenz wohl brauchte, um so einen Artikel zu schreiben?

Ich sah auf die Uhr. Es war zwei. Mein Magen knurrte. Gleich, und zwar genau dann, wenn Max den Bericht veröffentlichte, würde in London die Hölle losbrechen. Und plötzlich ging es mir wie ihm. Ich wollte die Erste sein, die meinen Freundinnen von der neuen Wendung berichtete.

Hastig nahm ich mein Mobiltelefon zur Hand und schrieb in den gemeinsamen Chat: »Hayes ist auch der Vermieter von Sybill Butt gewesen.«

Postwendend kam das ungläubige Emoji zurück, gefolgt von Abs »Waaaaaas?«.

»Der Vermieter?«, kam von Ems. »*Shit. Shit. Shit!*«

»Kannst du laut sagen«, tippte ich.

»*SHIIIIT!*«, kam es von Ems.

Ich schrak zusammen, als mein Telefon klingelte. Ab hatte den Gruppenchat angerufen. Natürlich. Sie war von uns am praktischsten veranlagt.

»Ist er zur Polizei gegangen mit der Entdeckung?«, platzte sie gleich heraus.

»Er will zuerst den Artikel veröffentlichen, dann ruft er direkt bei Scotland Yard an.«

»Dieser aufmerksamkeitsgeile, kleine ...« Ich konnte förmlich hören, wie Ab vor Wut schäumte, und wappnete mich. Gleich würde wieder eine Beleidigung der schreibenden Gilde kommen, und ich würde mich mitschuldig fühlen, weil ich auch einmal dazugehört hatte. Ja, ich war keine Journalistin mehr, aber das war verdammt noch mal nicht meine eigene Entscheidung gewesen. Ich hatte es geliebt, und ich hätte aus freien Stücken niemals aufgegeben. Sicher war ich eine von denen gewesen, die sich vorgebetet hatten, dass sie die Wahrheit ans Licht bringen würden. Ich hatte gegen das Böse kämpfen, dunkle Machenschaften aufdecken wollen, aber am Ende war es immer nur darum gegangen, Price zufriedenzustellen. Ein Lob, oder zumindest etwas, das einem Lob nahekam, einzuheimsen, nicht um den Arbeitsplatz fürchten zu müssen, ein regelmäßiges Gehalt zu beziehen ... Ich schämte mich.

Zum Glück lenkte Ems ein, bevor Ab mir wieder einen Stich versetzen konnte. »Das bringt uns jetzt nicht weiter. Er hat es herausgefunden, er wird seinen Artikel veröffentlichen. Wann, Isla?«

»Ich denke, es kann sich nur um Minuten handeln.«

»Dann sollten wir hier unterbrechen. Ab, ruf deinen Miller an, damit der nicht aus allen Wolken fällt, und dann geht es weiter wie geplant.« Ems legte auf, Ab folgte ihrem Beispiel, und ich saß da mit dem Telefon in der Hand und kam mir blöd vor.

Ein Signalton kündigte das Eintreffen einer Nachricht an. Es war Ems.

»Bin die nächsten zwei Stunden nicht erreichbar. Ich habe einen Termin bei der Thai-Massage. Dann bei der Visagistin. Und danach habe ich das Date mit Zayn. Also …«

»Wenn wir was brauchen, tracken wir dich und zerren dich heraus, egal wo du bist«, kam es von Ab. »Aber für mich okay. Wir sehen uns morgen.«

Und dann kam wieder ein Signalton herein, und eine Nachricht ploppte auf meinem Display auf, dass im *London Outwatch* ein neuer Artikel erschienen war. Seufzend überflog ich ihn.

Verbindung zwischen den Todesfällen: Besteht ein Zusammenhang zwischen dem Tod von Sybill Butts Mutter und dem Mord an Kenneth Hayes?

London, Kensington – Die schockierenden Todesfälle von Sybill Butts Mutter, der langjährigen Assistentin des berühmten Thrillerautors Aryan E. Lamb, und dem Millionär Kenneth Hayes werfen die Frage auf, ob es eine Verbindung zwischen den beiden Morden gibt. Die Ermittler sind zunehmend davon überzeugt, dass die Tatsache, dass Hayes sowohl der Vermieter von Sybill Butt als auch von Aryan

E. Lamb war, eine entscheidende Rolle in dieser beunruhigenden Kette von Ereignissen spielen könnte.

Die Gemeinschaft in Kensington ist tief erschüttert über die grausamen Morde. Zuerst wurde Sybill Butts Mutter erwürgt in ihrer Wohnung aufgefunden, was zunächst Vermutungen über mögliche Familienstreitigkeiten aufkommen ließ. Doch als die Leiche von Kenneth Hayes entdeckt wurde, begannen die Ermittler, eine beunruhigende Verbindung zwischen den beiden Verbrechen herzustellen.

Die Hinweise verdichten sich gegen Sybill Butt, da sie eine direkte Verbindung zu beiden Opfern hatte. Als Assistentin von Aryan E. Lamb spielte ihre Mutter eine bedeutende Rolle in dessen Erfolgsgeschichte, während Hayes als Vermieter sowohl für Butt als auch für Lamb tätig war. Die Polizei hat ihre Ermittlungen verstärkt und fokussiert sich nun intensiv darauf, die Hintergründe der Taten aufzudecken und herauszufinden, ob ein Zusammenhang besteht.

Die Bewohner von Kensington sind besorgt über die mögliche Verbindung zwischen den Todesfällen und die potenziellen Auswirkungen auf die Gemeinschaft. Die Polizei ruft die Bevölkerung zur Mithilfe auf und ermutigt Zeugen, die möglicherweise etwas Verdächtiges beobachtet haben, sich zu melden.

Der London Outwatch *distanziert sich von den Taten und verkündet, dass die Kündigung der Mitarbeiterin Sybill Butt angenommen wurde.*

Ich war noch nicht am Ende angekommen, da erschien schon der erste Kommentar unter dem Artikel.

@miesepeter: »Lassen Sie diese Trulla noch für den *Outwatch* schreiben? Dann kündige ich mein Abo. Aber sofort.«

Darunter erschien gleich eine Antwort von @alleswirdgut: »Lies doch bis zum Ende, @miesepeter. Sie hat gekündigt.«

@miesepeter: »Sie gehört in den Knast.«

@fckthesystem: »@miesepeter, da kann sie sich dann mit dir eine Zelle teilen.«

Bevor das weiter ausartete, schaltete ich mein Telefon aus. Max hatte den Artikel also veröffentlicht. Arme Sybill Butt …

Kapitel 14

»Es war ungerecht, was Isla mir insgeheim unterstellte. Ich bestimmte immerhin, was in dem Artikel schlussendlich stehen sollte, recherchierte vorher und gab dem Ganzen auch den letzten Schliff. Was also sollten diese Vorwürfe?«
Maximilian Wilders denkt über Sinnhaftigkeit nach.

Wie beschissen konnte man sich eigentlich fühlen?

Das war es, was mir die ganze Zeit durch den Kopf ging, während ich den Prompt für den Artikel in das Chatfenster der Künstlichen Intelligenz eintippte.

Was ich hier tat, war im Grunde Betrug. Das wusste ich selbst. Ich ließ eine Künstliche Intelligenz meine Arbeit machen, sparte mir Herzblut und Hirnschmalz und beschränkte meine Tätigkeit auf das bloße Eingeben einer möglichst genauen Umschreibung des Artikelinhalts. Gleichzeitig begehrte alles in mir auf. Was Price und die Gesellschaft von mir verlangten, war zu viel. Ich konnte das alles nicht leisten ohne ein bisschen Hilfe. Klar, die Individualität ging verloren, und ja, der geschliffene Stil, für den man mich bewundert hatte, war nicht mehr zu erkennen, aber auch andere Künstler veränderten sich. Es war auch schon früher vorgekommen, dass Journalisten mit der Zeit routinierter und dadurch eben auch weniger originell geworden waren.

Es war ungerecht, was Isla mir insgeheim unterstellte.

Ich bestimmte immerhin, was in dem Artikel schlussendlich stehen sollte, recherchierte vorher und gab dem Ganzen auch den letzten Schliff. Was also sollten diese Vorwürfe?

Außerdem … Unterstellte Isla auch ihrem Lieblingscafé Betrug, weil sie dort die Kaffeebohnen von einer Maschine mahlen ließen, statt sie von Hand zu mahlen? Warum nutzte sie ein Uber, statt sich von einer Droschke durch die Stadt kutschieren zu lassen? Fragte sie jemals nach, ob die verdammten Jelly Beans, die sie in sich hineinstopfte, von Hand geformt wurden? Warum sollten die Medien die Einzigen sein, die nicht mit der Zeit gingen? Warum sollte vor allem ich der Einzige sein, der nicht mit der Zeit gehen durfte, denn sie konnte mir sagen, was sie wollte: Ich war mir sicher, dass auch meine Berufskollegen sich von Künstlichen Intelligenzen helfen ließen.

Während ich an dem Bericht herumtüftelte – ja, das tat ich, auch wenn das Grundmaterial von der KI stammte –, dachte ich ständig über diese Fragen nach, und als ich den Text endlich in Form gebracht und abgeschickt hatte, war ich an dem Punkt, dass ich ziemlich sauer auf Isla war.

Was war das überhaupt für eine verquere Beziehung zwischen uns? Ja, ich war derjenige gewesen, der ihr ständig signalisiert hatte, dass ich ihr Zeit geben würde. Ich wusste ja, was sie durchgemacht hatte und dass man so etwas nicht einfach so wegsteckte. Und ich hatte mir eingebildet, ihre Zuneigung zu spüren. Manchmal auch ihre Lust. Bereits als sie noch in der Redaktion gearbeitet hatte, war sie in mich verknallt gewesen. Damals hatte ich es gewusst, aber ich hatte sie noch auf Abstand gehalten. Ich wusste: Isla war eine Frau für die Ewigkeit, und ich war noch nicht bereit für die Ewigkeit. Jetzt waren wir beide über dreißig, und der Wunsch, endlich sesshaft zu werden, wurde immer stärker in mir. Mit Isla sesshaft zu werden. Doch egal, wie sehr ich ihr signalisierte, dass ich so weit war, sie entzog sich mir immer im letzten Moment. Ging sie nicht zur Therapie? Irgendwann musste so ein Schaden doch behoben sein – etwas grob ausgedrückt …

Ich seufzte. Dann sah ich auf die Uhr. Es war bald halb vier. Was sie wohl jetzt tat?

Ich wollte sie gerade anrufen, da klingelte mein Telefon. Es war Isla. Unsere gedankliche Verbindung funktionierte offensichtlich doch.

»Isla?«

»Max, ich muss dir was sagen«, flüsterte sie atemlos. »Ich habe eben mit Ab telefoniert, die mit Miller geredet hat …«

»Ja?« Aufregung ergriff von meinem Körper Besitz. »Was ist los?«

»Wusstest du, dass auch Hayes erwürgt worden ist? Und dass auch auf seinem toten Körper ein vorbereiteter Zeitungsartikel gelegen hat?«

Mein Puls galoppierte. »Nein, das wusste ich nicht.«

»Nun, es ist so. Das bedeutet …«

»Es ist derselbe Mörder.«

»Ja«, flüsterte sie. »Und dieser Mörder muss irgendwas

mit der Presse zu tun haben. Ich glaube, du liegst mit deinen Verdächtigungen gegen Sybill Butt womöglich sogar richtig.«

»Mist.« Ich hätte mich jetzt gut fühlen sollen, schließlich hatte mein Instinkt recht behalten, aber es war nicht so. »Ich fühle mich scheiße.«

»Ich kann es mir denken.« Für einen Augenblick war es still in der Leitung, dann atmete sie aus. »Max, ich weiß nicht, ob ich in letzter Minute einen Rückzieher machen werde, aber … hättest du Lust auf ein Date?«

Hallo? Auf diese Wendung war ich nicht gefasst. »Ein Date?«

»Ja, ich … ich möchte mich entschuldigen. Und … außerdem habe ich heute Abend ausnahmsweise mal frei, weil auch Ab und Ems ein Date haben. Sieh es einfach als meinen Entschuldigungsblumenstrauß. Wenn du Lust hast, meine ich. Wenn du keine Lust hast …«

»Ich habe Lust«, unterbrach ich ihr wirres Gestammel. »Endlich, Isla. Du weißt nicht, was für eine Freude du mir damit machst.«

»Freu dich nicht zu früh. Du weißt ja …«

»Kein Druck. Es kommt, wie es kommt. Wo wollen wir uns treffen? Nein, lass dich überraschen. Ich schicke dir den Standort von dem Restaurant. Ja? Um sechs?«

»Um sechs«, wiederholte sie.

Ich konnte mich nicht gegen dieses Hochgefühl wehren, das plötzlich mein Blut zum Rauschen brachte. Ein Date! Und fieberhaft überlegte ich, wie ich es angehen sollte, sie endlich vollends von mir zu überzeugen.

Kapitel 15

»Wieso konnte ich nicht einen auf Ab machen, die Augenbrauen hochziehen und so tun, als würde es mich nicht im Geringsten tangieren? Ich versuchte es, doch mein Gesichtsausdruck geriet zu einer verkniffen-wütenden Grimasse – so sah Ab höchstens an ihren schlechtesten Tagen aus.«
Isla Wright macht eine Reise und vergisst ein Date.

In dem Augenblick, als ich Max das Date angeboten hatte, wusste ich, dass es ein Fehler war. Er und ich, das war ein Konzept, das zum Scheitern verurteilt war. Nicht wegen ihm, er war nahezu perfekt, eher wegen mir. Ich war … verkorkst. Trotzdem war ich damit herausgeplatzt.

Ich hatte die Überraschung in seiner Stimme gehört, als ich den Vorschlag gemacht hatte. Er würde zu viel hineininterpretieren in dieses Treffen, womöglich denken, dass es unsere Beziehung auf eine neue Stufe hob, aber dazu war ich nicht bereit.

Ich verfluchte mich und mein vorschnelles Mundwerk. Was hatte mich bloß dazu getrieben? Leider kannte ich die Antwort, und leider machte sie das alles nicht besser.

Nachdem ich den Kaffee ausgetrunken und bezahlt hatte, war ich zurück ins Büro gefahren, nur um dort festzustellen, dass es verwaist war. Erst dann war mir wieder eingefallen, dass meine beiden Freundinnen sich selbst und eigentlich auch mir bis zum kommenden Tag freigegeben hatten. Obwohl sie vorhin noch ans Telefon gegangen waren, als ich sie darüber informiert hatte, dass Hayes auch Sybill Butts Vermieter gewesen war, rechnete ich mir jetzt kaum mehr Chancen aus, sie zu erreichen.

Blieb nur ich übrig. Isla Wright, die nun an Miss Mollys Schreibtisch saß, ungeduldig mit den Fingern auf die Tischplatte trommelte und sich einsam fühlte. Aus dieser blöden Einsamkeit heraus war der Vorschlag geboren, Max zu einem Date einzuladen. Aus der Einsamkeit und dem leisen Pochen meiner biologischen Uhr heraus, das in den letzten Tagen nie mehr ganz verstummt und durch Ems' Worte noch angefeuert worden war.

Mist!

Noch über zwei Stunden bis sechs. Was um alles in der Welt sollte ich mit der ganzen Zeit anfangen? Wie sollte ich das spöttische Gelächter von Engelchen und Teufelchen, die sich gerade wieder einmal gegen mich verschworen hatten, zum Schweigen bringen?

Stöhnend legte ich meinen Kopf auf die Tischplatte und schloss die Augen. Dann schoss ich wieder empor, denn genau in diesem Augenblick klingelte das Telefon.

Ich atmete einmal tief durch, bevor ich ranging. »Detektei Walker, Wright und Ferguson?«

»Miss Wright?«

Ich wusste sofort, wer am anderen Ende der Leitung war. »Miss Molly?«

»Ja. Ich …« Plötzlich brach sie in Schluchzen aus.

»Was ist los, Miss Molly? Sind Sie wieder in London? Soll ich zu Ihnen kommen?«

»Nein. Nein … ich … bin immer noch bei meiner Schwester. Ich …«

Ich wartete geduldig ab, bis sie wieder sprechen konnte. Es dauerte sicher ein paar Minuten, und ich verging vor lauter Sorge um die alte Dame. Schließlich verebbten die Schluchzer.

»Ich habe eine riesige Dummheit begangen«, sagte sie.

Das konnte ich nicht abstreiten, darum erwiderte ich nichts.

»Sie wissen, was ich angestellt habe. Die Briefe an Frances, dass ich sie gestalkt habe, dass ich Mister Wilders zugeflüstert habe, was in der neuen Familie meines Ex vor sich geht.«

»Sie haben gelogen«, sagte ich.

»Nur ein kleines bisschen übertrieben, aber …« Ihre Stimme zitterte wieder, als sie nach einer kleinen Pause fortfuhr. »Ich habe dieser Sybill große Sorgen bereitet. Eigentlich dachte ich … hoffte ich, dass mein Ex-Mann ins Visier von Mister Wilders rücken würde, aber getroffen hat es das Mädchen.«

»Abgesehen davon, dass es auch für Albert nicht schön wäre, unschuldig im Fadenkreuz der Ermittler zu landen … Möglicherweise könnte es sich bewahrheiten, dass Sybill die Mörderin ist. Es war heute in der Zeitung. Sybill dürfte mittlerweile in Untersuchungshaft sein.«

»Wie?« Im ersten Augenblick wirkte Miss Molly verwirrt, dann schluchzte sie wieder auf. »Nein. Nein. Eben nicht. Sie ist unschuldig. Ich … Miss Wright, ich brauche Ihre Hilfe. Ihre und die von Miss Walker und Miss Ferguson.«

»Wofür?«

»Ich … ich habe einen Brief bekommen.«

»Einen Brief?«

»Ja, mit einer Drohung. Der Brief kam hierher.«

»Jemand hat Ihnen nach Schottland geschrieben?«

Am anderen Ende der Leitung ertönte haltloses Schluchzen.

»Was steht in dem Brief?«

»Ich …« Eine Reihe von verwaschen klingenden Wörtern folgte, von denen ich die Hälfte nicht verstand und die andere Hälfte keinen Sinn ergab. Dann war das Gespräch unterbrochen.

»Mist!«, brüllte ich und knallte den Hörer auf die Gabel. »Mist! Mist! Mist!« Ich versuchte, Miss Molly auf ihrem Handy zu erreichen, aber es erklang nur die Ansage, die mich darüber informierte, dass der gewünschte Teilnehmer nicht verfügbar sei.

Was sollte ich jetzt tun?

Mein erster Gedanke galt meinen beiden Freundinnen. Ems und Ab würden wissen, was zu tun war. Ich griff nach meinem Mobiltelefon und tippte hektisch einen Hilferuf in den Chat, nur um gleich darauf verzweifelt zu fluchen. Das Häkchen neben meiner Nachricht blieb grau, kein zweites gesellte sich dazu. Keine der beiden war online.

Obwohl ich es besser wusste, rief ich Ems an und erhielt ebenso wie bei Miss Molly die Nachricht, dass der gewünschte Teilnehmer zurzeit nicht erreichbar wäre. Dann versuchte ich mein Glück bei Ab. Das Ergebnis war dasselbe.

Ich schloss die Augen und dachte fieberhaft nach. Dass wir Miss Molly mit ihrem Kummer und ihrer Angst alleinließen, war nicht akzeptabel. Also war die einzige Möglichkeit, dass ich nach Edinburgh fuhr, besser gesagt in das Kaff, in dem Miss Mollys Schwester wohnte, und für sie da war.

War das überzogen? Nein. Ich schüttelte den Kopf. Es war völlig angemessen. Außerdem war es sowieso geplant gewesen, dass ich zu Miss Molly fuhr.

Ich rief die App auf, um zu erfahren, dass der schnellste Zug fünf Stunden unterwegs wäre und ich dann irgendwann um Mitternacht bei Miss Mollys Schwester klingeln müsste. Dann suchte ich bei den Flügen und seufzte erleichtert, als ich sah, dass es tatsächlich einen Flug von Gatwick gab, der kurz vor sechs Uhr startete. Wenn ich mich beeilte, konnte ich den noch erwischen.

Ich rief ein Uber, und während ich unten in der Clink Street darauf wartete, buchte ich ein Ticket. Dann tippte ich eine Nachricht an meine beiden Freundinnen, damit sie wüssten, wo ich war, wenn sie irgendwann morgen früh wieder ihre Mobiltelefone einschalteten.

Molly, ich komme, dachte ich.

Im Uber schloss ich die Augen. Ein kleines Nickerchen bis zum Flughafen musste drin sein. Ich fürchtete, dass ich in dieser Nacht nicht viel zum Schlafen kommen würde.

Als ich in Edinburgh mein Mobiltelefon wieder einschaltete, wurde ich von einer Kakofonie an Signaltönen empfangen. Ich hatte beinahe Angst nachzuschauen, denn dass so viele Nachrichten eingetroffen waren, konnte nichts Gutes bedeuten. Doch als ich mich überwand und die App öffnete, war ich erleichtert. Es waren bloß zwei Nachrichten in unserem Freundinnen-Chat und … achtzehn von Max.

»Oh, *fuck!*«, entfuhr es mir, und eine ältere Dame mit Silberlöckchen drehte sich missbilligend zu mir um. Sie war mir völlig egal. Wer mir nicht egal war, war Max. Er hatte mir die Koordinaten für das Restaurant geschickt, in dem er mich hatte treffen wollen – *hatte*, denn ich war natürlich nicht aufgekreuzt. Danach folgten Nachrichten, die in schöner Abstufung seinen ansteigenden Frust ausdrückten.

Von »Hey, Isla! Bin schon da. Aber stress dich nicht. Ich warte gern auf eine schöne Frau!« über »Isla, du hast unser Date doch nicht vergessen, oder?« bis hin zu: »Ich weiß nicht, welches Spiel du spielst, aber ich finde es ganz schön fies, dass du so mit mir umgehst. Ich gehe jetzt nach Hause.« Die letzte Nachricht hatte er um sieben Uhr geschrieben. Danach war Funkstille eingekehrt.

Ich sah auf die Uhr. Es war Viertel nach sieben. Der Arme hatte eine geschlagene Stunde auf mich gewartet. Umsonst. Ich war ein Monster.

Unentschlossen schwebte mein Finger über der Tastatur, dann entschloss ich mich, zuerst nach einem Taxi zu suchen, das mich nach Aberdour bringen sollte. Auf dem Weg dorthin würde ich Max anrufen und mich bei ihm entschuldigen.

»Max!«

»Nein, Isla. Es reicht. So lasse ich nicht mit mir umspringen. Ich weiß, dass du verkorkst bist, aber ich bin nicht dein Psychiater, der mit all deinen Launen zurechtkommen muss.«

Autsch. Das war ein Schlag in die Weichteile. Mir verschlug es die Sprache.

»Ich habe eine verdammte Stunde auf dich gewartet. Ich habe dir hundert Nachrichten getextet, du hast es nicht einmal für nötig gehalten, mir zu antworten …«

»Das habe ich doch schon erklärt. Ich war in der Luft. Ich musste das Telefon abschalten.«

Der Taxifahrer warf einen Blick in den Rückspiegel. Die neugierigen Augen, die unter dem Käppi hervorblitzten, waren von Lachfältchen umringt. Er wirkte sympathisch, nur hatte ich im Moment keine Nerven für andere Menschen, schon gar nicht, wenn sie so offensichtlich meinen Gesprächen lauschten.

Ich wandte mich ab und senkte die Stimme. »Ich kann doch nichts dafür.«

»Ja, sicher. Und ich soll jetzt glauben, dass du das um zwei noch nicht wusstest? Isla Wright steigt neuerdings also einfach in ein Flugzeug ein, macht mal schnell eine

Spritztour nach … wo bist du überhaupt?«

»Auf dem Weg zu Miss Mollys Schwester.«

»Auf dem Weg zu Miss Mollys Schwester? Was machst du denn dort?«

Ich konnte ihm nicht verraten, dass ich hier war, um Miss Molly zu beruhigen. Gerade vor den Medienhyänen war sie doch in den Norden geflüchtet.

»Ist ja auch egal«, sagte Max. »Jedenfalls kannst du mir nicht weismachen, dass das eine spontane Entscheidung war. So bist du nicht.«

Damit hatte er recht. So war ich nicht. Obwohl ich manchmal ziemlich konfus war und in meiner Wohnung oder eigentlich überall, wohin ich einen Fuß setzte, das pure Chaos herrschte, war ich selbst alles andere als flexibel. Wenn ich mich wohlfühlen sollte, durfte sich in meinem Leben nichts ändern – oder möglichst wenig. Die Menschen an meiner Seite blieben über Jahre dieselben; nach meiner Mum hatte ich auch nach bald zehn Jahren, die ich in London lebte, jeden Tag Sehnsucht. Große Veränderungen wie damals, als Price mir von heute auf morgen gekündigt hatte, rissen mir den Boden unter den Füßen weg, und in den Urlaub fuhr ich nie, weil ich an einem fremden Ort völlig orientierungslos war. Aus dem Grund sah es mir tatsächlich überhaupt nicht ähnlich, einfach in einen Flieger einzusteigen und loszudüsen.

»Max, glaubst du mir wenigstens, wenn ich dir sage, dass ich es nicht absichtlich getan habe?« Ich hasste mich selbst für den flehenden Ton. Und noch mehr hasste ich es, dem Taxifahrer offensichtlich das Abendprogramm zu bieten, das er sich gewünscht hatte. »Gibt es was zu sehen?«, fuhr ich den Mann an.

»Nein, alles gut, Miss. Sorry, Miss.«

Ich schnaubte.

»Mit wem redest du da?«, kam es misstrauisch von Max.

»Mit einem Taxifahrer. Was denkst du denn? Dass ich mir jetzt noch einen Mann aufgerissen habe, mit dem ich zu dem Date gehe, das ich dir versprochen habe?«

Sofort wanderten die Augen des Taxifahrers wieder in meine Richtung. »Immer gern, Miss.«

»Ach, seien Sie still! Geht es nicht schneller?«

Er zwinkerte mir zu und drückte aufs Gas.

»Wohin fährst du?«, fragte Max.

»Nach Aber…« Im letzten Augenblick schluckte ich die zweite Silbe des Ortes hinunter, an dem Miss Molly auf Tauchstation gegangen war. »In irgend so ein Kaff in Schottland.«

»Und was machst du da?«

»Urlaub?« Ich wusste selbst, dass das für ihn schnippisch klingen musste. Seine Reaktion überraschte mich daher nicht.

»Ach, rutsch mir doch den …«

Bevor er den Fluch aussprechen und dann auflegen konnte, unterbrach ich ihn. »Stopp! Max! Hör mir zu.«

Er sagte nichts und legte zum Glück auch nicht auf.

»Ich … bin hier, um zu ermitteln. Noch kann ich dir nicht sagen, was ich hier zu finden hoffe, aber wenn ich wirklich etwas finde, bist du nach Ab und Ems der Erste, dem ich es erzähle. Ja?«

Er brummte unbestimmt, dann fragte er: »Worum geht es, Isla?«

»Das kann ich dir nicht …«

»Ich lasse mich nicht mit fadenscheinigen Ausreden abspeisen, Isla.«

Ich atmete durch. »Na gut. Es geht um einen Brief.«

»Einen Brief?«

»Jemand hat einen Brief bekommen, und der Brief bringt denjenigen völlig aus dem Konzept.«

»Du fährst wegen eines Briefes nach Schottland?« Er klang zu Recht ungläubig. »Du weißt aber schon, dass man so was auch scannen oder meinetwegen abfotografieren kann.«

Das war der Moment, in dem es mir reichte. »Ja, weiß ich, Max. Trotzdem fahre ich dahin, um das Original zu sehen. Und weil ich den Menschen, der diesen Schrieb erhalten hat, schätze. Und du kannst mich noch so sehr als Idiotin hinstellen, ich mache es trotzdem. Egal. Jetzt weißt du, warum ich dich versetzt habe. Entschuldigt habe ich mich. Wenn das alles nicht reicht, dann rutsch *du* mir doch den Buckel runter!«

Im Gegensatz zu mir ein paar Augenblicke vorher war er nicht schnell genug, um mich zu unterbrechen. Und er war auch nicht schnell genug, um etwas zu sagen, bevor ich wütend das Gespräch beendete.

»Idiot!«, stieß ich zwischen den Zähnen hervor.

»Ärger im Paradies?«, fragte der Taxifahrer.

»In welchem Paradies?«, fragte ich zurück. Plötzlich rannen mir Tränen die Wangen hinunter. »*Shit!* Mistkerl, elendiger. Trottel. Arsch.« Dann gingen mir die Beleidigungen aus, und die Tränen rannen noch stärker.

»Miss?« Sorge stand im Blick des Taxifahrers.

»Es ist nichts. Vergessen Sie's!«, sagte ich, was bewirkte, dass mir die Augen wieder überliefen. Wütend ballte ich die Hände zu Fäusten. Wieso weinte ich? Weil dieser Arsch sich bescheuert verhalten hatte? Wieso konnte ich nicht einen auf Ab machen, die Augenbrauen hochziehen und so tun, als würde es mich nicht im Geringsten tangieren? Ich versuchte es, doch mein Gesichtsausdruck geriet zu einer verkniffen-wütenden Grimasse – im Glas des Autofensters konnte ich das verunglückte Ergebnis betrachten. So sah Ab höchstens an ihren schlechtesten Tagen aus.

Das brachte mich zum Nachdenken. Wie sah es in Abs Inneren aus? Herrschte dort womöglich auch manchmal so ein Gefühlschaos wie in mir? Was mit Bobby passiert war, musste doch immer noch in ihr nachhallen. Oder faltete Ab ihre Gefühle so säuberlich wie Papiere, bevor sie sie irgendwo abheftete und wegräumte?

»Miss?«

Der Kerl da vorn ließ nicht locker.

Ich zwang ein Lächeln auf mein Gesicht. »Es ist wirklich alles gut. Machen Sie sich keine Sorgen.«

Er wirkte nur mäßig beruhigt, aber er fuhr weiter und warf in der nächsten halben Stunde nur etwa alle drei Minuten einen Kontrollblick in den Spiegel. Irgendwann fuhr er links ran und meinte: »Da wären wir.«

Ich blickte aus dem Fenster. Draußen war es bereits

dunkel, aber hinter den Fenstern von Nummer 2 der Murrel Terrace schien noch Licht. Miss Molly und ihre Schwester waren noch nicht zu Bett gegangen.

Ich hielt dem Taxifahrer die Firmenkreditkarte hin, er buchte den Betrag ab, dann wandte er sich um, und während er mir die Karte zurückreichte, meinte er: »Nichts für ungut, Miss, aber wer auch immer der Kerl ist, der Sie zum Weinen gebracht hat: Er ist es nicht wert.«

Und schon wieder wollten mir die Augen überlaufen. »Woher wollen Sie das wissen?«

»Weil er Sie zum Weinen bringt. Der Mann, der sich eine Frau wie Sie verdient, wird Sie nicht zum Weinen bringen. Im Gegenteil. Er wird dafür sorgen, dass Sie den ganzen Tag nur lachen und fröhlich sind. Er wird Sie mit Liebe überschütten, Ihnen jeden Wunsch von den Augen ablesen. Glauben Sie mir, der Kerl ist Ihre Tränen nicht wert.«

»Na ja«, brachte ich mit Mühe heraus. »Er ist der Einzige, der mich überhaupt sieht.«

»Das ist nicht genug.«

Und plötzlich wusste ich, dass der Taxifahrer recht hatte. Ich war nicht in Max verliebt. Ich war in das Konzept der Liebe verliebt. Ich wünschte mir einen Mann an meiner Seite, den ich lieben konnte, der mich liebte. Aber dieser Mann war nicht Max. Nie gewesen. Und dieser Gedanke schmerzte gleich noch mehr. Ich hatte all die Jahre nur *Sexy Maxi* vor Augen gehabt. Hatte mir das den Blick auf andere Männer verstellt? Vielleicht sogar auf den Richtigen?

»Sie sehen es auch, oder?«, fragte der Taxifahrer.

Ich konnte nur nicken.

»Lassen Sie die Tränen raus. Und wenn sie getrocknet sind, machen Sie die Augen auf. Er wartet auf Sie. Vielleicht irgendwo, wo Sie ihn nicht erwarten.«

»In einem Taxi?«, fragte ich.

»Vielleicht sogar in einem Taxi. Aber so leid es mir tut, Miss, nicht in diesem Taxi. Dieser Mann ist glücklich verheiratet.« Er zwinkerte mir zu. Als würde ich ernsthaft darüber nachdenken, mit ihm anzubandeln! Der Kerl war vermutlich doppelt so alt wie ich.

Und trotz der Abfuhr und der Peinlichkeit, die sie mit sich brachte, musste ich lächeln. »In diesem Taxi sitzt jedenfalls ein weiser Mann. Danke.« Ich drückte ihm eine Zehnpfundnote als Trinkgeld in die Hand, dann stieg ich aus dem Wagen und ging direkt auf das Haus von Miss Mollys Schwester zu.

Ich drückte auf den Klingelknopf und wartete. Drinnen kamen Schritte näher, die Tür wurde aufgerissen, und Miss Molly stand vor mir. Als sie mich sah, erbleichte sie. Schnell stellte ich den Fuß in den Türspalt. Ich hatte keine Lust darauf, die Tür vor der Nase zugeknallt zu bekommen, nachdem ich diese Reise auf mich genommen hatte.

Doch ich hatte ihre Grimasse falsch gedeutet.

»Was ist denn mit Ihnen passiert, Miss Wright?«, fragte sie und trat an mich heran. »Wer hat Ihnen solche Schmerzen zugefügt?«

Und das war der Moment, in dem alle Dämme brachen.

Kapitel 16

»Denn ich hatte nicht vergessen, dass wir nicht in den Urlaub fuhren, sondern uns in Sicherheit brachten. In Sicherheit vor einem Verrückten, der es aus irgendeinem Grund auf Miss Molly abgesehen hatte.«
Isla Wright kommt in den Genuss eines ungeplanten Urlaubs und eines Einhornpullis.

Als ich erwachte, kitzelte ein Sonnenstrahl meine Wangen und der Duft von frisch gemahlenem Kaffee meine Nase. Es dauerte einen Moment, bis ich wusste, wo ich überhaupt war. Ich war gestern gegen acht Uhr in Aberdour angekommen, hatte bei Miss Mollys Schwester geklingelt und mich dann weinend in die Arme unserer Empfangsdame gestürzt, die sich liebevoll um mich gekümmert hatte. Irgendwann war ich wohl auf dem Sofa eingeschlafen. Jemand hatte mir die Schuhe ausgezogen und mich mit einer weichen Wolldecke zugedeckt.

Jetzt war der Morgen angebrochen, und es war an der Zeit, dass ich den Grund meines Besuchs in Schottland ansprach.

»Miss Wright?« Miss Molly streckte vorsichtig ihren Kopf zur Tür herein.

»Ich bin wach«, sagte ich.

»Das ist gut. Agatha hat ein fabelhaftes Frühstück gezaubert. Mit Kaffee!« Sie strahlte mich glücklich an.

Natürlich wusste Miss Molly, dass ich Kaffee liebte. Ich hoffte nur, dass sich ihre Schwester nicht meinetwegen Umstände gemacht hatte, doch ich wurde sofort eines Besseren belehrt, denn Miss Molly fuhr fort: »Agatha hat das letzte Päckchen Kaffee im Laden bekommen. Hat es sogar der gierigen Mrs McLaughlin unter den Fingern weggeschnappt, damit Sie heute Ihren Kaffee bekommen.«

»Oh, das ist mir aber nicht recht.«

»Papperlapapp. Wir Schotten kümmern uns um unsere Gäste. Jedenfalls ist der Kaffee jetzt aufgebrüht, und das Frühstück wartet. Also, wenn Sie auch bereit sind, dann …« Miss Molly wedelte Richtung Küche.

Ich stand mit gemischten Gefühlen auf. *Der Kaffee ist aufgebrüht.* Das klang, als würde ich den Kaffee letzten Endes doch nicht trinken wollen. Aber ich würde die beiden Damen sicher nicht vor den Kopf stoßen. Also schlurfte ich in die Küche.

»Oh, Isla! Du bist auch schon wach. Das trifft sich gut. Das Rührei ist noch warm. Die Pancakes auch. Lass es dir schmecken. Molly hat gesagt, du trinkst den Kaffee mit Milch?« Miss Mollys Schwester Agatha wies auf eine Tasse, in der sich eine braune Flüssigkeit befand, die so gar nichts mit meinem geliebten Latte zu tun hatte, dafür ziemlich genau dem entsprach, was ich mir vorgestellt hatte, als Miss Molly von *aufgebrüht* gesprochen hatte. Wenn ich mich nicht irrte, schwamm auf der Oberfläche des Gebräus Kaffeemehl, und … bildete sich da etwa eine Haut? Ich hatte seit meiner Kindheit keine

Milchhaut mehr gesehen, denn was man in London als Milch vorgesetzt bekam, hatte vermutlich nur noch die weiße Farbe mit richtiger Kuhmilch gemeinsam. Ich war darüber nicht traurig. Schon damals hatte ich mich vor der Haut geekelt.

Ich schluckte. »Riecht lecker!«, sagte ich. Zumindest das war nicht gelogen. Es roch herrlich in der kleinen Küche. »Danke, Miss Agatha.«

»Ach was! *Miss* Agatha. Sind wir hier bei Hof? Sag einfach Agatha zu mir, Isla.«

»Gern.« Ich vermied es, zu Miss Molly zu schauen. Wie oft hatte ich ihr eine weniger förmliche Anrede angeboten, doch sie hatte strikt darauf bestanden, uns mit Miss anzusprechen. Ihre Schwester schien da ganz andere Vorstellungen zu haben.

Ich setzte mich an den Platz mit dem Kaffee, hob die Tasse an und schnupperte genießerisch. Hoffentlich wirkte der Kaffeegeruch auch so belebend wie das Getränk selbst. Viel würde ich davon nämlich nicht hinunterbekommen. Das war sicher. Vorsichtig nippte ich daran. Entgegen allen Befürchtungen schmeckte der Kaffee.

»Hmmm«, stöhnte ich.

Die beiden Damen wechselten einen zufriedenen Blick, dann türmte Agatha einen Berg Rührei auf meinen Teller.

»Halt! Stopp! Wer soll denn das alles essen?«, fragte ich entsetzt.

Agatha ging nicht darauf ein. »Nachher gibt es noch Pancakes.«

Gehetzt sah ich mich nach der Tür um. Ich musste weg. Schnellstens. Doch Miss Molly lachte nur.

Ich sah sie stirnrunzelnd an, und sofort erstarb das Lachen auf ihren Lippen.

»Entschuldigung«, sagte sie. »Ich weiß, ich sollte nicht lachen, aber Sie machen mich immer irgendwie glücklich, Miss Wright. Sie sind für mich wie die Tochter, die ich nie hatte, und wenn Sie so gehetzt aussehen, weil Sie nicht damit umgehen können, dass meine Schwester Sie verwöhnen möchte, dann würde ich Sie am liebsten umarmen.«

Ich grummelte irgendetwas von wegen, sie solle mich mal lieber umarmen, statt mich mit Essen vollzustopfen, bis ich platzte, aber sie lachte wieder nur. Dann wurde ihr Gesicht ernst.

»Abgesehen davon haben Sie natürlich recht«, sagte sie. »Die ganze Situation ist nicht zum Lachen. Der Brief …«

Aha. Wir kamen also zum Grund meines Besuchs.

Miss Molly wechselte einen Blick mit ihrer Schwester, die ihr leicht zunickte.

»Also der Brief … Agatha meint, ich solle mir keine Sorgen machen.«

»Das ist sicher nur Spam«, sagte Agatha. »Zufall, dass der Schreiber irgendwie den richtigen Ton trifft, aber … gleichzeitig hat man beim Lesen doch das Gefühl, es sei nicht Molly gemeint, sondern jemand x-Beliebiges.«

In meinem Kopf blitzte bei der Beschreibung sofort die Künstliche Intelligenz auf. Konnte es sein …

»Kann ich diesen Brief sehen?«, fragte ich.

»Natürlich.« Miss Molly verschwand nach draußen und kam kurz darauf mit ihrem Laptop wieder. Mit ihrem Laptop?

Sie sah meinen fragenden Blick und meinte: »Ich habe den Brief an mein privates Postfach geschickt bekommen.«

»Der Brief ist eine Mail?«, fragte ich.

Sie sah mich kurz verwirrt an, dann meinte sie: »Ja. War das nicht klar?«

»Warum haben Sie mir diese Mail dann nicht einfach weitergeleitet? Dann hätte ich sie mir in London anschauen können, statt den weiten Weg nach Schottland zu machen.«

»Aber ich habe doch nicht von Ihnen verlangt, dass Sie nach Schottland reisen, Schätzchen.« Miss Mollys Wangen hatten sich rosa gefärbt, und sie sah mich schuldbewusst an. »Ich habe bloß weder ein noch aus gewusst, weil dieser Brief … äh, diese Mail mich erreicht hat und … Lesen Sie selbst.«

Ich schob meinen Teller beiseite und zog den Laptop heran.

Aus den Augenwinkeln bekam ich mit, dass Miss Molly sich auf den Stuhl zu meiner Linken sinken ließ. Ich beachtete sie nicht, denn meine ganze Aufmerksamkeit war auf die Mail gerichtet.

Als Sender schien »Ein Zeuge« auf, dessen Adresse »gossippowerhousetea1002003345« lautete. Ziemlich offensichtlich Spam. Im Betreff stand »Das könnte Sie interessieren«. Auch das deutete auf eine Spammail hin.

Dann las ich den Text, und mit jedem Wort stiegen meine innere Unruhe und die Sorge um Miss Molly.

Geehrte Dame,

ich wende mich anonym an Sie, um Ihnen mitzuteilen, dass Ihr Besuch, sei es im Haus von Frances Butt als auch im Haus von Aryan E. Lamb, nicht unbemerkt geblieben ist. Es ist bemerkenswert, dass beide Personen, wie Sie sicherlich wissen, inzwischen ermordet wurden.

Ich schreibe Ihnen aus tiefster Besorgnis und möchte Ihnen nahelegen, meine Worte sehr ernst zu nehmen. Der Ton dieser Nachricht mag vielleicht drohend erscheinen, doch ich kann Ihnen versichern, dass ich es gut mit Ihnen meine. Aus diesem Grund fordere ich Sie auf, am Freitag in einer Woche um Mitternacht zum Taxistand am Tower an der Hill-Station zu kommen.

»Der Droschkenkutscher …«, flüsterte ich. Das konnte kein Zufall sein. In Aryan E. Lambs Roman war von einem Droschkenkutscher die Rede, der das nächste Opfer darstellte. Welche Teufelei heckte der Schreiber dieser Mail aus? War er der Mörder? Sollte Miss Molly am Tatort auftauchen und sich dadurch der Verdacht gegen sie erhärten? Oder war sie selbst in Gefahr?

»Was?« Miss Molly runzelte verwirrt die Stirn.

Ich beachtete sie nicht und las weiter.

Sie sollten wissen, dass ich über weitere Informationen verfüge, die für Sie von Interesse sein könnten. Es liegt in Ihrer besten Absicht, meiner Forderung nachzukommen. Andernfalls könnte ich mich gezwungen sehen, mein Wissen mit der Polizei zu teilen, und dann könnten die Konsequenzen für Sie unvorhersehbar sein.

Bedenken Sie bitte, dass ich mich dafür entschieden habe, diese Nachricht anonym zu verfassen, um Ihnen die Möglichkeit zu geben, zu handeln, ohne dass meine Identität enthüllt wird. Nutzen Sie diese Gelegenheit weise und treffen Sie die richtige Entscheidung.

Mit größter Sorge und in Erwartung Ihrer Anwesenheit am besagten Ort

Ein besorgter Beobachter

Alarmiert klappte ich den Laptop zu, legte ihn weg und stand auf. Ab und Ems mussten wissen, was hier gespielt wurde. Und sie mussten mir sagen, was zu tun war. Ich selbst war mit dieser Situation völlig überfordert. »Ich … ich muss sofort die Mädels anrufen. Sie bleiben hier.«

»Natürlich. Wo sollte ich denn auch sonst …«

Ich hörte nicht mehr, was Miss Molly vor sich hin brabbelte, sondern war schon zur Tür hinausgestürzt, meine Finger um das Handy gekrampft. In der Hoffnung, dass es nicht zu früh war, um meine beiden Freundinnen zu erwischen, drückte ich einfach auf das Wahlsymbol in unserem Gruppenchat und wartete. Es klingelte einmal, es klingelte zweimal, dann hob Ab ab. Lachend.

»… dass sie verschlafen hat. Du wirst sehen. Ja, Isla?«

»Ich habe nicht verschlafen. Ich bin in Schottland. Bei Miss Molly.«

»Bei Miss Molly, aber … wieso?« Ab klang verdattert.

»Sie hat mich gestern angerufen, und weil keine von euch …« In kurzen Sätzen gab ich ihnen eine Übersicht, was gestern Nachmittag passiert war, inklusive meiner Reise nach Schottland und der schrecklichen Entdeckung, die ich gerade gemacht hatte.

»*Shit!*« Ems war die Erste, die sich wieder fasste. »Sag Miss Molly, dass sie auf keinen Fall von dort weggehen soll, wo sie gerade ist.«

»Nein!«, widersprach Ab. »Sie soll abhauen. Zusammen mit dir. Sofort. Taucht unter. Versteckt euch! Und ihr dürft niemandem verraten, wo ihr seid. Niemandem. Auch nicht ihrer Schwester.«

»Aber …«, begehrte ich auf.

Doch Ab blieb hart. »Wir wissen nicht, wer der Mörder ist. Es könnte jeder sein. Vor allem aber könnte es jemand sein, der dich im Auge behalten hat. Und du hast ihn jetzt womöglich direkt zu Miss Molly geführt.«

»Ja, aber …«

»Nein«, unterbrach mich Ab wieder. »Sie soll sich zusammen mit dir in ein Taxi setzen. Heb mit der Kreditkarte tausend Pfund ab, und dann lasst euch von einem Taxifahrer so weit Richtung Norden bringen, dass ihr sicher sein könnt, dass euch niemand folgt. Irgendwann sollten doch diese romantischen *Single-Track-Roads* beginnen, auf denen man stundenlang fahren kann, ohne dass einem jemand begegnet. Wenn du ganz sicher bist, dass niemand hinter euch her ist, sucht ihr euch ein Bed and Breakfast und bleibt dort.«

»Aber …«

»Isla, keine Diskussionen. Wir haben dich einmal fast verloren. Wir riskieren das nicht noch einmal. Klar?«

Das war das Totschlagargument, mit dem Ab jede Diskussion gewinnen würde.

»Ja«, sagte ich.

»Sieh es als Urlaub«, mischte sich Ems ein. »Was würde ich für einen Urlaub in den Highlands geben.«

»Aber ich will keinen Urlaub«, entgegnete ich. »Ich will euch helfen, diesen Fall zu lösen.«

»Das kannst du«, sagte Ab. »Von einem Bed and Breakfast aus. So wie ich das verstanden habe, hat Miss Molly ihren privaten Laptop dabei, oder?«

Ich bejahte.

»Dann werdet ihr den mitnehmen, und du wirst deine Recherche von dort aus machen. Seht einfach zu, dass ihr ein Bed and Breakfast mit ordentlichem Internet findet.«

»Okay.« Ich wusste, wann ich eine Schlacht verloren hatte, aber irgendwie hatte ich das Gefühl, von einer bedeutsamen Sache ausgeschlossen zu sein, und das wurmte mich.

»Wenn das gebongt ist, hätte ich auch noch was zu sagen«, meldete sich Ems.

»Wir sind ganz Ohr«, sagte Ab.

»Zayn sagt, Sybill ist in U-Haft.«

»Malcolm wusste das gestern Abend auch schon«, warf Ab ein.

»Ja.« Ems klang ungeduldig, wie es eigentlich immer der Fall war, wenn man sie nicht ausreden ließ. »Jedenfalls, Lamb wird auch sehr genau beobachtet.«

»Ergibt Sinn«, meinte Ab. »Schließlich hatten die beiden Morde nicht nur mit Sybill zu tun, sondern auch mit dem Thrillerautor.«

»Nur hat er sich damit, dass er auf dieser Pressekonferenz öffentlich seine Theorie verkündet hat, fein aus der Affäre gezogen. Die Polizei hat Gefallen daran gefunden.«

Ab gab ein Geräusch von sich, das klang, als hätte man einem Rottweiler seinen Knochen weggenommen. Möglicherweise hatte auch Chief geknurrt, vielleicht aber bewahrheitete sich hier der Spruch, dass sich Hund und Herrchen oder Frauchen mit den Jahren immer ähnlicher wurden. Ich musste schmunzeln. Ab und ihr Cavalier King Charles Spaniel hatten vielleicht die großen Augen gemeinsam, aber an den Hängelefzen musste Ab wohl noch einige Jährchen arbeiten.

»Dürfen wir mitlachen?« Abs grantige Stimme riss mich aus meinen Gedanken.

Schnell suchte ich nach einer Ausrede. »Sorry. Mir ist grad was in die Nase geflogen. Die Polizei findet Gefallen an Lambs Theorie?«

»Das Thema haben wir vor einer halben Stunde abgehandelt«, knurrte Ab. »Inzwischen sind wir bei deinem feinen Journalistenlover angekommen, der es noch so weit treibt, dass Malcolm ihn verhaften lässt. Wegen Behinderung der Ermittlungen.«

»Wieso? Was hat er denn getan?« In dem Moment, in dem ich die Frage stellte, wusste ich bereits die Antwort. Es war klar. Max hätte meinem Rat folgen und seine Entdeckung der Polizei melden sollen – bevor er den

Artikel veröffentlichte. Ich hatte es ihm ja gesagt, aber wer hörte schon auf mich?

»Er ist schneller als die Polizei. Ständig hat er Informationen, die die Polizei nicht hat, und er lässt die Beamten ganz schön blöd dastehen. Was er gestern veröffentlicht hat ...«

»Dass Hayes auch der Vermieter von Sybill Butt war?«, half ich ihr weiter.

»Genau. So weit waren die Beamten mit ihren Überlegungen noch nicht gekommen. Obwohl ich ganz ehrlich zugeben muss, dass das eine sträfliche Unterlassung war. Schließlich sind wir drei auch draufgekommen, zu kontrollieren, ob es einen Zusammenhang zwischen Hayes, Lamb und Sybill Butt gibt ...«

Ich sparte es mir, sie daran zu erinnern, dass zu »uns dreien« eine ehemalige Polizistin gehörte, dazu eine Anwältin. Natürlich kamen wir auf solche Ideen – besser gesagt, sie. Ich war dann wohl so etwas wie die ausführende Kraft. Wieder kam ich mir unzulänglich vor, und ich wünschte mir, nur einmal etwas herauszufinden, was die beiden übersehen hatten. Etwas, woran niemand anderer beteiligt war und wobei ich den ganzen Ruhm abkriegte ...

Träum weiter, Isla, flüsterte das Teufelchen auf meiner Schulter. Ich wollte es wegschubsen, schließlich konnte ich mir kein weiteres Abdriften erlauben, doch es setzte hinzu: *Du bist für sie nichts weiter als eine billige Kraft, die im Netz nach Dingen recherchiert, die sie eigentlich auch selbst finden könnten.*

»Das stimmt nicht«, sagte ich laut.

»Wie bitte?«, fragte Ab irritiert. »Was stimmt nicht?«

»Nein, alles okay. Es war nur ... der Briefträger. Er hat mir ein Kuvert überreicht, das nicht an Agatha adressiert war. Ich hab es ihm zurückgegeben.«

»Wo bist du überhaupt?«

»Auf den Stufen vor Agatha Ainsworths Haus. Ich wollte nicht, dass Miss Molly zuhört.«

»Kluge Entscheidung«, sagte Ab.

Und das Teufelchen auf meiner Schulter flüsterte: *Bilde dir bloß nichts auf das Lob ein. Du bist ihnen eigentlich nicht einmal für die Recherche etwas wert. Du weißt doch genau, dass Ab wegen jeder Kleinigkeit zu Mister F. rennt statt zu dir.*

Mister F. war Abs Hackerfreundin, die im Darknet zu Hause war. Egal, was Ab brauchte, Mister F. fand es heraus. Der geheime Chat eines Netzwerks für Organhandel – Abs Freundin benötigte eine halbe Stunde, und sie war drin und steigerte pro forma bei der Auktion mit.

Das Teufelchen auf meiner Schulter hatte recht. Ich konnte Mister F. nicht das Wasser reichen. Zwar kannte ich mich auch im Darknet aus, aber wenn es darum ging, sich irgendwo einzuhacken, war ich draußen. Kurz: Ich war überflüssig.

»Isla? Bist du noch da?« Diesmal war es Ems' Stimme, die mich aus meinen Gedanken riss.

»Ja«, sagte ich schnell und dachte: *Wieder*.

»Würdest du uns dann an deinem Wissen über dieses

Buch von Aryan E. Lamb teilhaben lassen?«, fragte Ab. Ihre Stimme klang eisig.

»Ja?«, sagte ich verwirrt.

»Ich habe gefragt, wer der nächste Tote ist.«

»Der Droschkenkutscher.«

»Nach dem Droschkenkutscher«, stöhnte Ab.

»Ach so. Ich war … na ja … Entschuldigt. Nach dem Droschkenkutscher stirbt ein Blumenmädchen.« In dem Moment, als ich das Wort sagte, raste mein Herz los. Ein Stechen in meiner Brust ließ Schweiß an meinem ganzen Körper ausbrechen, und ich begann zu hyperventilieren.

»Isla?« Ems klang besorgt.

Ich konnte nicht antworten.

»Isla! Eine Panikattacke?«

Ich konnte nur ein Röcheln von mir geben.

»Isla!«

Ich versuchte, mich an die Atemtechniken zu erinnern, die meine Therapeutin mir beigebracht hatte, doch die Panik lähmte mein Hirn. Sie hatte mich aus dem Nichts heraus überfallen, und jetzt war es zu spät. An den Rändern meines Sichtfeldes erschienen schwarze und weiße Flecken. Schwindel erfasste mich. In dem Strudel, in dem ich gefangen war, bekam ich nicht mehr mit, was meine Freundinnen ins Telefon brüllten, nicht mehr, was um mich herum los war, bis sich mir eine warme Hand auf die Schulter legte.

»Mädchen, was machen Sie denn für Sachen?« Es war Miss Mollys Stimme, und augenblicklich beruhigte sich etwas in mir. Nur so weit, dass ich an meine Atmung denken konnte und daran, was die Therapeutin gesagt hatte: »Kämpf nicht gegen die Panik an, lass sie kommen, sag dir, dass sie nur kurz da sein und dann wieder verschwinden wird. Lass sie sein.«

Ich wusste nicht, ob diese Erinnerung half oder es die Hand auf meiner Schulter war, Miss Mollys sanfte Stimme, vermischt mit dem Kaffeegeruch, der mit dem Öffnen der Tür herausdrang, oder ob es einfach alles zusammen war. Auf jeden Fall beruhigte sich meine Atmung wieder, und als ich frei atmen konnte, entschleunigte auch mein Herz seinen verrückten Rhythmus.

Und dann kamen die Tränen.

»Lass es raus, Mädchen.«

»Danke!« Ich lehnte mich an Miss Molly, die sich neben mich auf die kalten Stufen gesetzt hatte, ließ die Tränen laufen, und als ich die Anspannung aus meinem Körper geweint hatte, wischte ich mit beiden Händen über mein Gesicht. »Miss Molly, wir müssen packen.«

»Das habe ich mir gedacht. Wo geht's hin?«

»Das wird nicht verraten. Nur eine Sache: Ich brauche unbedingt Ihren Laptop. Kann ich ihn mir ausleihen?«

Sie nickte. »Ich nutze ihn sowieso nur für dieses Kartenspiel.«

Ich grinste. Miss Molly managte alles mit unseren Kunden. Sie schrieb E-Mails, verwaltete den Terminkalender, führte sogar Buch über unsere Ein- und Ausgänge – die professionelle Buchhaltung machte natürlich ein Wirtschaftsberater. Trotzdem war alles Digitale für sie immer noch ein Buch mit sieben Siegeln. Wenn sie ihr geliebtes Kartenspiel auf dem Computer spielte, fühlte sie sich womöglich besonders dekadent, denn andere Frauen in ihrem Alter spielten das Spiel mit Karten, wie es sich gehörte.

»Miss Wright?«

War ich mit meinen Gedanken schon wieder spazieren gewesen? »Ja?«

»Ob wir noch rasch im Superstore vorbeischauen sollen? Oder haben Sie doch etwas mitgebracht?«

Nein, hatte ich nicht. Und ich dankte Miss Molly im Stillen für ihre Weitsicht. Ich wäre mit ihr in die Highlands gefahren und hätte dann irgendwo mitten in der Pampa festgestellt, dass ich keine Unterwäsche zum Wechseln dabeihatte. »Sie sind ein Genie«, sagte ich, stand auf und zog sie hoch. »Wir gehen shoppen. Auf Firmenkosten.«

Eine Stunde später war ich im Besitz entzückender Baumwoll-Slips mit Rosenmuster, die man nur als Liebestöter bezeichnen konnte. Außerdem lagen eine Großpackung Socken – kauf zehn, zahl fünf – und zwei Pullover mit Pailletteneinhörnern in meiner Einkaufstasche. Dazu eine tiefblaue Arbeiterhose Marke Hausmeister, und damit hatte ich mich durch das ganze Angebot des *Super*stores gekauft. Trotzdem war ich zufrieden, denn ich hatte noch dazu Lebensmittel erworben, die für eine Woche reichen würden. Tee für Molly, Kaffee für mich, Jelly Beans in rauen Mengen – zwar nicht die Zauberersorte, aber immerhin – und dazu Obst, Gemüse, Nudeln, Reis … alles, was man so brauchte, um in der Wildnis … ähm, in den Highlands zu überleben. Abgesehen davon hatte ich den Geldautomaten geplündert und tausend Pfund in der Innentasche meiner Jacke.

Zwischen Miss Mollys Reisekoffer, mehreren Lebensmittelkartons und vollen Tüten standen wir beide auf dem Parkplatz vor dem Superstore und warteten auf das Taxi, das wir gerufen hatten. Als es endlich kam und der Fahrer ausstieg, musste ich grinsen.

»Man begegnet sich immer zweimal im Leben«, sagte der Taxifahrer und erwiderte mein Grinsen.

»Sieht so aus.«

»Geht's wieder zurück nach Edinburgh?«

Ich schüttelte den Kopf. »Lassen Sie uns das alles ins Auto schaffen, und dann … ich hoffe, Sie haben etwas Zeit mitgebracht.«

»Bis heute Abend gehöre ich Ihnen.«

»Gut.«

Mit vereinten Kräften beluden wir das Taxi, dann setzten Miss Molly und ich uns auf die Rückbank, und als der Taxifahrer den Motor startete und sich fragend zu mir umdrehte, sagte ich: »Ich möchte so weit in den Norden, wie ich für dreihundert Pfund komme. Und dort dann zu einem netten Bed and Breakfast.«

»Welchen Norden?«, fragte er zurück. Er schien meine Anweisung nicht halb so seltsam zu finden wie ich.

»Wie meinen Sie das? Gibt es mehrere?«

»Westküste, Ostküste, ins Innere?«

»Wo sind weniger Touristen?«

Er grinste. »Im Februar? Da haben Sie überall Ihre Ruhe.«

»Dann fahren Sie einfach nach Überall.«

Er lachte laut auf. »Okay. Okay. Ich habe verstanden. Sie haben keine Ahnung. Sie wollen nur weg. Nun, dann ... habe ich vielleicht etwas für Sie. Kostet auch keine dreihundert Pfund, nur etwa ein Drittel davon. Sie haben Lebensmittel gekauft?«

Ich nickte.

»Alles, was Sie brauchen? Da oben gibt es nämlich weit und breit keinen Laden ... und auch keine Taxis.«

»Alles, was wir brauchen.«

»Dann schnallen Sie sich an. Wir fahren nach Loch Monzievaird.«

Loch Monzievaird ... das klingt nach Magie, dachte ich. Ich wechselte einen Blick mit Miss Molly, die mir mit leuchtenden Augen zunickte.

»Ja, Loch Monzievaird klingt gut«, sagte ich. Dann ließ ich meinen Kopf zurück auf die Kopfstütze sinken und schloss die Augen. *Nur ein bisschen rasten*, dachte ich. *Wenn wir dann auf dem Land sind, kontrolliere ich, ob uns jemand folgt.* Denn ich hatte nicht vergessen, dass wir nicht in den Urlaub fuhren, sondern uns in Sicherheit brachten. In Sicherheit vor einem Verrückten, der es aus irgendeinem Grund auf Miss Molly abgesehen hatte.

Mit der Frage, wer so böse sein konnte, unserer reizenden Empfangsdame Schaden zufügen zu wollen, schlief ich ein.

Kapitel 17

»Und wieder einmal stellte ich mir die Frage, was ich dort eigentlich zu suchen hatte. Detektivischer Spürsinn ging mir offenbar ebenso ab wie gesunder Menschenverstand.« Isla Wright sitzt fest, findet eine Ausbruchsmöglichkeit und sitzt wieder fest.

Ich erwachte, als der Motor unseres Taxis erstarb. Wir befanden uns auf einem leeren Parkplatz. Hohe Hecken verwehrten den Blick auf Gebäude – wenn es denn welche gab.

»Wir sind da.« Der Taxifahrer wirkte jedenfalls zuversichtlich. Er öffnete seine Wagentür und stieg aus. »Ich sehe mal nach, ob überhaupt jemand hier ist. Sonst habe ich noch eine andere Idee.«

Er verschwand hinter einer der Hecken. Wir waren allein.

Ich schaute zu Miss Molly hinüber. »Wo sind wir gelandet?«

Sie zuckte die Schultern. »Keine Ahnung. Ich fürchte, am Ende der Welt.«

Das war im Grunde genau das, was Ab und Ems vorgeschlagen hatten. Trotzdem fühlte es sich hier sehr … einsam an. Zu einsam.

»Ich will hier nicht bleiben«, sagte ich und hörte selbst, wie jämmerlich ich dabei klang.

»Oh, ich finde es hier entzückend.« Miss Molly sah sich begeistert um. »So viel Natur …«

»Eben«, sagte ich. »Zu viel Natur.«

Sie lachte. »Na ja. London ist das definitiv nicht.«

»Hoffentlich haben sie wenigstens Internet hier.«

»Wir werden sehen.«

Unser Taxifahrer kam wieder um die Hecken gebogen, und wir stiegen aus dem Wagen.

»Alles klar«, rief er schon von Weitem. »Sie haben zwar noch nicht geöffnet, aber ihr könnt hier einziehen – wenn euch Bauarbeiten nicht stören. Im Februar kommen normalerweise höchst selten Gäste hierher, daher nutzen Livy und Nigel die Zeit für Instandhaltungsarbeiten.«

»Das stört uns überhaupt nicht«, sagte Miss Molly, bevor ich antworten konnte.

Der Taxifahrer sah mich an, und ich rollte mit den Augen. »Es stört uns nicht, wenn es tagsüber etwas lauter wird. Aber ich brauche Internet.«

»Haben sie. Zumindest im Sommer, wenn ich mit meiner Familie hierherkomme. Das W-Lan reicht über das gesamte Gelände, ihr könnt sogar am Wasser sitzen und dort im Internet surfen.«

Ich nickte zufrieden. »Dann nehmen wir es.«

»Noch eine Sache«, bremste mich der Taxifahrer. »Der Shop ist natürlich geschlossen, aber Livy würde eure Einkaufsliste mitnehmen, wenn sie morgen ihren Wocheneinkauf in Perth macht.«

»Klingt großartig.« Ich lächelte dem Mann zu. Ich kannte ihn nicht, aber er war so freundlich zu mir. »Danke!

Wirklich danke für die Hilfe. Wir werden hier eine fabelhafte Zeit verbringen.«

»Da bin ich sicher.« Er lächelte zurück. »Livy hat gesagt, ihr könnt die Maple Lodge haben. Das ist genau das Häuschen, das wir meistens haben. Ihr werdet es lieben. Und weil sonst keine Gäste da sind, darf ich ausnahmsweise mit dem Auto rein. Also, rein in die Kiste.«

Ich grinste, umrundete den Wagen wieder und stieg ein. Miss Molly folgte meinem Beispiel.

Wenig später fuhren wir durch ein Tor, dann kam ein niedriges Holzhaus in Sicht, vor dem ein Schild mit der Aufschrift *Reception* stand. Ein älteres Paar wartete davor, beide in Blaumänner gekleidet. Ihr Haar war blond gefärbt und trug einen viel zu pinken Lippenstift für ihr Outfit. Er passte mit seinem langen Bart schon eher in die Kleidung. Sie blickten uns freundlich entgegen und beugten sich zu meinem Fenster herab, als der Taxifahrer vor ihnen hielt.

»Willkommen im Loch-Monzievaird-Camp«, sagte die Frau. »Wir freuen uns über euren Besuch. Wenn es euch zu ruhig wird, kommt uns gern besuchen. Wir wohnen direkt in diesem Haus.«

Ich nickte. »Danke!«

»Jeremy sagt, dass ihr aus London kommt.« Aha. Jeremy hieß der Taxifahrer also. Ich zwinkerte ihm zu und verpasste dabei beinahe, was Livy weiter erzählte. »Erschreckt nicht, wenn ihr nachts rund ums Haus seltsame Geräusche hört. Hier gibt es jede Menge Füchse, und manchmal verirren sich auch Rehe und Hirsche zwischen die Häuser.«

»Also keine Mörder und Einbrecher«, sagte ich und nickte ernsthaft. »Ist gespeichert.«

Livy kicherte. »Genau. Auch keine Touristen, Bobbys oder Fremdenführer. Einfach nur Tiere.«

Ich zog einen Flunsch. »Wie langweilig.«

»Oh, es kann sich manchmal recht dramatisch anhören«, versprach sie. »Dass der Laden zu ist, hat euch Jeremy gesagt?«

Ich nickte. »Wir sind versorgt.«

»Jack, der Bäcker, liefert täglich frisches Brot ins Hotel und bringt uns immer ein paar Brötchen mit. Wenn ihr auch möchtet, gebe ich ihm Bescheid.«

»Das wäre großartig«, warf Miss Molly ein.

»Dann ist das abgemacht.« Livy grinste. »Abfahrt, Jeremy. Du weißt wohin.«

»Aye«, machte er. Dann fuhr er mein Fenster hoch, und der Wagen rollte an. Vorsichtig manövrierte Jeremy ihn über einen Feldweg, der ziemlich matschig war. Immer wieder drehten die Räder durch, doch Jeremy schien sich nicht daran zu stören, dass sein Wagen nach dieser Fahrt vermutlich aussah wie nach der Rallye Paris-Dakar.

Ich sah neugierig hinaus. Die Natur schien nicht weniger zu werden. Im Gegenteil. Zweimal blitzten zwischen den Baumstämmen Holzhütten auf, doch Jeremy schaukelte uns vorsichtig weiter.

»Oh! Der See!«, rief Miss Molly plötzlich und zeigte nach links. Ein wunderschöner blauer See lag vor uns. Die Wasseroberfläche schimmerte im Sonnenlicht, und ein Schwan, der majestätisch mitten darauf schwamm, machte das Bild perfekt. »Ich liebe diesen Ort jetzt schon.«

Ich seufzte. Ich fand es auch sehr schön, aber ich wusste, ich würde spätestens heute Abend das Pulsieren der Stadt vermissen. Die Cannabis-Schwaden, die von der Straße in mein Zimmer drangen, meinen Kater Hagrid ... Hagrid! Mist! Ich hatte Hagrid völlig vergessen!

»*Shit!*«, fluchte ich laut.

Der Blick des Taxifahrers traf mich im Rückspiegel.

»Was ist los?«, fragte Miss Molly erschrocken.

»Hagrid! Mein Kater! Er ist seit gestern Morgen allein in der Wohnung. Inzwischen hat er sicher das ganze Futter aufgefressen, und das Klo quillt über! Ich muss ...«

»Sie müssen gar nichts, Miss Wright«, sagte Miss Molly. »Wir rufen einfach Miss Walker an, und sie kümmert sich um das liebe Tierchen.«

Was sie sagte, war gleich auf so vielen Ebenen falsch, dass ich verzweifelt auflachte. »Erstens: Ab hasst Katzen, Hagrid im Besonderen. Zweitens würde sie niemals meine Wohnung betreten – nicht freiwillig und nicht unfreiwillig. Das Chaos dort ist der für sie wahr gewordene Albtraum Nummer eins. Und drittens: Hagrid ist vieles, aber ganz sicher kein liebes Tierchen. Katermonster trifft es eher.«

Miss Molly schmunzelte bei meinem Ausbruch. »Nun ja, dann sollten wir vielleicht Miss Ferguson ...«

»Nein ...« Wieder schüttelte ich den Kopf. »Ems mag Tiere auch nicht. Ich ... brauche jemanden, der ...« Die einzige Person, die mir einfiel, war Max. Ausgerechnet.

Meine letzten Worte an ihn fielen mir ein. *Wenn das alles nicht reicht, dann rutsch* du *mir doch den Buckel runter.* Dann hatte ich aufgelegt. Erst jetzt wurde mir bewusst, dass Max sich seitdem nicht mehr gemeldet hatte. Es war Funkstille zwischen uns. Ich hatte es mir wohl für immer mit ihm verdorben.

Bevor mir wieder die Tränen überlaufen konnten, schüttelte ich den Kopf, atmete einmal tief ein und wieder aus und meinte: »Es ist wohl besser, ich rufe meinen Vermieter an. Er muss wenigstens nicht durch die halbe Stadt fahren, um sich um Hagrid zu kümmern, und ... er hat einen Schlüssel.« Den Würgereiz, der mich befiel, als ich daran dachte, was Pierre als Gegenleistung erwarten würde, ignorierte ich.

»Das ist es«, sagte Jeremy und hielt den Wagen an. Er zeigte auf ein idyllisch gelegenes Holzhäuschen. Auf der Veranda standen eine Hollywoodschaukel und eine Tischgruppe.

»Wie schön!« Miss Molly sah sich mit leuchtenden Augen um.

»Ich habe ja gesagt, dass es euch gefallen wird.« Jeremy sah zufrieden mit sich aus. »Ich trage euch die Sachen hoch, und dann ...«

»Und dann rechnen wir ab«, führte ich seinen Satz zu Ende. »Darf ich nur schnell die Sache mit meinem Kater erledigen?«

Er nickte verständnisvoll. »Dann wollen wir beide mal, mein Mädchen?«

Miss Molly kicherte wie ein Backfisch und folgte ihm mit zwei Tüten voller Lebensmittel die Stufen hoch zu dem Häuschen, in dem wir in den nächsten Tagen gefangen sein würden.

Seufzend rief ich Pierre an, der versprach, sich um mein Monster zu kümmern, und wie erwartet gleich die Forderung nachschob, mich nach meiner Rückkehr »mal schön ausführen« zu dürfen.

Ich versprach es. Ein Date würde mich nicht umbringen. Sicherheitshalber schickte ich Ems eine Nachricht, in der ich sie bat, von Zeit zu Zeit in meiner Wohnung nach dem Rechten zu sehen. Sie empfing die Nachricht, hatte sie aber noch nicht gelesen. Vermutlich steckte sie in Ermittlungen. Ich ignorierte den Stich, der sich bei dem Gedanken in mein Herz bohrte.

Doch Teufelchen ignorierte nichts. *Die beiden haben Spaß ohne dich*, flüsterte es.

Na und?, erwiderte Engelchen. Hatten sie ja auch, bevor sich Isla zur Detektei gesellt hat.

Der Unterschied ist, dass sie jetzt dabei ist.

Du kennst den Grund.

Ist das nicht vielleicht eine fadenscheinige Ausrede, weil sie sie nicht dabeihaben wollen? Weil sie wissen, dass sie ohne Isla besser dastehen? Isla, die die ganze Zeit über nur pfuscht und nicht wirklich einen nennenswerten Beitrag zu den Ermittlungen leistet?

»Ich pfusche nicht«, unterbrach ich die Diskussion zwischen den beiden. »Und ich leiste einen Beitrag. Die beiden sorgen sich um mich. Deswegen bin ich hier und nicht in London. Aber ich kann auch von hier aus meinen Beitrag leisten.«

Wer's glaubt, kicherte Teufelchen.

Und ich hatte nicht übel Lust, mir selbst eine runterzuhauen, um den kleinen Störenfried von meiner Schulter zu vertreiben. Zum Glück verhinderte die Rückkehr von Jeremy eine Fortsetzung der Diskussion. Ich packte einen der Kartons, wartete, bis er einen weiteren gepackt hatte, und stapfte hinter ihm die Treppe hoch zum Häuschen.

Durch einen Flur ging es in den Wohnraum. Als ich diesen betrat, wurde ich von Tartanmustern erschlagen. »Uff!«, machte ich.

Jeremy hinter mir gluckste amüsiert. »Ist anfangs ein bisschen viel, aber man gewöhnt sich daran. Irgendwann überlegt man, ob man seine eigene Wohnung nicht auch so einrichten möchte.«

»Nie im Leben«, schwor ich. In dem holzgetäfelten Raum trugen nicht nur die Sofamöbel und die Vorhänge ein Tartanmuster, sondern auch der Boden war mit einem blauen Tartan-Teppich ausgelegt – auch in dem Bereich, in dem die Kochnische war. Mir schwante Übles.

Hinter mir kicherte Jeremy wieder. »Im Schlafzimmer ist der Tartan rot.«

»Na super.«

In dem Moment kam Miss Molly aus einem der drei Zimmer, die von dem kurzen Flur abgingen. »Ich würde vorschlagen, wir teilen uns diese beiden Zimmer«, sagte sie. »Da links ist das Elternschlafzimmer, das ich Ihnen überlassen würde, liebe Miss Wright, und daneben das

Twins-Zimmer, in dem ich nächtigen würde. Das Zimmer mit den Etagenbetten könnten wir dann unberührt lassen … oder möchten Sie gern in einem Etagenbett schlafen?«, setzte sie etwas verunsichert nach.

Ich schüttelte den Kopf. »Das Elternschlafzimmer geht in Ordnung für mich.«

»Dann beziehe ich mal die Betten.« Miss Molly wuselte bereits nach links, wo mein zukünftiges Zimmer lag. Ich wollte sie zurückrufen, da fiel mir etwas ein, was ich besser in ihrer Abwesenheit erledigte.

Ich zog Jeremy hinter mir nach draußen auf die Veranda. Dort sagte ich mit unterdrückter Stimme: »Eine Sache noch, Jeremy.«

»Ja?« Plötzlich sah er misstrauisch aus. Dachte er, ich wolle die Kosten für die Fahrt verhandeln?

Ich lächelte. »Zuerst einmal muss ich bezahlen. Reichen die dreihundert Pfund?«

Er wehrte ab. »Das ist zu viel. Es macht allerhöchstens hundert.«

»Ich bestehe auf den dreihundert.« Ich hoffte, dass meine beiden Freundinnen mir verzeihen würden, wenn ich mit dem Geld der Firma um mich schmiss wie Krösus. Aber ich war Jeremy wirklich extrem dankbar. »Sie haben uns einen viel besseren Platz beschert, als ich ihn gefunden hätte. Aber ich bräuchte noch etwas von Ihnen. Und zwar … ich bin leider eingeschlafen, und eigentlich hätte ich das im Auge behalten sollen. Was natürlich Mist ist, aber … ist uns vielleicht jemand gefolgt?«

Der Taxifahrer zog die Augenbrauen zusammen. »Uns? Gefolgt? Wie in einem Krimi?«

Ich nickte.

Er schüttelte den Kopf. »Nein.« Das Nein kam zu schnell.

»Sicher?«, bohrte ich nach.

»Nein!« Wieder kam die Antwort viel zu schnell, doch veränderte sich Jeremys Gesichtsausdruck. »Oder vielleicht doch?«

Eis breitete sich in meinen Adern aus. »Wer?«

Erneut schüttelte er den Kopf. Langsamer diesmal. »Nein, doch nicht. Also da war mal so ein silberner Wagen, der eine Zeit lang hinter uns gefahren ist. Aber in Perth haben wir ihn verloren. Danach war er fort.«

Mein galoppierendes Herz beruhigte sich nur langsam. »Sicher?«

Jeremy nickte. »Ganz sicher. Ich weiß es, weil ich mich gewundert habe. Rund um Perth herum ist es normalerweise nicht so einsam auf den Straßen. Aber ich kenne die Gegend ja auch nur im Sommer, wenn all die italienischen Touristen mit ihren Campern die Straßen verstopfen. Trotzdem hab ich mich gewundert, weil eben niemand zu sehen war. Nicht vor und nicht hinter uns – nicht einmal, als wir auf einer geraden Strecke waren.«

»Danke«, sagte ich. Ich war ehrlich erleichtert. Dann fiel mir noch etwas ein. »Darf ich Sie noch um etwas bitten, Jeremy?«

»Natürlich.« Das Misstrauen von vorhin war verschwunden. Dafür stand Neugier in seinem Blick.

»Würden Sie bitte niemandem verraten, dass Sie uns hierhergebracht haben?«

Er nickte ernsthaft. »Sie sind da in eine schlimme Sache hineingeraten, oder, Miss?«

»Vielleicht. Vielleicht auch nicht.«

»Ich mache mich doch nicht strafbar, wenn ich das für mich behalte?«

Ich schüttelte den Kopf. »Ganz sicher nicht.« Doch mir war klar, dass ein Massenmörder in diesem Moment dasselbe versprochen hätte. »Ich … schwöre. Ich … Wissen Sie was? Ich schreibe Ihnen eine Telefonnummer auf. Da rufen Sie an. Es ist die Nummer einer Privatdetektei. Wer auch immer sich meldet, weiß, wer ich bin.« Ohne auf seine Antwort zu warten, wühlte ich in meinen Taschen und hatte bald einen alten Kassenbeleg gefunden, in der Jackentasche einen Kuli, der nach dreimaligem Anhauchen tatsächlich funktionierte. Ich notierte die Nummer der Detektei und meinen Namen, dann reichte ich dem Taxifahrer die Notiz. »Zu keinem anderen ein Wort, ja?«

Ich machte mir einen gedanklichen Vermerk, dass ich möglichst schnell eine Nachricht an die beiden Mädels schicken musste, damit sie Jeremy auch die gewünschte Information gaben. Nicht, dass er wieder kehrtmachte und mit der Polizei im Schlepptau dieses reizende Camp überfiel, im Glauben, dass er einer Schwerverbrecherin geholfen hatte, einen Unterschlupf zu finden.

»Versprochen.« Jeremy grinste. »Und wenn Sie was brauchen – vor allem ein Taxi –, hier ist meine Nummer.«

Er hielt mir seine Visitenkarte hin, und ich schlug mir innerlich gegen die Stirn. So ein Teil hätte ich auch in meiner Geldbörse gehabt, und natürlich war darauf die Festnetznummer der Detektei vermerkt. Und wieder einmal stellte ich mir die Frage, was ich dort eigentlich zu suchen hatte. Detektivischer Spürsinn ging mir offenbar ebenso ab wie gesunder Menschenverstand.

Kapitel 18

»Hier spricht Großer Adler. Das Küken ist gelandet.«
Isla Wright führt ein Telefonat, das mit einem Knall endet.

Als Jeremy fort war, stapfte ich mit den letzten beiden Einkaufstaschen die Treppen hoch zu unserem Häuschen und beförderte sie in den Wohnraum, wo Miss Molly schon dabei war, alles in die Schränke zu stopfen.

»In der Küche gibt es sogar einen Backofen«, schwärmte sie. »Mit Brotbackfunktion. Und Induktionsplatten. Und in der Gästeinformation steht, dass wir die Wäsche im Haupthaus waschen können – ohne Aufpreis.«

»Toll«, sagte ich, obwohl mich weder die Brotbackfunktion noch die Möglichkeit, meine Wäsche waschen zu können, in Begeisterungsstürme ausbrechen ließ.

»Ich kann uns einen Kuchen backen. Allerdings bräuchte ich dafür Mehl und Zucker. Wann hat Livy gesagt, dass sie ihren Wocheneinkauf macht?«

»Morgen.« Zumindest glaubte ich, dass irgendwer das gesagt hatte.

»Dann schreib ich mal Mehl und Zucker auf. Und vielleicht ein Backtriebmittel und Vanille und …«

Während Miss Molly weiter vor sich hin plapperte und aufzählte, was wir ihrer Meinung nach alles vergessen hatten, sah ich mich um. Ein Fernseher, zwei Polstersessel – kariert – und ein ebenso kariertes Sofa. In einem offenen Regal eine Schachtel mit Gesellschaftsspielen und ein paar zerlesene Romane, die vermutlich andere Gäste hiergelassen hatten.

Ein Buchrücken fiel mir besonders ins Auge, und ich näherte mich dem Regal, um mich zu vergewissern, dass ich richtig gesehen hatte. Ich hatte. Es handelte sich um einen weiteren Krimi von Aryan E. Lamb. *Schatten der Vergangenheit*, so lautete der Titel, und das Cover war genauso düster gehalten wie das seines aktuellen Buches. Ein Wink des Schicksals? Oder wollte mich jemand da oben verhöhnen?

Ich nahm das Buch heraus und klappte es auf. Auf der Seite mit der Titelei stand eine handgeschriebene Widmung.

»Für Cathy, meinen treuen Fan. Mögen die Schatten der Vergangenheit weder unsere Gegenwart noch unsere Zukunft berühren. In Liebe, Aryan E. Lamb.«

Ich schluckte. War es normal, dass ein Autor eine solche Widmung in ein Buch schrieb? Ich dachte nach. Als Journalistin war ich damals häufig bei Buchvorstellungen zu Gast gewesen. Meistens waren es hochkarätige Autoren und Autorinnen, zu denen Price uns geschickt hatte – mit den unteren Rängen der Bestsellerlisten gab er sich nicht ab –, und natürlich hatte ich auch immer signierte Exemplare mitbekommen. Ein Prädikat wie *»Ein Krimi, der Sie bis in Ihre tiefsten Albträume verfolgt* – London Outwatch« trieb ein Buch schnell mal an die Spitze der Bestsellerlisten, und da stellte man sich mit der Presse lieber gut. Die Exemplare, die ich abgestaubt hatte, waren aber meistens nur signiert worden. Das höchste der Gefühle war ein »Viel Spaß beim Lesen« gewesen.

Diese Widmung kam mir seltsam persönlich vor. Natürlich bezog sie sich auf den Titel, aber gleichzeitig wirkte sie auch so, als verbände den Autor und diesen Fan etwas ganz Besonderes, ein Geheimnis. Ich blätterte durch das Buch, fand einen Glücksklee auf Seite 113, und dann blieb ich bei der Danksagung hängen, weil mir derselbe Name ins Auge sprang.

»Danke an Cathy, die auch in der Dunkelheit an meiner Seite geblieben ist. Dein Lächeln, Cathy, verjagt jeden Schatten.«

Da war sie wieder. Cathy. Jemand, der offensichtlich wichtig für Aryan E. Lamb war. So wichtig, dass sie einen Platz in der Danksagung bekommen hatte. Es war nicht seine Frau, denn der dankte der Thrillerautor ein paar Zeilen darunter – und es klang weitaus beliebiger.

Was mich dabei stutzig machte: Cathy schien umgekehrt nicht viel von Lamb zu halten. Schließlich hatte sie das Werk, in dem ihr namentlich gedankt wurde und das eine persönliche Widmung enthielt, einfach in einem Ferienhaus stehen gelassen. Wer tat so etwas?

Ich musste herausfinden, wer sie war, und – mein Herz machte einen kleinen Freudensprung – dazu musste ich nicht in London sein.

»Miss Molly?«

»Ja, Miss Wright?«

»Darf ich Ihren Computer benutzen?«

»Aber das hatten wir doch so abgemacht, nicht?«

»Wo ist er denn?«

In Windeseile brachte mir Miss Molly ihren Laptop zu einem der Polstersessel, klappte ihn auf, gab ihr Passwort ein – bevor ich es geschafft hatte, wegzuschauen, wusste ich, dass es ihr Geburtsdatum war – und trat zurück. »Mein Computer ist Ihr Computer, Miss Wright. Möchten Sie Tee oder Kaffee? Und vielleicht ein paar Schoko-Cookies? Es sind nur gekaufte, aber ab morgen habe ich auch wieder die selbstgemachten. Nur gut, dass ich das Rezept hier oben abgespeichert …«

Bevor der Monolog wieder nicht endete, unterbrach ich sie. »Cookies wären großartig, und dann … Möchten Sie vielleicht ein bisschen die Umgebung erkunden, Miss Molly? Vielleicht am See entlangspazieren? Ich habe vorhin eine ganze Wiese voller Narzissen gesehen. Das sah wunderhübsch aus.«

Miss Molly schluckte den Köder. »Wo?«

»Richtung Eingang, aber dann nehmen Sie den Weg runter zum See. Die Narzissen stehen direkt am Ufer und sehen spektakulär aus.«

»Oh. Ich mache nur rasch den Tee, dann …«

»Gehen Sie nur. Sie haben ja Urlaub.«

»Tee machen kann ich doch auch im …«

»Nein, lassen Sie. Ich brauche keinen Tee. Außerdem ist noch nicht einmal *Tea Time*. Wir haben noch eine ganze Stunde.« Bevor sie in Wehklagen ausbrechen konnte, weil wir das Mittagessen verpasst hatten, scheuchte ich sie nach draußen. »Ein Strauß Narzissen wäre hier drin auch wunderschön«, suggerierte ich, und damit hatte ich sie.

Miss Molly dackelte ab, und ich hatte meine Ruhe.

Als Erstes rief ich ihr Mailprogramm auf, suchte die Mail, die sie bekommen hatte, und leitete sie an Ems und Ab weiter. Über unseren Telefonchat schickte ich ihnen eine Nachricht, wo wir waren und dass ich ihnen den »Brief« weitergeleitet hatte.

»Ist sie gerade bei dir?«, kam es postwendend von Ems.

»Nein.«

Unmittelbar, nachdem ich die Nachricht abgeschickt hatte, klingelte mein Telefon. »Isla!«

»Ems?«

»Seid ihr gut angekommen?«

Ich nickte, obwohl sie das nicht sehen konnte. »Wir sind an einem netten kleinen Loch, keine Menschenseele weit und breit, Internet funktioniert. Also gebt mir was zu tun.«

»Erstens mal: Es war extrem unvorsichtig von dir, diesem Taxifahrer zu sagen, wer du bist.«

»Oh. Hat er sich schon bei euch gemeldet?«

»Natürlich. Du hättest ihn mal hören sollen. *›Hier spricht Großer Adler. Das Küken ist gelandet.‹* Das waren seine ersten Worte. Ich wollte schon auflegen, wie ich das immer bei unerwünschten Werbeanrufen mache, da hat er deinen Namen erwähnt.«

Ich musste grinsen. Es wäre zu lustig gewesen, das Gespräch mit anzuhören. »Was hat er genau gesagt?«

»Dass er dich an deinen Zielort gebracht hat und wissen möchte, ob Isla Wright eine Kriminelle oder eine unschuldig Verfolgte ist.«

Ich kicherte. »Und was hast du gesagt?«

»Dass sie nicht kriminell ist, aber dass ich ein Hühnchen mit ihr rupfen werde, sobald ich sie in die Finger kriege. Schon allein aus dem Grund, weil sie wildfremden Menschen, die eindeutig einen Knall haben, ihren Aufenthaltsort verrät.«

»Na ja, zu Fuß hätte ich ja nicht hierherlaufen können – noch dazu mit Miss Molly im Schlepptau.«

»Aber es hat dich niemand gezwungen, ihm deinen Namen zu verraten.«

»Mit meinem Namen kann er wohl nicht allzu viel anfangen.«

»Das kann man nie wissen. Besonders, weil der Typ eindeutig einen an der Klatsche hatte.«

Seltsam. Ems sagte das jetzt zum zweiten Mal. Mir selbst war Jeremy nicht verwirrt vorgekommen. Im Gegenteil. Eher weise. »Wieso sagst du ständig, dass er einen an der Klatsche hat?«

»Na ja, dieses blöde Agentengehabe und dann die Andeutungen wegen dieses silbernen Wagens.«

Schlagartig füllten sich meine Adern mit Eis. »Ein silberner Wagen? Was hat er genau gesagt?«

»Dass ihn ein silberner Wagen verfolgt hat. Er wollte ständig von mir wissen, ob darin der Mörder saß.«

Ich schluckte hart. Meine Kehle war wie ausgedörrt.

»Isla?«

Wieder schluckte ich.

»Isla, alles in Ordnung?«

»Ja.« Meine Kehle war rau.

»Es ist nicht alles in Ordnung, oder? Was ist los? Was ist mit diesem silbernen Wagen?«

»So einer hat uns verfolgt. Aber nur bis Perth. Jeremy war sich sicher, dass die Straße hinter Perth menschenleer war. Ich glaube ... ich meine, es könnte sein, dass darin wirklich der Mörder saß. Dass er Miss Molly schon länger beobachtet und gesehen hat, wie wir ins Taxi gestiegen sind, und ...«, ich schluckte, »dass er uns gefolgt ist und einen günstigen Augenblick abwartet, um Miss Molly ... um uns ...« Bilder von Haken, die sich in meinen Körper bohrten, blitzten vor meinem inneren Auge auf, und wieder drohte die Panik von mir Besitz zu ergreifen.

»Der silberne Wagen hat ihn ab Perth wieder verfolgt«, sagte Ems mit brüchiger Stimme.

Ich mahnte mich zur Ruhe. Atmete ein und aus. Einmal, zweimal. Dann fragte ich: »Denkst du, der Verfasser der Mail hat etwas damit zu tun? Denkst du, er ist der Mörder?«

»Ich weiß es nicht, Isla, aber ... Scheiße ja, das denke ich. Passt auf euch auf. Sperrt euch ein. Verriegelt Fenster und Türen und ... lass Miss Molly am besten nicht vor die Tür.«

Mit schlechtem Gewissen dachte ich daran, wo Miss Molly war.

»Hast du gehört, Isla? Geht nicht vor die Tür, bis der ganze Zauber vorbei ist. Ab und ich versuchen, die Sache so schnell wie möglich aufzuklären.«

»Lasst mich helfen«, flüsterte ich, obwohl kein Grund dafür bestand.

»Wir melden uns, wenn du was machen kannst.«

»Bitte, Ems. Bitte. Ich ... komme mir so unnütz vor. Ich ... will etwas beitragen.« In diesem Moment fiel mir die Widmung ein, und ich erzählte Ems davon.

»Ja«, sagte sie zögernd. »Es könnte interessant sein, mehr über diese Cathy herauszufinden.«

»Alles, was ich dafür brauche, ist ein Laptop und Internet.«

»Dann ist es gut. Ach, und suche auch noch nach einem Grund, warum der Mörder es genau auf Miss Molly abgesehen hat. Da muss es irgendwas geben. Wir müssen wissen, warum er versucht, sie zu diesem Taxistand zu lotsen. Wann war das noch einmal? Freitag in einer Woche?«

Ich brachte ein schwaches »Ja, genau« heraus.

Ems fuhr fort: »Wenn unsere Theorie stimmt, müsste doch nicht eine x-beliebige Frau das nächste Opfer sein, sondern ein Taxifahrer, oder?«

Und das war der Moment, in dem sich meine Adern erneut mit Eis füllten. Ein Taxifahrer. Der silberne Wagen. Er war nicht hinter Miss Molly und mir her, sondern hinter unserem Taxifahrer. Dem Mann, der uns in Sicherheit gebracht hatte. War Jeremy in Gefahr? Und wenn ihm etwas passierte – waren dann Miss Molly und ich die Letzten, die ihn lebend gesehen hatten?

»Isla?«

»Ems, ich muss dich ganz schnell aus der Leitung kicken. Ich muss jemanden anrufen.«

»Aber ich ...«

Den Rest hörte ich nicht mehr. Ich durchwühlte alle meine Taschen nach Jeremys Visitenkarte, legte vertrocknete Jelly Beans, Zettelchen, Büroklammern, Gummibänder, Sicherheitsnadeln und verfallene U-Bahn-Tickets auf das Tischchen vor mir, bis ich endlich die Visitenkarte in der Hand hielt, die der Taxifahrer mir vorhin gegeben hatte. »Jeremy Crawford« stand darauf. Hektisch wählte ich die Nummer.

»Jeremy«, meldete er sich.

»Ich bin's. Isla.«

»Hallo, Isla Wright.«

»Sie haben schon im Büro angerufen, habe ich gehört.«

»Jep. Die Dame dort war ein bisschen angepisst. Hat sie keinen Humor?«

»Gerade mal eher weniger, weil sie sich große Sorgen macht«, versuchte ich, meine Freundin in Schutz zu nehmen. »Sie haben ihr gesagt, dass der silberne Wagen Sie wieder verfolgt hat?«

»*Verfolgt*. Ich bin immer noch unterwegs. Er ist hinter mir.«

»*Shit!*«, entfuhr es mir. »Wie verhält er sich?«

»Hm …«, machte er. Ich konnte förmlich spüren, wie Jeremy in den Rückspiegel sah, um Worte für das Verhalten des Wagens hinter ihm zu finden. »Ganz normal, würde ich sagen. Hält sich an alle Geschwindigkeitsbegrenzungen, überholt nicht, fährt nicht zu dicht auf.«

»Fahren Sie mal langsamer.«

»Damit er mich überholt?« Jeremy machte ein missbilligendes Geräusch. »Hab ich schon versucht. Er hat nicht überholt.«

»Und wenn Sie schneller fahren?«

»Fährt er auch etwas schneller.«

Ich bekam Angst um den netten Fahrer. »Jeremy. Sie müssen ihn abhängen.«

»Den Gedanken hatte ich auch schon. Aber er klebt an mir wie eine Klette.«

»Gibt es keine Polizeistation in der Nähe?«

Er schnaubte. »Die nächste ist in Edinburgh.«

»Wie weit ist das noch?«

»Noch etwa vierzig Meilen.«

»Tankstellen?«

»Hören Sie, Isla. Ich weiß nicht, warum Sie untertauchen müssen, aber ich habe mein Lebtag nichts Unerlaubtes gemacht. Ich habe immer brav meine Steuern gezahlt, bin mit meinen Nachbarn gut ausgekommen, habe meine Frau nie betrogen. Ich bin vielleicht nicht der beste Mensch, aber ich habe versucht, mein Leben so gut wie möglich zu leben. Mir will niemand was Böses. Der Typ, der da hinter mir durch die Gegend fährt, ganz bestimmt auch nicht. Womöglich ist es ein Fahranfänger, der …«

Krach ertönte, gefolgt von einem Fluch. Dann heulte ein Motor auf.

»Jeremy?«

»*Shit! Fuck!*« Der Taxifahrer hatte mich vergessen, fluchte und trat deutlich hörbar aufs Gaspedal. Der Motor brüllte wütend, dann ertönte wieder ein lauter Knall.

»Jeremy, was ist da los?« Doch ich wusste längst, was los war. »Jeremy!«

Ein Knall, der lauter war als alle vorhergehenden, danach ein seltsames Gluckern, und plötzlich war die Verbindung unterbrochen.

»Jeremy«, flüsterte ich verzweifelt, doch ich wusste, dass er mich nicht mehr hören konnte.

Kapitel 19

»Ab liebte mich. Sie würde sich eine Kugel für mich einfangen, wenn nötig. Sicher mit einem zynischen Kommentar, aber sie würde alles tun, um mich vor jeder bösen Macht da draußen zu schützen.«
Isla Wright kommt zu einer tiefen Erkenntnis und hat eine neue Theorie.

»Jeremy.« Ich flüsterte, rief, brüllte, flehte … Die Leitung blieb stumm. Die Sorge um den Taxifahrer nahm mir beinahe die Luft zum Atmen. Jeremy, der freundlichste Mann Mitte fünfzig, der mir in letzter Zeit begegnet war, die Lachfältchen um seine Augen, die Zuvorkommenheit, mit der er Miss Molly und mich an seinen eigenen Rückzugsort gebracht hatte, ohne Fragen zu stellen.

Dann begann mein Hirn zu rotieren. Tausend Fragen drehten sich in meinem Kopf. Woher war der silberne Wagen gekommen? War es Zufall gewesen, dass der Wagen uns bis Perth begleitet und genau dort die Verfolgung von Jeremy wieder aufgenommen hatte? Hatte er den Taxifahrer von Anfang an im Visier gehabt? Und wieso? Jeremys beinahe letzte Worte kamen mir in den Sinn: *Ich habe immer brav meine Steuern gezahlt, bin mit meinen Nachbarn gut ausgekommen, habe meine Frau nie betrogen. Ich bin vielleicht nicht der beste Mensch, aber ich habe versucht, mein Leben so gut wie möglich zu leben. Mir will niemand was Böses.*

Und doch hatte ihm jemand aufgelauert. Es konnte kein Zufall sein, dass ihn zweimal ein silberner Wagen verfolgt hatte. Nur warum? Warum gerade er?

Ich weigerte mich, zu glauben, dass dieser Unfall – wenn es denn einer war – etwas mit uns zu tun hatte, doch diese innere Stimme in meinem Kopf ließ mir keine Ruhe.

Es hat mit euch zu tun. Er ist deinetwegen gestorben. Es ist deine Schuld.

Mit einem Aufschrei brachte ich sie zum Schweigen. Das war der Augenblick, in dem Miss Molly das Häuschen betrat, im Arm einen riesigen Strauß Narzissen. Ich konnte nicht anders, als zu lächeln.

»Stehen denn noch Narzissen auf der Wiese?«

»Millionen«, sagte Miss Molly. »Man merkt nicht einmal, dass ich welche gepflückt habe. Ich hole Wasser für die hübschen Blumen, dann gehe ich noch mal raus und ...«

»Nein!«, unterbrach ich sie. »Wir werden dieses Häuschen nicht mehr verlassen.«

»Aber ich ...«

»Keine Widerrede, Miss Molly. Ab und Ems haben verlangt, dass wir uns einsperren, solange die Sache nicht ausgestanden ist.«

»Aber hier ...«

»Hier kann uns genauso jemand finden wie überall. Wir sind nicht aus der Welt. Jemand könnte zufällig ein Wort darüber verlieren, oder jemand kommt hier vorbei und erzählt im Dorf, dass wir hier hausen. Auch wenn es unwahrscheinlich ist – Zufälle gibt es immer.«

»Aber das Mehl …«

»Ich werde Livy anrufen.«

»Sie ist doch bloß drüben im Haupthaus.«

»Zu dem wir nur kommen, wenn wir dieses Haus verlassen, oder sehe ich das falsch?«

»Nein, aber das ist lächerlich.«

»Lächerlich? Ich vertraue den Instinkten meiner beiden Freundinnen.« Während ich das sagte, erkannte ich, dass es stimmte. Ich vertraute hundertprozentig darauf, dass die beiden mit ihrem Gefühl richtiglagen. Und das war der Augenblick, in dem die Angst kam. Ems und Ab sorgten sich um uns, das hieß, sie wussten etwas. Vielleicht, dass wir in Gefahr waren und sie …

Die Panik legte sich wie eine bleierne Decke auf meine Brust und machte mir das Atmen schwer.

»Miss Wright?«

»Ich … ich …« Verzweifelt schnappte ich nach Luft. »Ich …«

Miss Molly reagierte geistesgegenwärtig. Sie leerte eine Papiertüte aus – ein paar Zwiebeln rollten über die Tischplatte – und hielt sie mir hin. »Atmen Sie hier rein«, sagte sie.

Ich griff dankbar danach und tat, was sie gesagt hatte. Allmählich beruhigte sich meine Atmung wieder. Das beklemmende Gefühl in meinem Brustkorb blieb. Ich hatte Angst. Zwei Menschen waren gestorben. Francis Butt, Kenneth Hayes, und … irgendetwas war mit Jeremy passiert. Bevor ich mich weiter verrückt machte, musste ich herausfinden, was.

»Darf ich Ihren Computer …?«

»Das müssen Sie nicht jedes Mal fragen, Herzchen.« Miss Molly lächelte mich an. Dann wurde ihr Blick besorgt. »Was gibt es denn so Dringendes?«

Ich antwortete ihr nicht. Stattdessen rief ich den Verkehrsbericht für Schottland auf. Der Live-Ticker verriet mir, dass es auf der M90 auf der Brücke über den Earn Richtung Edinburgh einen Unfall gegeben hatte. Ein Fahrer hatte die Kontrolle über sein Fahrzeug verloren und war über das Brückengeländer in den Fluss gestürzt. Die Bergungsarbeiten seien im Gange, auf der Brücke gebe es bis in die Abendstunden eine Gegenverkehrsregelung. Mit Verzögerungen sei zu rechnen.

Ein Zittern ergriff von meinem ganzen Körper Besitz. Ich wusste instinktiv, dass von Jeremy die Rede war. Die Entfernung von Edinburgh stimmte, der Knall, die Stille und das Gluckern passten. Mein Jeremy, der freundlichste Taxifahrer der Welt, war in den Fluten des Earn ums Leben gekommen.

»Aber Kindchen! Sie weinen ja. Was ist …« Erst jetzt warf Miss Molly einen Blick auf den Bildschirm, entzifferte die an oberster Stelle gelistete Verkehrsnachricht und wurde blass. »Wer ist das?«

An ihrem Gesichtsausdruck erkannte ich, dass sie die Wahrheit bereits wusste. Trotzdem sagte ich: »Ich glaube, es ist Jeremy.«

»Aber … aber …« Sie ließ sich auf den Platz neben mir fallen. »Aber er war doch so ein sicherer Fahrer.«

Ich nickte. Damit hatte Miss Molly recht. Doch sie

wusste nichts von dem silbernen Wagen. Dem silbernen Wagen, der Jeremy in den Abgrund gedrängt haben musste.

Wieder klangen die Worte des Taxifahrers in meinem Ohr. *Mir will niemand was Böses.*

Wenn das wirklich stimmte und er mit niemandem eine Rechnung offen gehabt hatte, gab es nur eine Erklärung für die Tat: In dem silbernen Wagen hatte der Mörder gesessen. Und er hatte sein nächstes Opfer gefunden: den Taxifahrer – oder in altertümlichen Worten ausgedrückt: den Droschkenkutscher.

Nur eines war seltsam an der Sache: Wir waren so weit von London entfernt. Warum hatte der Mörder nicht in der Metropole zugeschlagen? Doch insgeheim wusste ich die Antwort. Er wollte die Tat wieder Miss Molly anhängen. Und Miss Molly war nach Schottland gereist. Also war ihr der Mörder nachgereist. Nur ... warum sollte jemand unserer Miss Molly so etwas antun wollen?

Und plötzlich blitzte ein furchtbares Bild in meinem Kopf auf. Miss Molly, den Arm voller Narzissen, wie ein gealtertes Blumenmädchen.

Schnell schüttelte ich den Gedanken ab. Nein. Das wäre etwas zu viel an Zufällen gewesen. Trotzdem sagte ich: »Lassen Sie uns alle Türen und Fenster verrammeln, wie Ab und Ems vorgeschlagen haben.«

»Wir sollen uns selbst gefangen nehmen?« Miss Molly wirkte nicht sehr begeistert von der Vorstellung, keinen Schritt in diese wunderbare Umgebung machen zu dürfen, und ich selbst ertappte mich dabei, wie ich nach Schlupflöchern suchte. Mal schnell zu Livy und Nigel, um die Einkaufsliste abzugeben, abends am Loch dem Schwan dabei zusehen, wie er seine Kreise auf dem stillen Wasser zog – das konnte doch nicht so gefährlich sein, oder?

Aber die Vernunft siegte, zumindest in diesem Augenblick.

Die Dämmerung legte sich über die Landschaft, von der wir kaum etwas sahen. Die Seeoberfläche glitzerte zwischen den Ästen der Bäume, die dicht um das Häuschen herum standen. Verschiedenste Ahornbäume – schließlich waren wir in der *Maple* Lodge. Miss Molly klapperte mit Töpfen und Pfannen, und ein wunderbarer Duft kitzelte meine Nase.

Ich selbst war über den Laptop gebeugt und hämmerte in die Tasten. Immer wieder rief ich die Seite der Lokalnachrichten auf, doch die Kollegen dort ließen sich um einiges weniger unter Druck setzen als Max. Noch gab es keine Neuigkeiten zu Jeremy. Dass der Unfall nicht wichtig genug war, schloss ich angesichts der Lappalien, über die sonst berichtet wurde, aus.

Die Zeit bis zum Erscheinen des Berichts vertrieb ich mir, indem ich nach Cathy suchte. Mein Lieblingssatz war normalerweise: »Das Internet vergisst nie.« Doch entweder war diese Cathy tatsächlich nur eine Leserin, die bei einer Signierstunde schnell mal ein Buch von Aryan E. Lamb gekauft hatte – warum dann aber die Nennung in der Danksagung? –, oder sie war den Medien nie aufgefallen. Höchst unwahrscheinlich, wenn man den Bekanntheitsgrad des Autors in Betracht zog.

Möglicherweise hatten die beiden zu Beginn seiner Autorenkarriere eine Beziehung gehabt? Ich hämmerte mich durchs Netz und fand heraus, dass *Schatten der Vergangenheit* Lambs drittes Werk war. Das Werk, dem er seinen Durchbruch zu verdanken hatte. Doch da war er schon bekannt gewesen. *Das letzte Spiel*, das Buch, das er kurz zuvor veröffentlicht hatte, war zum Erscheinungstermin von *Schatten der Vergangenheit* bereits in die dritte Auflage gegangen. Lamb war zu Talkshows und Fernsehinterviews eingeladen worden, hatte Charity-Lesungen gehalten – eine davon in Anwesenheit der Königin. Ich konnte mir vorstellen, dass gewisse Billigblättchen bereits damals eine Menge Aufhebens um seine Person gemacht hatten. Wieso gab es dann nichts über diese Cathy?

Ich legte frei, was es über diesen Mann freizulegen gab. Fand heraus, mit wem er zur Schule gegangen war, wie seine Familienangehörigen hießen – von der Charity-Lesung mit der Königin gab es sogar eine Liste aller Anwesenden. Nirgends war eine Cathy zu finden.

Entnervt stöhnte ich auf und ließ mich in den Polstersessel zurücksinken.

»Alles gut?«, fragte Miss Molly vom Herd aus.

»Nichts ist gut. Ich finde sie einfach nicht.«

»Wen denn?«

»Cathy. Ich habe hier ein Buch von diesem Lamb

gefunden, das er einer Cathy gewidmet hat. Derselben Cathy – ich vermute es zumindest – dankt er ganz hinten. Ich dachte, es könnte irgendwie von Bedeutung sein, vor allem, weil die Widmung vorn so … na ja, bedeutsam klingt.« Ich las sie Miss Molly vor.

Sie hielt kurz beim Kochen inne und legte den Kopf schief. »Und es kann nicht sein, dass dieser Name … wie nennt man das?« Sie kratzte sich kurz an der Nasenwurzel, dann leuchtete ihr Gesicht auf. »Dass der Name ein Pseudonym ist?«

Ich sah sie verwirrt an. »Ein Pseudonym?«

»Na, dass diese Cathy gar nicht Cathy heißt, sondern keine Ahnung … Molly?«

Ich hielt den Atem an. Wollte Miss Molly mir da etwas sagen? War sie Cathy?

Doch sie besänftigte meine Angst sofort, indem sie mich lieb anlächelte. »Entschuldigung, das war jetzt ungeschickt. Ich meine natürlich nicht mich. Ich kenne diesen Schriftsteller sicher nicht persönlich. Es war nur ein Beispiel. Cathy könnte jede sein. Das meinte ich damit.«

Ich stand immer noch auf der Leitung. »Aber wieso sollte er jemanden Cathy nennen, wenn sie doch zum Beispiel Molly heißt? Das ergibt doch keinen Sinn.«

»Nein, ergibt es sicher nicht«, sagte Miss Molly. »Entschuldigen Sie meine Dummheit. Ich dachte nur, ich hätte auch mal einen Geistesblitz.« Sie wandte sich wieder ihrem Gericht zu.

Das hatte ich ja wieder fein hingekriegt. »Nein, so meinte ich das nicht …«

»Es ist schon gut, Miss Wright. Ich habe meine Kompetenzen überschritten. Es wird nicht wieder vorkommen.«

Und schon wurde ich vom schlechten Gewissen aufgefressen. »Miss Molly! Ich … ich liebe Ihre Theorie. Ich … ärgere mich bloß, weil sie meine Arbeit unmöglich macht, wenn sie wirklich stimmt.«

»Wirklich?«

»Ganz sicher. Wie soll ich nach einer Frau suchen, der Lamb den Decknamen Cathy verpasst hat? Die finde ich doch nie!«

»Nun. Ich denke nicht, dass er den Decknamen einfach so ausgewählt hat. Er wird sie ja wohl aus einem ganz bestimmten Grund Cathy genannt haben. Zum Beispiel, weil ihre Beziehung so war wie die zwischen Cathy und Heathcliff in *Wuthering Heights.*«

Plötzlich klickte es. Cathy, die eine Art Hassliebe mit ihrem Adoptivbruder Heathcliff verbunden hatte. Ich schlug das Buch bei der Widmung auf und las sie erneut.

»Für Cathy, meinen treuen Fan. Mögen die Schatten der Vergangenheit weder unsere Gegenwart noch unsere Zukunft berühren. In Liebe, Aryan E. Lamb.«

War Cathy eine Kindheitsfreundin? Seine Schwester? Adoptivschwester? Teilten die beiden eine schreckliche Kindheit? Ich beugte mich wieder über die Tastatur und hämmerte meine Frage in die Suchzeile des Browsers. »Aryan E. Lamb Geschwister?«

Keine Ergebnisse. Sein Wikipedia-Eintrag sparte Familienangehörige aus. Auch die Medien erwähnten niemanden. Offiziell war also nichts über eventuelle

Adoptivgeschwister bekannt. Über das Darknet würde ich vermutlich irgendwie an die gewünschten Informationen des Einwohnerregisters kommen, aber wenn diese Cathy nicht wirklich adoptiert war, würde darin nichts zu finden sein. Obwohl das gewaltig an meiner Ehre kratzte, wusste ich, wann ich meine Grenzen erreicht hatte. Aber ich wusste auch, wer jetzt noch weiterkommen würde.

Sekunden später hatte ich mein Telefon am Ohr und wartete ungeduldig, dass jemand abnahm.

»Isla?«

»Ab!« Halleluja! »Ab, du musst deine Hackerfreundin fragen, ob sie uns unterstützt.«

»Moment mal. Wie und wo und was willst du überhaupt von ihr?«

Ich schilderte ihr das Problem, las ihr die Widmung vor und teilte Miss Mollys Theorie mit ihr.

»Hallo, Miss Walker!«, rief Miss Molly fröhlich von der Kücheninsel herüber. »Was sagen Sie zu meiner Idee?«

»Ich stelle dich mal auf laut, ja?«, sagte ich.

»Es ist eine Idee, der wir auf jeden Fall nachgehen werden, Miss Molly«, sagte Ab, und ich registrierte den feinen Unterschied in ihrer Stimme. Sie war ein paar Nuancen distanzierter als gerade eben, als sie nur mit mir gesprochen hatte. Und irgendwie freute mich das. »Wie kommen Sie gerade auf *Wuthering Heights?*«

»Oh, ich liebe es einfach. Ich weiß auch nicht, warum. Es ist so düster und gleichzeitig so emotional, und man könnte die Charaktere darin gegen die Wand schlagen, und gleichzeitig gehen sie mir unter die Haut. Ich … mag Cathy.«

»Und Sie kennen Lamb ganz sicher nicht?«

»Ganz sicher nicht.« Miss Molly schnaubte entrüstet.

Ich selbst fühlte so etwas wie Triumph in mir aufsteigen, weil das auch mein erster Gedanke gewesen war.

»Wir werden der Frage sicher nachgehen«, sagte Ab. »Isla, ich werde Mister F. und Malcolm darauf ansetzen. Wenn man Seite an Seite mit der Polizei arbeitet, sollte man den Beamten auch etwas zu tun geben. Sonst fühlen sie sich unnütz.« Sie gab ein Geräusch von sich, das entfernt an ein Kichern erinnerte. »Aber Sie müssen auch etwas für mich tun, Miss Molly.«

»Natürlich. Sagen Sie mir, was ich tun kann, und es wird erledigt.«

Ich lächelte über ihren Enthusiasmus.

»Sie versuchen, sich zu erinnern, wem Sie alles verraten haben, dass Sie in Schottland sind.« Abs Stimme hatte einen eindringlichen Klang angenommen. »Denken Sie gut nach, Miss Molly. Es ist wichtig. Ems und ich … wir hoffen, dass wir uns täuschen, aber … Sie wissen schon …« Sie sprach nicht weiter, sondern räusperte sich verlegen. »Und jetzt will ich Sie nicht weiter beim Kochen stören. Es duftet bis nach London, und ich wünschte, ich könnte mit euch zu Abend essen. Isla, können wir vielleicht über die nächsten Schritte reden?« Das *Allein* brauchte sie gar nicht auszusprechen. Ich wusste, dass Miss Molly nicht mehr hören sollte, was wir weiter besprachen.

»Klar. Miss Molly, ich bin … in meinem Zimmer. Machen Sie niemandem die Tür auf, ja?«

»Also, Miss Wright.« Miss Molly kicherte verlegen. »Ich bin doch keine drei mehr.«

»Haben Sie verstanden?«, fragte ich nach.

Ihre Miene wurde ernst. »Habe ich.«

Ich nickte ihr zu, stellte Ab auf leise und wanderte den Flur hinunter in mein Zimmer. Miss Molly hatte die Betten in der Zwischenzeit bezogen – mit karierter Bettwäsche. Wie sollte es anders sein.

Ich ließ mich auf dem nach Meeresbrise duftenden Bett nieder und sagte: »Ich bin ungestört. Was gibt es?«

»Versuche bitte wirklich, herauszufinden, wem Miss Molly verraten hat, wo sie ist. Es kann nicht sein, dass ihr von jemandem verfolgt werdet. Nicht, wenn du spontan einen Flug genommen hast. Oder hast du vielleicht jemandem erzählt, wohin du unterwegs bist?«

Ich dachte angestrengt nach. »Nein. Wem soll ich das sagen?« In anderen Worten: Wer interessierte sich für mich? Abgesehen von meiner Mum, die alle Herrgottszeiten mal mit mir telefonierte, gab es auf der ganzen Welt niemanden außer meinen beiden Freundinnen, der sich wirklich um mich sorgte.

»Dann muss Miss Molly es verraten haben. Bitte dringe in sie, frag nach, lass nicht locker, bis sie sich erinnert. Wir müssen das Leck finden, durch das diese Information hinausgesickert ist.«

»Geht klar«, sagte ich.

»Gut. Dann hören wir uns morgen?«

Wieso hatte sie es plötzlich so eilig? Ich sah auf die Uhr. Es war kurz vor acht. Hatte Abigail Walker vielleicht wieder ein Date? Ich gönnte es ihr, aber ich konnte sie leider trotzdem nicht so schnell von der Angel lassen. »Ich habe noch etwas.«

»Hat das nicht Zeit bis morgen?«

»Hat es«, sagte ich im ersten Moment. Dann ruderte ich zurück. »Oder vielleicht doch nicht.«

Ab stöhnte. »Dann schieß los!«

In wenigen Sätzen erzählte ich ihr, was mit Jeremy passiert war. »Seit dem Zeitpunkt kann ich ihn nicht mehr erreichen. Er könnte derjenige sein, der von der Fahrbahn abgekommen ist. Und …«, ich schluckte, »er könnte der Taxifahrer sein. Also der Droschkenkutscher, der das nächste Opfer in dem Thriller von Lamb ist.«

»*Shit*«, entfuhr es Ab. »*Shit. Shit. Shit.* Natürlich ist er es. Aber … warum in Schottland und nicht in London?«

»Das habe ich mich auch gefragt.«

»*Shit.* Jetzt hast du mir mein Da… Treffen mit Miller verdorben.«

Ha! Hatte ich es doch gewusst. »Tut mir leid.«

»Ja, mir auch. Aber ich werde Miller auch darauf ansetzen.«

»Sehr gut.«

»Und, Isla?«

»Ja?«

»Ihr bleibt bitte wirklich im Haus. Und … leg dir den Notruf der nächstgelegenen Polizeistation auf Kurzwahl, ja? Ich … na ja, du weißt schon.« Beim Klang der ehrlichen Besorgnis in ihrer Stimme wurde mir ganz warm ums Herz. Egal wie schwierig es manchmal zwischen uns beiden war, egal wie unterschiedlich wir waren, Ab liebte mich. Sie würde sich eine Kugel für mich einfangen, wenn nötig. Sicher mit einem zynischen Kommentar, aber sie würde alles tun, um mich vor jeder bösen Macht da draußen zu schützen.

Kapitel 20

***»Blödelnachrichten, Abs ruppige Antworten,
Ems' liebevolle Versuche, die manchmal hochkochenden
Emotionen zu beruhigen. Und seltsamerweise
vermittelte dieses Sammelsurium an Nachrichten
mir das Gefühl von Geborgenheit.«
Isla Wright schreckt aus dem Schlaf auf und
hat eine Erleuchtung.***

Nach einem opulenten Mahl, bei dem ich mich gefragt hatte, ob Miss Molly möglicherweise bereits unsere gesamten Nahrungsmittelvorräte aufgebraucht hatte und ob es wohl nötig wäre, den Rest zu rationieren, um länger ohne Einkäufe auszukommen, fiel ich todmüde ins Bett. Ich hatte noch einmal eine Runde durch das Häuschen gemacht, jedes Fenster kontrolliert und die Jalousien vor den Fenstern und der Tür heruntergelassen. Auch wenn das Häuschen luftig und großzügig geschnitten war, fühlte es sich so an, als wären wir in einem Bunker, und die Luft war stickig. Spätestens in einer Stunde wäre der Sauerstoff knapp, und wir würden elendiglich ersticken.

Was für eine blühende Fantasie, spottete das Teufelchen auf meiner Schulter. *Die Tür und die Fenster waren den ganzen Tag zu, und du hast keine Erstickungsanfälle gehabt.*

Ja, aber das war ganz anders gewesen. Man hatte durch

die Scheiben nach draußen sehen können, es hatte sich luftiger angefühlt.

Unsinn. Teufelchen zog eine Grimasse. *Schlaf!*

Und das versuchte ich. Wirklich. Aber ich bekam keine Luft. Ich öffnete die Schlafzimmertür, um Luft aus dem Flur in mein Zimmer zu lassen, aber das Gefühl des Eingesperrtseins legte sich nicht. War das Klaustrophobie? Unsinn! So etwas hatte ich noch nie gehabt. Konnte es mit dem Vorfall vor einem Jahr zu tun haben? Eine Spätfolge vielleicht? Würde mich die Sache mein ganzes Leben lang verfolgen?

Ich schloss die Augen und tat, was eigentlich immer half. Ich stellte mir das ultimative Graffiti vor. Bunt, fröhlich. Ich liebte *Bubbles*, sprühte ganze kugelige Fantasiewelten an die grauen Wände Londons und liebte es, immer neue solcher Welten zu erfinden, auch wenn ich nur einen Bruchteil davon als Graffiti verwirklichte. Aber es beruhigte mich eben, sie zu entwerfen.

In meinem Kopf wählte ich die Farben aus. Gelb, Orange, Rot, etwas Rosa und ein paar grüne und violette Tupfer. Ich stellte mir eine Mauer vor, eine nackte graue Mauer, die dringend Verschönerung brauchte. Fröhlichkeit. Dann zog ich die erste *Line*. Einen Bogen. Ein zweiter folgte. Dahinter noch einer. Bis die ganze Mauer mit Bögen übersät war. Und dann begann ich im Geist zu sprühen. Ein fröhliches Gelb für die vorderste, größte *Bubble*, ein leuchtendes Orange für die *Bubble* dahinter …

Draußen vor meinem Fenster fiel etwas polternd um. Das Geräusch riss mich aus meiner Meditation, und schlagartig pulsierte Adrenalin durch meine Adern. Ein Schrei ertönte vor dem Häuschen. Laut. Schmerzerfüllt. Dann noch einer.

»Miss Molly?«

Mit einem Satz war ich aus dem Bett. Auch die Schlafzimmertür von Miss Molly stand offen. *Bitte lass sie da sein. Lass sie nicht nach draußen gegangen und ihrem Mörder begegnet sein.*

»Molly?«

»Miss Wright, was war das?« Angsterstickt kam ihr Flüstern aus der Richtung ihres Bettes. Ein weiterer furchtbarer Schrei ließ sie wimmern.

Mir fiel trotzdem ein Stein, nein, eine ganze Lawine vom Herzen. »Ich weiß es nicht«, flüsterte ich ebenso leise.

»Ist es der ...« Miss Molly verstummte, doch ich wusste, was sie hatte sagen wollen. *Ist es der Mörder?*

»Ich weiß es nicht. Ich ... ich hoffe nicht.«

Los, Isla, das kannst du besser, sagte ich mir selbst. Ich spürte Miss Mollys Angst durch die Dunkelheit. »Ich kontrolliere noch einmal alle Fenster und Türen.«

»Ich komme mit«, sagte Miss Molly sofort.

»Bleiben Sie ruhig liegen«, wehrte ich ab, doch als ich das Rascheln hörte, mit dem sie aus dem Bett stieg, war ich erleichtert. Es gruselte mich, allein durch die Dunkelheit zu schleichen. Und nein, ich würde ganz sicher kein Licht einschalten. Erstens, weil man das Licht durch die Ritzen nach draußen sickern sähe, und spätestens dann wüsste der Mörder, wo wir uns befanden, und zweitens hatte ich Angst, dass es der Mörder tatsächlich schon in unsere Hütte geschafft hatte – dann wollte ich ihn zumindest nicht sehen, bevor er mir das Lebenslicht ausblies. Kindisch, ja. Aber gegen seine Urängste konnte man eben nichts machen. Der Einbrecher unterm Bett, das Gespenst in der Ecke, der Mörder in der Maple Lodge. Für mich alles eins und vollkommen logisch – zumindest jetzt in der Dunkelheit mit diesen Schreien, die sich langsam entfernten.

Wir waren im Stockbettzimmer, in dem wir ebenfalls die Jalousien heruntergelassen hatten. Kein Mörder wartete hier auf uns. Auch im Wohnraum war alles ruhig.

»Sollen wir hinausschauen?«, fragte Miss Molly unsicher.

Ich schüttelte den Kopf, obwohl sie das nicht sehen konnte. »Nein. Wir lassen alles schön zu. Wir rufen bei Livy und Nigel an und bitten sie, an unserer Lodge vorbeizufahren.«

»Da sind so viele Bäume, hinter denen er sich verstecken könnte.«

»Du hast recht.« Die Angst hatte uns zusammengeschweißt, und der formelle Umgang, auf den Molly bisher immer bestanden hatte, war plötzlich überflüssig. »Wir warten bis morgen früh. Dann rufen wir Livy und Nigel an und bitten sie, das Gelände um unser Häuschen zu untersuchen – vielleicht mit einem Nachbarn oder der Polizei –, und erst, wenn sie grünes Licht geben, ziehen wir die Jalousien hoch.«

»Ist in Ordnung.« Dass Molly meine Anweisung nicht infrage stellte, zeigte mir, wie verängstigt sie war. Und ganz ehrlich: Ich fühlte mich auch nicht wohl und wünschte mir von ganzem Herzen, dass die Nacht schon vorüber wäre.

»Sollen wir wieder zu Bett gehen?«, fragte ich.

»Mhm.« Seltsam still tappte sie vor mir her in Richtung Schlafzimmer. Vor ihrem Zimmer blieb sie plötzlich stehen, und ich rumpelte in sie hinein. Sofort galoppierte mein Herz wieder los.

»Was ist?«, fragte ich.

»Nichts«, sagte sie. »Es ist nur …« Sie sprach nicht mehr weiter.

»Ja?«

»Ich habe Angst allein im Zimmer.«

Ihrem Tonfall hörte ich an, dass es sie Überwindung kostete, das vor mir einzugestehen, und plötzlich breitete sich eine Welle der Zuneigung für unsere Empfangsdame in meiner Brust aus. »Möchtest du in meinem Bett schlafen?«

»Wenn dich das nicht stört?«

Ich lächelte. »Nein. Das Bett ist groß genug.« Ihr zu sagen, dass ich kein wirklicher Schutz gegen den gesichtslosen Mörder war, der womöglich ums Haus schlich, verbiss ich mir. Und wenn ich mir gegenüber ganz ehrlich war, fühlte auch ich mich beschützt, als Molly auf die andere Seite des Ehebetts kroch und sich in die Decke kuschelte. Bald wurden ihre Atemzüge regelmäßiger, und ich wusste, dass sie eingeschlafen war.

Ich selbst konnte nicht schlafen.

Ohne ein Geräusch zu verursachen, langte ich nach meinem Mobiltelefon, das auf dem Nachtkästchen neben dem Bett lag. Ich tauchte damit unter die Bettdecke ab, stellte es auf lautlos und rief unseren Chat auf. Es war zwei Uhr. Ems wäre vermutlich noch wach. Ab vielleicht auch, wenn sie nicht mit ihrem Malcolm Miller im Bett gelandet war. Trotzdem rief ich sie nicht an. Ich las mir nur unsere Nachrichten durch. Blödelnachrichten, Abs ruppige Antworten, Ems' liebevolle Versuche, die manchmal hochkochenden Emotionen zu beruhigen. Und seltsamerweise vermittelte dieses Sammelsurium an Nachrichten mir das Gefühl von Geborgenheit. Obwohl weder Ab noch Ems mich von London aus gegen das Monster verteidigen konnten, das vor unserer Tür herumschlich, beschützten sie mich. Und mit diesem Wissen schlief ich ein.

In meinen Träumen spazierte ich durch einen Ahornwald. Sonnenstrahlen blitzten durch das junge Laub. Und doch hatte der Wald etwas Bedrohliches an sich. Die Bäume warfen lange Schatten, Äste knarzten unheilvoll. Nicht weit von mir entfernt sang ein Vogel eine seltsam melancholische Melodie. Ein Trauerlied. Und dann tauchte aus dem Nichts ein silberner Wagen auf, raste auf mich zu. Ich wollte mich zur Seite werfen, doch meine Füße waren fest mit dem Untergrund verwachsen, und so konnte ich nichts tun, als die Scheinwerfer näher und näher kamen. Panisch versuchte ich, meine Beine loszubekommen, wegzurennen, mich zu befreien – nichts funktionierte. Und dann, im allerletzten Moment, flog ich plötzlich zur Seite, eine Böschung hinab, und der Wagen sauste vorbei. Mein Blick folgte ihm. Im gefährlichen Rot der Bremslichter konnte ich das Nummernschild sehen. Ein Londoner Kennzeichen. Und plötzlich wusste ich, dass ich diesen silbernen Wagen schon einmal gesehen hatte. Mein Herz raste. Laut wie eine Trommel schlug es gegen meine Brust.

Bumm! Bumm! Bumm!

Immer lauter. Immer lauter. Ich riss die Augen auf und …

Das Wummern ging weiter.

Bumm! Bumm! Bumm!

»Er kommt!« Mollys zerzauster Haarschopf tauchte neben mir auf. »Er kommt und holt uns.«

Ich widersprach ihr nicht. Mein Herzschlag mischte sich in das Wummern, das von der Tür kam.

»Molly? Isla? Seid ihr da?«

Ich schluchzte vor lauter Erleichterung auf. Das war Livy. Wenn die Gute wüsste, was sie uns mit diesem Morgengruß angetan hatte.

»Ja, wir …« Meine Stimme war nicht mehr als ein Krächzen, und ich räusperte mich, bevor ich noch einen Versuch unternahm. »Wir sind da und wach. Einen Augenblick.«

Ich schwang meine Beine aus dem Bett und rannte zum Eingang. Dort entriegelte ich die Tür, zog die Jalousien hoch und sah in die irritierten Gesichter von Livy und Nigel.

Während Nigel sich darauf beschränkte, mich prüfend von oben bis unten zu taxieren, redete Livy munter drauflos, als hätte sie Quasselwasser zum Frühstück gehabt: »Wieso verbarrikadiert ihr euch denn so? Ihr Stadtmenschen seid schon ein lustiges Völkchen. Und wie siehst du denn aus? Hast du nicht gut geschlafen? War es etwa zu kalt? Braucht ihr noch Decken?«

Ich schwieg. Abgesehen davon, dass ich sowieso nicht zum Reden kam, konnte ich Livy nicht den Grund nennen, warum wir das Häuschen zu einer Festung umfunktioniert hatten. Ich stotterte etwas von der neuen Umgebung, da trat Molly neben mich.

»Da ist einer gestorben in der Nacht. Irgendwo muss eine Leiche liegen.«

Livy und Nigel wechselten einen Blick.

»Eine Leiche?«, fragte Livy.

Molly nickte. »Er hat geschrien. Wir ... hatten Angst. Hinterm Haus war das. Er hat ihn umgebracht.«

Nigel brummte etwas Verächtliches.

»Bitte. Wir lügen nicht«, stellte ich mich auf Mollys Seite. »Es war wirklich so. Zuerst ein lautes Poltern, dann diese Schreie. Sie sind uns durch Mark und Bein gegangen. Wer auch immer dran glauben musste, hat große Pein gelitten.« Ein Bild blitzte in meiner Erinnerung auf, und in meinem Magen verkrampfte sich etwas. Hatte ich auch so gebrüllt?

Nigel schnaubte, dann wandte er sich ab und stapfte ums Haus herum.

»Hat er keine Angst?«, fragte Molly mit zittriger Stimme.

Jetzt war es Livy, die schnaubte.

Mir selbst kam das Ganze inzwischen mehr als merkwürdig vor. Noch merkwürdiger fand ich es, als Nigel kurz darauf um die Ecke kam, uns einen schrägen Blick zuwarf und zu Livy sagte: »Ich geh eine Schaufel holen.«

Molly und ich schluckten. Machte Nigel mit dem Mörder gemeinsame Sache? Half er ihm, die Leiche zu verscharren? Waren wir dem Monster geradewegs in die Arme gelaufen? Blanke Panik machte sich in mir breit.

Livy bemerkte unsere Angst und lachte auf. »Einen Penny für eure Gedanken«, sagte sie und kicherte noch einmal. »Kommt mal mit.«

Sie ging beherzt dorthin, von wo Nigel gerade gekommen war, und wir folgten ihr zögerlich.

»Wären wir jetzt die Figuren in einem Film, wäre das ein typisches Beispiel für den Idioten auf dem Speicher«, flüsterte Molly mir zu. »Die Zuschauer wissen alle, dass hinter dem Haus der Mörder mit erhobener Axt wartet, nur die beiden Hauptfiguren ahnen nichts und tappen dem Monster blind in die Falle.«

»Wären wir in einem Film, könnte ich irgendeine coole Nahkampftechnik, und du wüsstest, wie man aus einem Kaugummi, einem Eiswürfel und einer Stricknadel eine Bombe basteln kann«, zischte ich zurück.

»Das Wissen würde mir jetzt auch nichts nützen. Wir haben keine Eiswürfel«, erwiderte Molly.

»Darf ich vorbei?« Nigels Stimme ließ uns zusammenfahren. Er überholte uns auf dem schmalen Plattenweg, der um das Haus herumführte. Auf der Schulter trug er einen Spaten, in der rechten Hand eine schwarze Mülltüte.

»Das wird ja immer besser«, flüsterte Molly. »Fehlt nur noch das Panzertape.«

»Das hat er sicher in der Jackentasche«, sagte ich.

Nigel drehte sich um und sah uns jetzt wirklich so an, als wollte er uns am liebsten den Garaus machen.

»Sorry«, flüsterte ich schnell.

Als er weiterging, atmeten wir erleichtert auf.

»Soll der Idiot dann weitergehen, oder verschanzen wir uns lieber im Haus?«, fragte ich.

»Weitergehen.« Molly nickte selbstsicher, schob sich an mir vorbei und folgte Nigel.

Mir blieb nichts anderes übrig, als mich ihr an die Fersen zu heften. Wir bogen um die Ecke, und … ein Blutbad erwartete uns.

»O. Mein. Gott.« Mehr brachte Molly bei dem Anblick nicht heraus. Dafür die drei Worte immer wieder. Langsam. Schnell. In einer hohen, dann in einer tiefen Tonlage. In verschiedenen Modulationen und Färbungen.

Verständlich bei dem grässlichen Anblick. Vor uns lag der halb aufgefressene Kadaver eines Rehs. Der Kopf war beinahe unberührt, und so starrten die leblosen Augen von Bambis Mum Richtung Himmel, während der Bauchraum offen lag.

»Jetzt ist aber auch mal wieder gut, ja?« Nigel wandte sich mit strengem Blick an Molly. »Das ist Natur. Ich verstehe ja, dass ihr Londoner so was nicht kennt, aber eigentlich ist das hier die Normalität, nicht Coffeeshops und Clubs. Abgesehen davon ist das ein Wahnsinnsglück.«

»Ein Wahnsinnsglück?«, wiederholte ich belämmert.

Den Wahnsinn verstand ich ja. Aber Glück? Am frühen Morgen mit einer Leiche konfrontiert zu werden, empfand er als Glück? Die Schotten waren echt schräg drauf.

»Na ja, das war ein Luchs«, sagte Nigel. »Wahrscheinlich zwei. Die Geräusche, die ihr beschreibt, klingen ziemlich nach ihrem Liebeswerben.«

»Liebeswerben …«, sagte ich ungläubig. Die Viecher standen wohl auf Horror. Die Schreie hatten sich so angehört, als würde jemand einen langen qualvollen Tod sterben.

»Doch«, sagte Nigel. »Ich bin ja kein Luchsexperte, aber als sie die Tiere vor etwa fünf Jahren hier in Schottland ausgewildert haben, habe ich mich ein bisschen kundig gemacht. Ich wollte wissen, was da auf uns zukommt.«

»Und?«

»Nichts. Normalerweise sind Luchse so scheu, dass kein Mensch sie je zu Gesicht bekommt.«

»Aber sind Luchse nicht … gefährlich?«

Nigel verzog das Gesicht. »Es sind zumindest keine Hauskätzchen. Groß genug, um ein Reh zu reißen. Man hat uns damals versichert, dass keine Gefahr für Menschen besteht.«

»Uns haben die beiden jedenfalls einen riesigen Schrecken eingejagt.«

»Womit wir beim Thema wären.« Nigel stemmte seine Hände in die Seiten. »Wollt ihr uns jetzt langsam verraten, was ihr auf dem Kerbholz habt? Jeremy hat uns bloß gesagt, dass ihr untertauchen müsst und niemand wissen darf, dass ihr hier seid. Das klingt alles nicht sehr ... vertrauenerweckend. Wer seid ihr? Und warum dürfen wir zu keinem ein Wort über eure Anwesenheit verlieren?«

Ich wechselte einen Blick mit Molly, die nickte. Wahrscheinlich hatte sie recht. Wir mussten ihnen sagen, was uns hierhergeführt hatte. Ich wollte gerade zu reden beginnen, als es vom Haupthaus her ungeduldig hupte.

»Oh, Mist! Den habe ich ganz vergessen!«, rief Livy aus. »Ich muss los. Aber ich komme gleich zurück. Eigentlich wollte ich euch ja nach eurer Einkaufsliste fragen. Lauft nicht weg. Ich muss den Herrn ins Hotel bringen, damit er den Akku seines Wagens aufladen kann.«

Und fort war sie.

Wir sahen Nigel an. Der hob die Schultern. »Viel los für Februar. Gestern kam noch ein weiterer Überraschungsgast. Mit einem Mordsschlitten. So ein E-Schlitten, nagelneu und funkelt an allen Ecken und Enden. Eigentlich nicht unsere Klientel. Bei uns steigen die Reichen und Schönen normalerweise nicht ab. Warum der hier übernachten wollte und nicht drüben im Viersternehotel, muss man nicht verstehen. Wir sind nicht eingerichtet für so etwas. Jedenfalls braucht er jetzt wohl zuerst einmal eine Ladestation für seinen Silberschlitten.«

Bei der Erwähnung des Silberschlittens schrillten in mir die Alarmglocken. Der Unfall von Jeremy, der Traum – alles kam gleichzeitig in mir hoch. War der »Silberschlitten« der Wagen, der den netten Taxifahrer von der Straße abgedrängt hatte?

»Hat der Wagen eine Beule?«

Nigel dachte nach, dann schüttelte er den Kopf. »Nein. Keine Beule. Auch keinen Kratzer. Alles nigelnagelneu.«

Unwillkürlich atmete ich auf. Es war wohl nicht »unser« Silberschlitten. Einfach ein Zufall.

»Na ja, er ist jedenfalls auch ein Londoner. Kommt in die Natur, und die erste Frage ist, ob wir WLAN haben. Nicht, ob man im Loch angeln ...«

Den Rest hörte ich nicht mehr. Silberschlitten. London. Und endlich stellte mein Hirn die Verbindung her. Ich hatte erst vor Kurzem genau so einen silbernen Schlitten vor einem Haus parken sehen – vor Aryan E. Lambs Haus. Konnte das wirklich Zufall sein?

Nein, schrie alles in mir. Das war kein Zufall. Lamb besaß einen silbernen Wagen. Jeremy war von einem silbernen Wagen abgedrängt worden. Hier übernachtete ein Mann aus London, der einen silbernen Wagen fuhr. Das waren einfach zu viele Übereinstimmungen. Ich konnte nicht glauben, dass das eine mit dem anderen nichts zu tun hatte. Es musste sich um denselben Wagen handeln. Auch wenn ich noch nicht wusste, wie ein Auto, das eigentlich vom Abdrängen des Taxis eine Beule haben sollte, plötzlich wieder wie nagelneu aussehen konnte. Ich sollte dringend herausfinden, ob Lamb diesen Wagen immer noch besaß und er gestern und in dieser Nacht damit unterwegs gewesen war.

Ohne ein weiteres Wort wandte ich mich ab und rannte ums Haus herum.

»Miss!«, rief Nigel mir nach, doch ich reagierte nicht.

Ich musste mit Ems und Ab telefonieren. Schnell. Bevor der Wagen es wieder zurück auf seinen Parkplatz in London schaffte und Lamb so tun konnte, als wolle ihm jemand etwas Böses …

Kapitel 21

»Es war zum Aus-der-Haut-Fahren. Überall gab es kleine Fitzelchen von Spuren, aber immer zu wenig, um daraus einen handfesten Verdacht zu basteln. Und noch dazu hing ich hier am Ende der Welt fest und konnte meine beiden Freundinnen nicht einmal darin unterstützen, diesen vertrackten Fall zu lösen.«
Isla Wright ist frustriert und braucht Zeit für sich.

»Warum habt ihr es uns nicht gesagt? Wenn wir es gewusst hätten, hätten wir ihn gestern gar nicht aufs Gelände gelassen.« Nach Livys Rückkehr vom Hotel erzählten wir ihr die ganze Geschichte, und sie war ziemlich geschockt.

Während Nigel das Malheur hinter unserem Haus beseitigte, bereitete Livy zusammen mit Molly das Frühstück zu, und ich telefonierte mit Ab und Ems. Sie waren ebenfalls besorgt und versprachen, sofort bei Lamb vorbeizufahren, um zu kontrollieren, ob sein Wagen an Ort und Stelle stand. Wäre das nicht der Fall, würde Ab sich mit Miller beratschlagen.

Einigermaßen beruhigt setzte ich mich zu den anderen. »Weil meine Freundinnen uns geraten haben, mit niemandem darüber zu reden«, sagte ich. »Es ist zu gefährlich. Irgendwer ist hinter Molly her, und bevor wir nicht wissen, wer das ist, müssen wir sie verstecken.«

»Und ihr habt überhaupt keine Ahnung, wer das sein könnte?«, fragte Livy.

Ich schüttelte den Kopf. »Wir haben ein paar Verdächtige, aber zu wenig Beweise, um sicher sein zu können.«

»Der Fahrer dieses Silberwagens?«

Ich nickte. »Unter anderem. Wobei es nicht bedeutet, dass er wirklich der Mörder ist, den wir suchen. Es ist nach wie vor möglich, dass alles nur ein großer Zufall ist.« Oder mehrere. Und wieder schrie alles in mir, dass es so viele Zufälle nicht geben konnte.

Livy schnitt eine Grimasse. »Die Idee, dass sich ein Mörder in unserem Camp herumgetrieben haben könnte, gefällt mir gar nicht.«

Nigel brummte zustimmend.

»Dazu muss ich sagen, dass ich es nicht wirklich für sicher halte«, redete Livy weiter. »Versteht mich nicht falsch – ich liebe unser Camp, aber … es ist keine Burg.«

Ich verstand. Die beiden wollten uns loswerden. Vermutlich hatten sie Angst, dass der Mörder auf sie aufmerksam werden könnte, und diese Angst war nicht unbegründet. Aber wir hatten keine andere Wahl, als hierzubleiben. In London wären wir noch ungeschützter als hier am Loch Monzievaird.

Umso dringender wurde es für mich, endlich herauszufinden, wer hinter alldem steckte.

»Wenn ich nur das Nummernschild dieses Schlittens hätte«, sagte ich. »Dann könnte ich zumindest herausfinden, ob es der Mann ist, den ich im Verdacht habe. Du hast es sicher nicht gesehen?«

Livy schüttelte den Kopf. »Leider nein.«

»Und ihr habt auch keine Personalien aufgenommen?«

Wieder schüttelte sie den Kopf. »Es tut mir schrecklich leid, aber … wir haben eigentlich geschlossen. Die paar Leute, die sich um diese Zeit hierher verirren, sind sozusagen unsere Gäste. Wir … melden sie gar nicht.« Sie wechselte einen schuldbewussten Blick mit ihrem Mann.

Ich unterdrückte ein entnervtes Stöhnen. Hatte sich alles gegen uns verschworen? Wir saßen um den Küchentisch herum und dachten nach.

Nach einer Weile fragte ich: »Sagt mal, hat irgendwann mal eine Cathy in dem Häuschen gewohnt, in dem ihr uns untergebracht habt?«

Livy war offensichtlich überrascht über den abrupten Themenwechsel, fing sich jedoch schnell wieder und sah Nigel an. »Cathy? Mir fällt auf Anhieb keine ein. Dir?«

Er brummte irgendetwas, das nach »Muss ich mir die Namen von all den Leuten merken, die hier ein und aus gehen?« klang.

»Also nein«, sagte ich.

Livy hob die Schultern. »Tut mir leid. Es sind wirklich ziemlich viele Leute, die hier jeden Sommer durchziehen. Aber wenn ihr wollt, kann ich mal in den Nächtigungsverzeichnissen nachsehen. Cathy, und wie noch?«

»Das wissen wir nicht.« Ich schnitt eine zerknirschte Grimasse. »Es ist nur … wir haben drin ein Buch gefunden, das einer Cathy gewidmet ist …«

Livy zog die Augenbrauen zusammen. »Was für ein Buch?«

»*Schatten der Vergangenheit* heißt es. Der Autor ist Aryan E. Lamb.«

Sie schüttelte den Kopf. »Cathy ... irgendwas war da, aber ... nein. Ich kann's nicht greifen.«

Es war zum Aus-der-Haut-Fahren. Überall gab es kleine Fitzelchen von Spuren, aber immer zu wenig, um daraus einen handfesten Verdacht zu basteln. Und noch dazu hing ich hier am Ende der Welt fest und konnte meine beiden Freundinnen nicht einmal darin unterstützen, diesen vertrackten Fall zu lösen.

Ruckartig erhob ich mich, und alle Blicke richteten sich fragend auf mich. »Ich ... brauche etwas ... Zeit für mich«, brachte ich heraus und warf Molly einen verzweifelten Blick zu.

»Natürlich«, sagte sie. »Ich könnte mit Livy und Nigel zum Einkaufen fahren, damit du deine Ruhe hast.«

Das war sicher nicht das, was Ems und Ab mit »Untertauchen« gemeint hatten, aber für mich war es der rettende Strohhalm. Ich brauchte wirklich einmal eine halbe Stunde, in der ich meine Gedanken sortieren konnte, und – so lieb Molly auch war – das ging nicht, wenn sie ständig über unnützes Zeug plapperte. »Das wäre großartig. Nicht falsch verstehen, aber ...«

Molly lächelte verständnisvoll. »Ich habe kein Problem damit. Es ist mir sowieso lieber, wenn ich die Dinge selbst einkaufen kann, die ich zum Kochen benötige, und außerdem brauche ich ein bisschen Trubel. Es wird nur ein schwacher Abklatsch der Großstadt sein, aber ein Einkaufszentrum wäre zumindest etwas.«

Livy nickte zustimmend. »Von mir aus können wir gleich los. Dann können wir auch noch auf dem Bauernmarkt vorbei. Es ist zwar Winter und sie haben vermutlich kein frisches Gemüse, aber es gibt selbst gemachten Käse und Eier und manchmal sogar …«

Den Rest hörte ich nicht mehr. Die Tür war hinter Molly und Livy ins Schloss gefallen. Obwohl die Wände dünn und die Fenster noch dünner waren, vernahm ich das Geplapper der beiden Frauen nur noch wie ein sanftes Murmeln. *White Noise* – genau das, was ich brauchte, um meine Gedanken zu sortieren.

Ich setzte mich an den Tisch, schnappte mir einen Zettel und einen Stift und begann drauflloszukritzeln. Zuerst waren es nur Fragen.

»Woher weiß der Mörder, dass Molly in Schottland ist?«

»Warum hat er es auf Molly abgesehen?«

Zu dieser Frage schrieb ich gleich meine Vermutung. »Möglichkeit eins: Molly ist aus irgendeinem Grund für ihn gefährlich. Möglichkeit zwei: Es ist absoluter Zufall.«

Dann schrieb ich an eine andere Stelle auf das Papier: »Wer ist Cathy?«

Gleich daneben machte ich mir einen Vermerk: »Bei Ab nachfragen, ob sich bei ihren Nachforschungen im *General Register* etwas ergeben hat.«

»Silberner Wagen – besitzt Lamb einen? Und wo war er am vergangenen Nachmittag und in dieser Nacht?«

»Was ist mit Jeremy passiert? Hat der Tod von Jeremy mit dem Serienmörder zu tun?«

»Gibt es Neuigkeiten zum Tod von Kenneth Hayes?«

»Ist Lamb so unschuldig, wie er tut?« Max' Bemerkung bei der Pressekonferenz fiel mir wieder ein. *Hoffentlich stellt sich am Ende nicht heraus, dass er ein Wolf im Schafspelz ist.*

Max. Ich hatte mich nicht im Guten von ihm getrennt. Dabei hatte er nur recht gehabt mit seinen Vorwürfen. Ich hatte ihm ein Date versprochen. Dann hatte ich es vergessen, um nach Schottland zu fliegen. Wegen eines Briefes. Nein, falsch, wegen einer Mail, die Molly uns genauso gut hätte weiterleiten können.

Weil ich gerade dabei war, schrieb ich die Frage auf, wer Molly die Mail geschrieben hatte. So viele ungelöste Rätsel standen jetzt auf dem Blatt, und mir wurde schlecht, wenn ich daran dachte, dass mir hier in Schottland die Suche nach den Antworten erschwert, wenn nicht unmöglich gemacht wurde.

Meine Gedanken kehrten zu Max zurück. Seit wir uns kannten, waren wir beste Freunde. Dann hatte ich mich in ihn verliebt, und es war nicht mehr ganz so einfach gewesen. Er hatte mir ziemlich deutlich zu verstehen gegeben, dass das mit uns beiden nichts werden konnte, und ich hatte mich in Grund und Boden geschämt und den Kontakt zu ihm auf Eis gelegt. Wir hatten nur noch das Nötigste miteinander besprochen. Nach meiner Kündigung hatten wir uns aus den Augen verloren. Erst, als ich stolzes Mitglied von Walker, Wright & Ferguson war, hatten sich unsere Wege wieder gekreuzt. Während ich vor meinen Freundinnen meistens die selbstbewusste, leicht chaotische Isla mimte, kannte er mein wahres Ich und hatte sich nie daran gestoßen. Und jetzt sollte das alles in die Brüche gehen, weil ich ihn einmal versetzt hatte?

Die Schuld an dem Zerwürfnis trug ich, das wusste ich. Daher musste auch ich diejenige sein, die das Ganze wieder in Ordnung brachte. Wenn er es mir wert war. Und das war er.

Ich seufzte.

Isla Wright kroch also im Staub für einen Mann …

Ich zog mein Telefon heraus, dann rief ich seinen Kontakt auf und startete den Wahlvorgang. Während ich darauf wartete, dass er ranging, vergewisserte ich mich, dass die Tür geschlossen war, dann setzte ich mich auf das Sofa und …

»Isla?«

»Max, ich wollte …«

»Bitte entschuldige, was ich gesagt habe, okay? Ich wollte das nicht. Ich … ich war nur so maßlos enttäuscht, dass du mich versetzt hast. Ich … bitte verzeih mir!«

Ich lächelte. »Gerade deshalb rufe ich an. Ich wollte *dich* um Verzeihung bitten.«

»Du? Aber wieso?«

»Na ja, ich war ungeduldig, und … den Fehler habe ja ich gemacht. Also. Verzeihst du mir?«

»Oh, ich bin so froh! Und ich habe mir solche Sorgen gemacht! Besonders heute. In London ist Lamb zur Fahndung ausgeschrieben. Wir mussten ein Bild posten und den Aufruf, zweckdienliche Hinweise an die Polizei zu melden. Und jetzt gerade ist die Meldung eingegangen, dass Lamb im Norden gesichtet wurde. In Edinburgh! Und ich weiß ja, dass du dort bist! Und Molly! Und dass er möglicherweise hinter dir her …«

»Was?«, unterbrach ich ihn.

»Dass er hinter dir her ist?« Max wirkte verwirrt.

»Nein, davor. Du weißt, dass ich in Schottland bin? Aber wieso?«

»Na, weil du es mir gesagt hast. Am Telefon. Vorgestern?«

»Ich habe es dir gesagt?«

»Ja.« Er wirkte plötzlich misstrauisch. »Wieso?«

»Weil hier der Killer auch zugeschlagen hat. Er hat den Taxifahrer getötet, der Molly und mich in unser Versteck gebracht hat in …« Ich schlug mir auf den Mund, um nicht noch einmal so ein Geheimnis zu verraten. »Jedenfalls … hast du irgendwem erzählt, dass wir in Schottland sind?«

»Nein …« Doch Max' Stimme klang unsicher.

»Max?«, sagte ich mit drohendem Unterton.

Er knickte ein. »Ja. Hab ich. Ich habe es Holly erzählt.«

Holly war eine Mitarbeiterin in der Redaktion, etwa in unserem Alter, ein Mundwerk wie ein Maschinengewehr und eine lange Nase, die sie überall hineinsteckte, auch wenn sie dorthin nicht gehörte – im Grunde eine Beschreibung, die auf jeden Journalisten zutraf, aber auf sie in besonderem Maße.

»Holly?«, fragte ich entsprechend geschockt.

»Ja. Zwischen Tür und Angel. Ich hab mir einen Kaffee gemacht, sie war die Nächste in der Reihe. Während wir auf den Kaffee gewartet haben, haben wir Small Talk gemacht. Da ist dann dein Name gefallen.«

»Wie kommt ihr beim Small Talk auf mich? ›Wie ist das Wetter? Der Verkehr wird immer schlimmer. Ich hab Rücken. Isla ist in Schottland?‹« Ich hörte selbst den beißenden Hohn in meiner Stimme.

Kein Wunder, dass Max sich sofort zurückzog. »Ja. Na und? Du geisterst eben ständig in meinem Kopf herum. Wenn sie sagt: ›Das Wetter ist wieder einmal doof‹, fällst du mir ein, die Regen liebt und imstande ist, mitten in einem Wolkenbruch mit ausgestreckten Armen auf der Straße zu tanzen. Wenn sie vom Verkehr spricht, fällst du mir ein, die gerade ziemlich weit gereist ist. Nach Schottland, um genau zu sein. Und die mir weismachen will, dass sie dort Urlaub macht – im Februar wohlgemerkt.«

»Ich bin eben ein Naturkind«, verteidigte ich mich.

»Du bist Isla. Verrückt, chaotisch und liebenswert. Und ich … mag dich, Isla. Auch wenn du es nicht willst. Man sucht sich nicht aus, in wen man sich verliebt, aber ich bin verliebt. Und daher kreisen meine Gedanken um dich. Die ganze Zeit. Die letzten beiden Tage waren die schlimmsten im letzten Jahr.«

Er hörte auf zu sprechen, und ich brachte kein Wort heraus. Ich wusste, dass es jetzt an mir lag zu reden, dass jetzt der richtige Zeitpunkt war, um ihm zu gestehen, dass ich ihn ebenfalls liebte, aber meine Stimme wollte mir nicht gehorchen. Kein bisschen.

»Isla?«

»I…« Ich räusperte mich. »Ich … habe das nicht gewusst.«

»Doch, hast du. Aber das ist jetzt egal. Ich muss dich sehen. Bitte sag mir, wo du bist, und ich komme. Dann können wir von Angesicht zu Angesicht reden.«

»Ich soll niemandem verraten, wo ich bin.«

»Komm schon! Du bist nicht eines der sieben Geißlein, und ich bin nicht der böse Wolf. Ich will nur mit dir reden. Ich will dich sehen, während ich dir mein Herz offenbare, und ich … verdammt noch einmal, Isla, ich will dich küssen, wenn ich dir alles gesagt habe, was zu sagen ist.«

Verdammt. Ich wollte das auch. Und ganz ehrlich: Es konnte nicht schaden, wenn wir hier männlichen Begleitschutz hätten. Ich zögerte.

»Isla«, sagte er drängend.

»Ich …«

»Wo bist du?«

Da gab ich mir einen Stoß. »In einem Ferienhaus am Loch Monzievaird.«

Am anderen Ende der Leitung ertönte ein Klackern. Er hämmerte auf der Tastatur herum. »In der Nähe von Perth?«

»Ja.«

»Ich … bin um drei bei dir.«

Ich schaute auf die Uhr. Es war acht. »Du spinnst ja wohl. Von London bis hierher ist man einen Tag unterwegs.«

»Sieben Stunden und fünfzig Minuten. Ich schaffe es in sieben. Oder noch schneller.«

»Max, tu das nicht!«, flehte ich.

»Was?«

»Dich in Schwierigkeiten bringen wegen mir. Wir … können reden, wenn ich wieder zurück bin, oder wir machen einen Videocall. Da siehst du mein Gesicht auch.«

»Und dann küsse ich das Display? Nein, meine Liebe. Du bleibst, wo du bist, und ich komme. Vielleicht bin ich sogar noch schneller.«

»Nein! Max!« Doch er hatte schon aufgelegt. »Spinner!«, schimpfte ich in den Hörer, doch als ich noch einmal versuchte, Max zu erreichen, blieb das Klingeln ungehört.

Na gut, da konnte man nichts machen. Dann sollte ich mich anderen Dingen zuwenden. Rätseln, die ich möglichst löste, bevor Max da wäre. Und das Engelchen auf meiner Schulter lächelte bei der Vorstellung, dass ich dann vielleicht auch irgendwelche Erkenntnisse hätte, die Max für seinen nächsten Artikel nutzen könnte.

Mit Feuereifer machte ich mich an die Recherche.

Zuerst rief ich in den nächstgelegenen Krankenhäusern an, um nach dem Verbleib von Jeremy Crawford zu fragen, doch niemand wusste etwas, bis ich auf die Idee kam, in der Scotland's Charity Air Ambulance anzurufen, die in Perth stationiert war. Dort bekam ich einen freundlichen Rettungssanitäter ans Telefon, der zufälligerweise den Einsatz geflogen hatte, bei dem der Taxifahrer aus dem Fluss geborgen worden war. Er wusste auch, dass Jeremy nicht gestorben, aber schwer verletzt war und in Edinburgh im Krankenhaus lag – beim Transport war er ohne Bewusstsein gewesen.

Trotzdem fiel mir ein Stein vom Herzen. Jeremy hatte überlebt, und ich vertraute auf das Gesundheitssystem und dass sie sich gut um den netten Mann kümmern würden. Später würde ich Ab bitten, dass sie Malcolm nachfragen ließe, wie es dem Taxifahrer ging.

Ich hakte eine von meinen Fragen ab und überlegte, welche der verbleibenden ich am schnellsten beantworten könnte, als das Telefon klingelte. Es war Ab.

»Ab?«

»Isla, wie geht es euch?«

»Gut. Nachts hatten wir etwas Aufregung, weil ein Luchs …«

»Jaja. Wenn wir dann zu den wichtigen Dingen übergehen könnten?«

»Klar«, sagte ich und fühlte mich wieder einmal klein und unbedeutend.

»Lamb ist ausgebüxt. Er ist vermutlich in Schottland.«

»Weiß ich schon. Max hat es mir gerade eben gesagt.«

»Du hast immer noch Umgang mit diesem Zeitungsfritzen?«

Das sagte Ab so verächtlich, dass es mir im Herzen wehtat. Auch ich hatte zu den Zeitungsfritzen gehört, und ich würde auch heute noch dazugehören, wenn nicht diese bescheuerte Schreibblockade dazwischengekommen wäre.

»Isla? Hallo? Erde an Isla?«

»Ja, ich habe Umgang mit ihm. Er ist mein Freund.«

»Dein … Freund? Freund-Freund oder *Freund?*«

Ich verdrehte die Augen. »Wolltest du nicht zu den wichtigen Dingen übergehen?«

»Ja. Wollte ich. Was hat dir dein *Freund* Max noch gesagt?« Sie betonte das Wort Freund so furchtbar zweideutig, dass ich mich ärgerte.

»Nichts. Er hat mir gesagt, dass Lamb abgängig ist und die Zeitungen um Mithilfe gebeten wurden. Warum wird nach ihm gesucht?«

»Weil du recht hattest. Als Ems und ich zu seinem Haus kamen, war sein Wagen weg. Malcolm ließ nach ihm suchen. Inzwischen gehen immer wieder Meldungen ein, dass er im Norden gesehen wurde. In Edinburgh, auch nördlicher. Habt ihr euch richtig eingeschlossen?«

Der unvermittelte Übergang von Sachinformationen zu dieser persönlichen Frage, die purer Besorgnis entsprungen war, ließ mich schmunzeln. »Ja. Das heißt nein. Ich bin gerade im Haus und habe alles verrammelt – Türen und Fenster –, aber Molly ist mit Livy und Nigel zum Einkaufen gefahren.«

»Zum Einkaufen?« Abs Stimme klang schrill. »Welchen Teil von *›Taucht unter und versteckt euch‹* habt ihr nicht verstanden?«

»Sie ist ja nur schnell zum Einkaufen raus.«

»Nur schnell … und zum Einkaufen raus … Wo denn? Lass mich raten. Im Supermarkt? Wo Hunderte andere Leute zur gleichen Zeit einkaufen, vielleicht sogar derjenige, der hinter euch her ist? Und danach folgt er ihrem Wagen, und sie führt ihn direkt zu dir, und dann bringt er euch in der nächsten Nacht um die Ecke?«

Ab hatte eine blühende Fantasie. Oder vielleicht auch schon zu viel gesehen. Schließlich war sie bei der Polizei gewesen. Ich musste sie beruhigen. »Du musst dich nicht sorgen. In ein paar Stunden ist Max da, und er wird uns beschützen.«

»Maaaaax?« Meine Ohren klingelten, als Ab seinen Namen brüllte. »Wieso weiß Max, wo ihr abgestiegen seid?«

»Ich habe es ihm gesagt.«

»Isla.« Abs Ton war nun drohend und unheilvoll. »Warum sagst du Max, wo du dich befindest?«

»Weil … wir haben gestritten, und es geht uns nicht gut damit. Wir wollen uns versöhnen. Und er will mich dabei sehen.« Dass er mich auch küssen wollte, verschwieg ich ihr.

»Und dann kitzelt er alle Informationen aus dir heraus und schreibt einen seiner schlechten Artikel?«

»Ich habe ja gar keine Informationen!« Nun war ich es, die brüllte. »Ihr sagt mir ja nichts. Dass dieser Schriftsteller überall da draußen sein könnte, weiß ich von Max. Ihr ruft an, erschlagt mich mit euren Vorwürfen, und dann habt ihr eure Abenteuer in London. Wundert es dich, dass ich mir Gesellschaft suche?«

»Gesellschaft? Du hast Gesellschaft! Miss Molly!«

»Gib sie mal mir.« Ems' ruhige Stimme erklang im Lautsprecher, während Abs Schimpfen leiser wurde.

»Isla, wir wollten dich nicht ausschließen, das weißt du, oder?«

»Ja. Aber es fühlt sich eben doch so an. Ich liefere euch ständig Informationen und bitte euch, nachzuforschen, aber ich kriege nie Antworten. Und dann muss ich mich noch in so einer bescheuerten Holzhütte verbarrikadieren, kann als Einzige von uns dreien keinen Sex haben, und das Schlimmste ist, dass ich Hagrid von meinem beschissenen Vermieter versorgen lassen muss.« Als ich endete, heulte ich.

»Isla«, sagte Ems verständnisvoll. »Wir haben dir wehgetan. Das tut uns leid.« Abs Grummeln im Hintergrund klang nicht wirklich wie eine Bestätigung. »Was willst du wissen?«

»Ich will wissen, ob Lamb eine Adoptivschwester hat.«

»Da ist Malcolm dran. Aber bei der Polizei geht auch nicht immer alles gleich und sofort«, murrte Ab. Ems hatte mich also auf laut gestellt.

»Okay«, sagte ich gnädig. »Bis wann kriegt er es raus?«

»Bist spätestens heute Mittag.«

»Gibt es Neuigkeiten zu Kenneth Hayes?«

»Nein. Gibt es nicht.« Ems klang frustriert. »Und Sybill Butt wird vermutlich heute noch aus der U-Haft entlassen. Der Verdacht gegen sie hat sich nicht bestätigt.«

Ich überlegte. »Vermutlich war sie es auch nicht. Das heißt, wenn der Tötungsversuch an Jeremy wirklich zu der Mordserie gehört.«

»Das denke ich nicht«, meinte Ab. »Ich denke eher, dass in den nächsten Tagen ein Londoner Taxifahrer stirbt.«

»Das ist natürlich auch eine Möglichkeit.« Ich hatte das Gefühl, mein Kopf würde gleich explodieren. »Lasst mich das mal zusammenfassen, ja? Möglichkeit eins: Der Taxifahrer hat nichts mit der Mordserie zu tun. Dann käme Sybill Butt als Mörderin von Frances und Hayes infrage. Wobei mir das verbindende Mordmotiv fehlt.«

»Sie könnte ihre Mutter aus unterdrücktem Hass getötet haben und Hayes, weil er ihre Miete erhöht hat«, schlug Ems vor.

Ab schnaubte verächtlich. »Da sieht man, was passiert, wenn Hobbydetektive das Ruder übernehmen. Mord im Affekt bei der Mutter lasse ich noch durchgehen, aber das mit der Miete ist doch eine Lappalie.«

»Nicht in London«, widersprach Ems, und ich gab ihr insgeheim recht.

Wieder hörte ich Abs aufgebrachtes Grummeln, verstand aber nicht, was sie sagte. Es war mir auch egal. Ich schrieb diese Möglichkeit auf meinen Zettel, dann räusperte ich mich und redete weiter: »Möglichkeit zwei: Der Taxifahrer gehört zur Mordserie. Dann kommt Sybill Butt als Mörderin nicht infrage, weil sie in U-Haft war. Bleibt Lamb, der offensichtlich in Schottland gesehen wurde und zu Frances als auch zu Hayes eine Beziehung hatte. Was könnte hier das Motiv sein?«

»Jetzt sagt ihr bestimmt gleich, dass Frances schlampig gearbeitet hat und Hayes die Miete erhöhen wollte«, spottete Ab.

»Das könnte eine Möglichkeit sein, wobei ich nicht denke, dass Lamb ein Problem damit hätte, eine höhere

Miete zu bezahlen«, erwiderte ich. »Ich denke eher, dass der Grund woanders liegt.«

»Und wo?«, fragte Ems.

»Ich denke die ganze Zeit über seine Theorie nach. Schon bevor der Vermieter getötet wurde, war er felsenfest davon überzeugt, dass die Mordserie etwas mit seinem Buch zu tun hat. Kann man das nach einem Mord bereits sagen?« Ich wartete gespannt auf die Reaktion meiner beiden Freundinnen.

»Du gehst also davon aus, dass er selbst der Mörder ist und die Menschen nach diesem Schema tötet?«, fragte Ab nachdenklich, und ich freute mich ein bisschen darüber, dass sie meine Theorie ernst nahm.

»Wäre möglich, oder?«

»Aber warum setzt er dann alles daran, dass Miss Molly verdächtigt wird?« Ab hatte recht mit diesem Einwand, und mein schönes Kartenhaus aus Gedanken fiel wieder in sich zusammen.

»Weil sie gerade die Einzige ist, der man die Tat in die Schuhe schieben kann?«, schlug ich vor, doch ich hörte selbst, wie vage das klang.

Ems atmete hörbar aus. »Es muss einen anderen Grund geben.«

»Ich weiß nicht«, sagte Ab. »Im Normalfall kann man zu beinahe hundert Prozent davon ausgehen, dass nahe Angehörige die Tat begangen haben. Was Frances angeht, würde ich doch Albert nicht außer Acht lassen.«

»Und Hayes?«, fragte ich.

»Keine Ahnung. Diese Erbstreitigkeiten, die in der

Zeitung erwähnt wurden? Oder vielleicht ein Einbrecher? Eine beleidigte Ex, die zufällig genau in diesem Moment zugeschlagen hat ... Es gibt Tausende Möglichkeiten. Vielleicht sind wir auf dem Holzweg, weil wir wegen dieser blöden Theorie von Lamb versuchen, alles in Verbindung zu bringen.«

»Eine sich selbst erfüllende Prophezeiung meinst du?« Konnte das wirklich sein?

»Ja«, sagte Ab. »Frances wird ermordet. Lamb stellt diese bescheuerte Theorie auf, der wir aufsitzen – genau wie die Polizei. Dann wird sein Vermieter ermordet, möglicherweise von einer völlig anderen Person. Und dann fährst du nach Schottland, und ein Taxifahrer stirbt beinahe. Voilà, unser Gehirn sagt uns, dass das der Droschkenkutscher ist, und es ergibt auch Sinn – versteh mich nicht falsch. Aber wir legen uns zu sehr fest, und dadurch übersehen wir vielleicht die wirkliche Lösung.«

Mist. Abs Beweisführung war wieder einmal überzeugend. Zu überzeugend. Ich liebte sie dafür, aber gerade im Moment hasste ich sie auch ein bisschen. »Lamb hätte so einen schönen Mörder abgegeben«, maulte ich.

»Na ja, sieh es so: Vielleicht bekommst du an seiner statt jetzt zwei Mörder – oder drei.« Ab konnte schon wieder witzeln.

»Was machen wir dann jetzt?«, fragte Ems.

Ab meinte: »Ganz einfach. Wir suchen nach zwei Mördern.« Ich konnte sie förmlich vor mir sehen, wie sie mit gelangweilter Miene dasaß und mit den Schultern zuckte.

»Nach zwei Mördern und einem Beinahe-Mörder«, berichtigte ich sie. »Du vergisst den Taxifahrer.«

»In Schottland ermitteln wir nicht«, sagte Ab kurz angebunden.

Ich widersprach: »Da liegst du falsch. *Wir* ermitteln gerade in Schottland. Nämlich an einem bezaubernden Loch, wohin ihr mich verbannt habt.«

»Den Ort hast du dir selbst ausgesucht«, erinnerte mich Ems.

»Ja, aber ihr habt gesagt, dass er irgendwo in der Pampa liegen muss, und da bin ich jetzt. Und nachts habe ich das Liebesgeschrei von Luchsen im Ohr und Molly in meinem Bett.«

»Du hast was?« Ems kicherte, und auch im Hintergrund konnte ich ein Kichern vernehmen.

»Ihr habt richtig gehört. Wir sind heute Nacht aufgewacht, weil zwei Luchse beschlossen haben, neben unserer Hütte miteinander zu flirten. Wir dachten schon, dass es der Mörder ist, der sich womöglich über Livy und Nigel hermacht, bevor er uns erledigt. Daher hat sich Molly zu mir ins Bett gelegt. Und sagt mir jetzt nicht, dass ich sie nicht hätte beschützen können. Jedenfalls … schön, dass ich euch zum Lachen bringen konnte.«

»Jetzt sei nicht gleich eingeschnappt, Isla«, sagte Ems. »Ich weiß, dass es für dich nicht leicht ist. Und ich kann mir vorstellen, dass ihr wieder nach London zurückwollt, aber …«

»Es ist nicht sicher«, vollendete ich den Satz für sie. »Das habe ich verstanden. Trotzdem ist es echt scheiße.

Erledigt wenigstens die Rechercheaufgaben, die ich für euch habe, und haltet mich auf dem Laufenden.«

»Das machen wir. Versprochen.« In Ems' Stimme schwang ein Lächeln mit.

»Und schickt mir ein Bild von einem schönen Latte aus dem Bill's.« Ich hörte selbst, wie grummelig das klang, und wunderte mich gar nicht über das Lachen meiner beiden Freundinnen.

»Miss Mollys Kaffee ist nicht so gut wie der im Bill's, wie?«

»Bei Weitem nicht.« Aber ich wollte nicht jammern. Immerhin hatte sie an Kaffee gedacht. Wenn ich die ganze Zeit nur mit Tee hätte verbringen müssen, wäre ich vermutlich schon längst eingegangen. »Schickt mir einfach, was ihr herausfindet.« Dann unterbrach ich das Gespräch und sah auf die Uhr. Molly war seit einer halben Stunde weg. Es würde wohl noch etwas länger dauern, bis sie zurückkam. Gut. So hatte ich noch etwas Zeit für mich. Das war es schließlich, was ich mir gewünscht hatte.

Ich setzte mich auf das Sofa und schloss die Augen. Wann würde sie wohl wiederkommen? Die Fahrt nach Perth dauerte etwa eine halbe Stunde, dann würden sie mindestens eine halbe Stunde in dem Supermarkt verbringen und schließlich wieder eine halbe Stunde für die Rückfahrt brauchen. Also war ich noch eine ganze Stunde allein.

Mutterseelenallein.

Nigel war mit den beiden Frauen gefahren. Das Camp lag völlig verlassen da. Und plötzlich stieg die Angst in mir hoch. Was, wenn das gestern keine Luchse gewesen waren, sondern doch der Mörder? Was, wenn er einen unbeobachteten Augenblick abgewartet hatte, um sich an mich anzuschleichen und mich zu töten? Vielleicht wollte er ja gar nicht Molly, sondern mich, und jetzt schlich er da draußen herum und überlegte, wie er mich aus meinem Versteck locken sollte.

Ich war dermaßen in meiner Panik gefangen, dass mich das »Ping!« aus meinem Telefon zusammenfahren ließ. Das Display leuchtete auf. Der *London Outwatch* hatte einen neuen Artikel veröffentlicht.

Um mich abzulenken, nahm ich mein Handy in die Hand.

Exklusiv: Die Suche nach dem Thrillerautor Aryan E. Lamb nimmt in Schottland eine neue Wendung

London – Die Spekulationen nehmen zu, während die Polizei ihre Suche nach dem Thrillerautor Aryan E. Lamb intensiviert und Berichte darauf hindeuten, dass er sich möglicherweise in Schottland aufhält. Der jüngste Vorfall, der Lamb zugeschrieben wird, ereignete sich in der Nähe von Perth, wo ein Taxifahrer knapp dem Tod entkam, nachdem er von einem silbernen Wagen von der Fahrbahn gedrängt wurde. Zeugenaussagen zufolge könnte es sich dabei um Lambs Auto handeln. Derzeit kämpfen die Ärzte in einem Krankenhaus in Edinburgh um das Leben des Taxifahrers.

Seit Lamb nach einer Reihe mysteriöser Ereignisse im Zusammenhang mit seinem neuesten Roman auf der Flucht ist, arbeiten die Behörden unermüdlich daran, ihn zu lokalisieren und festzunehmen. Der Autor, bekannt für seine packenden Thriller, ist Gegenstand einer intensiven Fahndung, während die Ermittler tiefer in die Umstände seines Verschwindens eintauchen.

Der gestrige Vorfall in der Nähe von Perth hat die Besorgnis über Lambs Aufenthaltsort und Aktivitäten nur noch verstärkt. Augenzeugen berichteten, dass sie ein silbernes Auto, das der Beschreibung von Lambs Fahrzeug entspricht, gesehen haben, was den Verdacht nahelegt, dass er in den gezielten Angriff auf den arglosen Taxifahrer Jeremy Crawford verwickelt sein könnte. Crawford wurde angeblich von der Straße gedrängt, was zu einem schweren Unfall führte und ihn in Lebensgefahr brachte.

Die Strafverfolgungsbehörden, einschließlich der örtlichen Polizei und der schottischen Behörden, arbeiten eng zusammen, um Lamb aufzuspüren und zur Rechenschaft zu ziehen. Die Fahndung hat sich über London hinaus ausgedehnt, wobei Beamte umfangreiche Suchaktionen in verschiedenen Teilen Schottlands durchführen. Während die Suche intensiviert wird, wird die Öffentlichkeit aufgerufen, wachsam zu bleiben und alle Informationen zu melden, die zur Ergreifung von Aryan E. Lamb beitragen können. Die Polizei hat ein aktuelles Foto des Autors veröffentlicht und betont die Bedeutung einer sofortigen Lokalisierung.

Der London Outwatch *wird die Entwicklungen weiterhin genau verfolgen, während die Behörden unermüdlich daran arbeiten, das Rätsel um das Verschwinden von Aryan E. Lamb zu lösen und ihn für seine mutmaßlichen Taten zur*

Verantwortung zu ziehen. Bleiben Sie dran, um Updates zu dieser laufenden Untersuchung zu erhalten.

Gezeichnet, Maximilian Wilders

Ich verfluchte mich dafür, dass ich Max all die Informationen geliefert hatte, die er zur Veröffentlichung eines weiteren miserablen Artikels genutzt hatte. Der Mistkerl!

»Na warte, wenn du hier auftauchst, kannst du was erleben.«

Doch es war nicht Max, der als Nächstes auftauchte …

Kapitel 22

»Am liebsten hätte ich jetzt auch noch nach einem Kaffee verlangt. Stand einem nicht eine Henkersmahlzeit zu, wenn man kurz davor war, getötet zu werden?« Isla Wright trinkt Kaffee und denkt über die letzten Minuten ihres Lebens nach.

»Überraschung!«, rief Molly freudestrahlend, als ich ihr die Tür öffnete. Das Glück, das sie ausstrahlte, übertrug sich auch auf mich, und ich vergaß den blöden Artikel für einen Augenblick.

»Was ist die Überraschung?«

»Das hier!« Sie schwenkte die Tüte einer Konditorei in der einen Hand und einen riesigen To-go-Becher, dem ein herrlicher Duft entströmte, in der anderen. »Miss Walker und Miss Ferguson haben mich angerufen und gebeten, dich mit Kaffee zu versorgen. Und hier ist er. Von der Tankstelle und gewiss nicht so gut wie der von Bill's, aber zumindest etwas.«

»Du bist ein Schatz, Molly«, sagte ich, griff hastig nach dem Becher und führte ihn an die Lippen. Der Kaffee war natürlich nicht mehr heiß, sondern eher lauwarm, aber der Geschmack – herrlich! »Du bist ein Riesenschatz!«

Molly lächelte glücklich. »Livy hat angeboten, dass sie dir morgen auch welchen holen. Sie müssen in die Richtung und können auf dem Rückweg Kaffee besorgen.

Auch wenn du damit ihrem Klischee einer Großstadtpflanze entsprichst.«

»Das ist mir so was von egal, solange ich Kaffee bekomme. Und wenn es nur einmal am Tag ist.«

»Dann ist's ja gut, dass ich das Angebot gleich angenommen habe.« Sie stellte die Tüte auf dem Esstisch ab und zog sich den Mantel aus. »Livy und Nigel kommen übrigens gleich noch mit den Einkäufen. Sie mussten nur ein Paket entgegennehmen.«

War mir auch recht. Ich schlürfte meinen Kaffee.

»Ich habe mir gedacht, dass wir heute zum Mittagessen einen schönen Haggis kochen könnten«, sagte Molly. »Was denkst du?«

Beinahe hätte ich den Kaffee ausgespuckt. »Bitte nicht!« Haggis war das schottische Nationalgericht und bestand vor allem aus Innereien. Das bekäme ich nicht einmal mit geschlossenen Augen hinunter.

Molly grinste. »War nur ein Spaß! Es gibt einen schönen Eintopf. Ich habe Schweinebauch und Bohnen. Das wird lecker!«

»Schon besser!« Ich war wieder versöhnt. Alles war gut, solange es keine Innereien waren – oder Pilze. Pilze hasste ich auch wie die Pest. »Ist das Einkaufszentrum toll?«

»Ja, es … Oh, da kommt sie schon.« Molly unterbrach sich und ging zur offen stehenden Tür, durch die man Livy mit dem elektrischen Camp-Mobil herannahen sah. Auf der Ladefläche waren drei volle Einkaufstüten und … ein Blumenstrauß.

Livy hielt direkt vor dem Häuschen, stieg von dem Gefährt und rieb sich die Hände. »Ist doch noch ein bisschen zu früh, um mit dem Ding herumzufahren. Aber anders hätte ich die Sachen nicht transportieren können. Hier sind eure Einkäufe und hier …«, sie überreichte Molly den Blumenstrauß, »Post für dich.«

Mir war, als hätte ich einen Kübel Eis verschluckt, und Molly sah aus, als ginge es ihr ähnlich. Sie brachte kein Wort heraus, klappte nur ihren Mund auf und zu und wurde bleicher und bleicher.

Erst verstand Livy nicht, dann dämmerte ihr wohl langsam, was uns an dem Blumenstrauß so durcheinanderbrachte. »Jemand weiß, dass ihr hier seid«, stieß sie hervor.

Ich nickte, und plötzlich erkannte ich noch eine schreckliche Wahrheit: »Livy, du bist in Gefahr.«

Sie verstand nicht.

»Das Blumenmädchen«, krächzte Molly, die sofort wusste, worauf ich hinauswollte. »Livy ist das Blumenmädchen.«

»Also ein Mädchen bin ich schon lange nicht …«, wollte Livy einwenden, doch ich ließ sie nicht ausreden.

»Ich muss darauf bestehen, dass du hierbleibst. Du bist in Gefahr.« Schnell legte ich ihr unsere Theorie dar. »Eigentlich wäre es besser, wenn wir alle drei verschwinden würden, aber nach dem, was Jeremy passiert ist, habe ich Angst, dass der Mörder einen Weg findet, uns zu töten, auch wenn wir abhauen. Also bleibst du hier.«

»Aber ich hab doch nie jemandem irgendwas Böses getan. Warum …«

Wieder ließ ich sie nicht aussprechen. »Der Mörder fragt nicht, ob du etwas Böses getan hast. Der hat ein Muster, nach dem er tötet. Nach dem Droschkenkutscher steht ein Blumenmädchen auf seiner Liste, und du bist diejenige, die uns diese Blumen überbracht hat, also …«

»Also will er mich töten?« Livy sah bereits aus wie eine Leiche.

Es tat mir leid, dass ich ihr keine andere Antwort geben konnte. »Wenn unsere Theorie stimmt, dann ist es so. Wer hat dir die Blumen gebracht?«

Livy sah panisch von mir zu Molly. »Keine Ahnung. Die standen in einem Plastikeimer vor unserer Tür.«

»Kein Absender? Keine Nachricht?«

»Nur dieser Zettel, auf dem dein Name steht.« Sie deutete auf ein Kärtchen in Visitenkartengröße, auf das »Molly Ainsworth« gedruckt war.

»Mist! Komm herein. Wir rufen Nigel an. Er soll zu uns kommen. Wir brauchen einen Mann hier.«

»Aber Nigel ist wieder nach Perth gefahren. Er hat einen Anruf vom Nachbarn seiner Mutter bekommen, dass es ihr … Oh!« Ihre Augen weiteten sich. »Das war gar nicht der Nachbar?«

Ich schüttelte den Kopf. »Nein.« Dann schob ich sie ins Haus, bevor ich die Einkaufstüten packte und ebenfalls ins Haus trug. Erst als ich drinnen war und die Türen verrammelt waren, erkannte ich, dass wir dem Mörder jetzt unsere genaue Adresse verraten hatten. Das Camp-Mobil war direkt vor unserer Haustür geparkt. »*Shit!*«, fluchte ich. Wir brauchten Hilfe! Dringend! »Kannst du Nigel erreichen?«

Livy nickte hektisch, holte ihr Mobiltelefon aus der Gesäßtasche ihrer karierten Wollhose und tippte darauf. Wir hörten es klingeln. Es klingelte eine gefühlte Ewigkeit, doch Nigel ging nicht ran. »Er hört uns nicht oder …« Livy sah mich panisch an. »Oder er hat das Telefon im Büro liegen gelassen. Er … vergisst es ständig irgendwo.«

»Versuch es noch einmal.«

Sie befolgte meinen Befehl, doch wieder klingelte es, ohne dass Nigel den Anruf entgegennahm.

»Schreib ihm eine Nachricht«, sagte ich. »Vielleicht ist es wirklich so, dass er es nicht hört. Vielleicht hat er sein Telefon in der Hosentasche, bei laufendem Motor ist das schon möglich … Wenn er dann in Perth ist, schaut er sicher drauf, und dann sieht er deine Nachricht und kann sofort zurückkommen.«

»Okay.« Livy tat wieder, was ich von ihr verlangte. Allzu überzeugt sah sie allerdings nicht aus.

»Können wir nicht die Polizei anrufen?«, fragte Molly, die uns bis jetzt schweigend beobachtet hatte.

»Und der sagen wir dann was?« Ich sah sie mit hochgezogenen Augenbrauen an. »Dass du Blumen bekommen hast und wir jetzt Polizeischutz brauchen?«

»Nein, aber wenn wir ihnen die ganze Geschichte erzählen …«

»Dann denken sie, dass wir verrückt gewordene Hühner sind oder uns einen Telefonscherz erlauben.« Ich hatte keine allzu großen Hoffnungen in die Polizei.

Wir schwiegen und dachten nach. Das einzige Geräusch in der Hütte kam von Livys Fingernägeln, die beim

Eintippen der Nachricht leise auf dem Display klackerten.

»Miller«, sagte Molly schließlich. »Er weiß, was wir tun können.«

Erleichtert atmete ich auf. »Molly, du bist ein Genie. Ich rufe die Mädels an, und die sollen dann ihre ganzen Lover zusammentrommeln, damit sie uns helfen. Auch wenn sie alle in London sind, werden sie ja wohl Kontakte zu den Behörden hier haben.«

War nicht Senior-Staatsanwalt Zayn Montgomery in Schottland tätig gewesen, bevor er nach London versetzt worden war? Und die Polizei arbeitete hoffentlich auch über die Landesgrenzen hinweg zusammen – vor allem, wenn es um Mord ging. Wenn man dem Artikel von Max glauben durfte, tat sie das bereits. Obwohl ich zugeben musste, dass ich von seinen Artikeln nicht mehr viel hielt, nachdem ich wusste, dass sie von Maschinen verfasst worden waren.

Isla, komm endlich in die Gänge!, mahnte mich das Engelchen auf meiner Schulter. *Die Zeit rennt. Wenn Miller und Montgomery dich unterstützen sollen, geht das nicht von jetzt auf gleich. Sie brauchen auch Zeit. Und die verschwendest du gerade mit unnützen Gedanken an Max und seine Künstliche Intelligenz.*

»Du hast ja recht!«, rief ich aus. Molly und Livy sahen mich erstaunt an, doch ich verplemperte keine Zeit damit, mich zu schämen, sondern startete einen Gruppenanruf mit den Mädels.

»Isla, es geht nicht so schnell, wie du dir das denkst«, stöhnte Ab gleich darauf frustriert ins Telefon.

»Darum geht es nicht«, sagte ich schnell. »Ich brauche Hilfe.«

»Wobei schon wieder?«

»Molly hat Blumen gekriegt.«

Es dauerte keine Sekunde, bis Ems verstand, was ich da sagte. »Sie hat Blumen gekriegt?«, wiederholte sie schrill. »Von wem?«

»Wissen wir nicht.« Ich drehte mich zu Molly, die immer noch wie belämmert mit dem Strauß in der Hand mitten im Zimmer stand. »Es war eine Karte drin, auf der ihr Name steht. Mehr haben wir nicht. Nur noch die Überbringerin. Livy.«

»Das Blumenmädchen.« Dafür, dass Ab vorher vehement darauf bestanden hatte, dass wir es höchstwahrscheinlich mit zwei oder drei voneinander unabhängigen Fällen zu tun hatten, war sie ziemlich schnell wieder bereit, an Lambs Theorie zu glauben.

»Ja«, sagte ich. »Das war auch mein erster Gedanke.«

»Habt ihr sie in Sicherheit gebracht?«

Ich seufzte. »Was ist Sicherheit? Wir sind in einem Holzhäuschen. Die einzigen Sicherheitsmaßnahmen bestehen darin, dass wir vor der Tür und den Fenstern die Jalousien runtergelassen und alles verrammelt haben. Mehr geht nicht.«

»Zumindest etwas.« Ems klang erleichtert.

»Ja«, sagte ich und fuhr kleinlauter fort: »Allerdings weiß der Killer jetzt auch, in welchem Häuschen wir sind. Livys Camp-Mobil parkt davor.«

»*Shit!*« Das kam zweistimmig aus dem Hörer.

Dann folgte eine längere Stille. Schließlich meinte Ab: »Okay. Ich informiere Miller. Du klemmst dich hinter deinen Senior-Staatsanwalt. Miller soll der schottischen Polizei Feuer unterm Arsch machen und Montgomery …«

»… einen Haftbefehl gegen unbekannt erwirken?«, schlug Ems vor.

»Genau. Und wir beide …«, begann Ab.

»Ihr bleibt schön in London und erreichbar!«, verlangte ich. »Egal, was passiert. Ich will eure Stimmen hören, und wenn es das Letzte ist, was ich höre.« Am liebsten hätte ich jetzt auch noch nach einem weiteren Kaffee verlangt. Stand einem nicht eine Henkersmahlzeit zu, wenn man kurz davor war, getötet zu werden?

»Es wird nicht das Letzte sein«, sagte Ems. »Und jetzt lass uns kurz telefonieren.«

»Nein!«, brüllte ich. Irgendwie hatte ich das Gefühl, dass ich sie nie wieder hören würde, wenn sie jetzt das Telefongespräch unterbrachen.

Ems seufzte. »Okay. Ich rufe Zayn übers Festnetz an. Nur Ab geht raus. Geht das?«

»Ja«, sagte ich. Ich wusste, dass ich mich genauso kindisch anhörte wie Molly, als sie darum gebeten hatte, in meinem Bett schlafen zu dürfen, aber das war mir jetzt egal. Ich musste meine Freundinnen hören.

Und so hörte ich zu, wie Ems mit ihrem Staatsanwalt sprach. Es war ein kurzes Gespräch. Sehr sachlich. Mit vielen juristischen Begriffen. Und ich konnte nicht umhin, mir zu überlegen, ob die beiden diese Fachsimpeleien auch im Bett durchzogen.

Endlich beendete sie das Telefonat und erklärte mir in knappen Worten, dass Montgomery sich mit Miller in Verbindung setzen würde. Wenn er wüsste, wer in Schottland das Kommando hatte, würde er eine Kollegin in Edinburgh mit dem betreffenden Polizisten verbinden. Es klang alles etwas umständlich, und ich hoffte, dass dieses »Verbinden« schneller ging als andere Justizangelegenheiten, und Montgomery nicht zuerst zwanzig Anträge, noch einmal so viele Bescheide und Vollmachten ausstellen musste, bevor die Kollegin in Edinburgh der Polizei erlaubte, den Killer festzunehmen, der womöglich bereits vor unserer Tür stand. Bei dem Gedanken daran richteten sich mir die Härchen im Nacken auf.

»Miller ist schon dran.« Abs Stimme näherte sich, dann quietschte ein Bürosessel. »Und jetzt?«

»Jetzt quatscht ihr mit mir und Molly und lenkt uns von unserer Panik ab.«

Molly nickte nachdrücklich, Livy hingegen war weniger überzeugt. Sie hielt wieder ihr Handy ans Ohr und hörte sich das gleichmäßige Tuten an, das verriet, dass Nigel nicht erreichbar war.

»Hör mal, Isla …«, sagte Ems vorsichtig. »Ich weiß, es ist verdammt hart für euch, jetzt in diesem Häuschen auszuharren, aber … wir können nicht tun, was wir tun müssen, um euch zu schützen, wenn eine von uns die ganze Zeit mit euch quatschen muss …«

»Ich weiß«, seufzte ich.

»Wir versprechen, dass wir erreichbar sind. Entweder Ab oder ich werden erreichbar sein. Wenn der Mörder wirklich an der Tür klopfen sollte, dann kannst du uns anrufen, und wir stehen dir bei.«

»Auch wenn du genau weißt, dass das absolut unnütz und kindisch ist.« Das war natürlich Ab. »Wir können von hier aus überhaupt nichts tun. Oh. Malcolm schreibt mir gerade, dass ein Kommando unterwegs ist.« Ich hörte sie auf einer Computertastatur herumhacken. »*Shit!* Wo seid ihr da? Am Arsch der Welt?«

»Kommt hin«, erwiderte ich. »Warum?«

»Weil die nächste Polizeistation in Perth ist«, sagte Livy, noch bevor Ab antworten konnte.

Meine Kehle schnürte sich zu. Die Polizei würde mindestens eine halbe Stunde unterwegs sein. Und der Mörder war womöglich bereits hier …

Kapitel 23

»Dann flog die Tür zu unserem Häuschen mit einem lauten Knall auf, Livy japste erleichtert, und Mollys Messer fiel klappernd zu Boden.« Isla Wright bekommt einen Lachkrampf und verpasst den besten Teil.

»Was tun wir jetzt? Was tun wir jetzt?« Mollys Gejammer war beinahe unerträglich, doch ich wies sie nicht zurecht. Jeder ging anders mit den letzten Minuten seines Lebens um, und sie verbrachte sie mit Jammern, genauso wie Livy sie damit verbrachte, sich das Tuten am anderen Ende der Leitung anzuhören. Vielleicht tröstete es sie, zu wissen, dass es das Telefon ihres Mannes war, das klingelte.

Mich tröstete gerade gar nichts. Meine beiden Freundinnen hatten sich verabschiedet, und ich wusste nichts mit mir anzufangen. Was sollte ich auch tun? Wir saßen am helllichten Tag bei künstlichem Licht in diesem Häuschen und warteten. Warteten darauf, dass der Killer kam.

Ich hatte keine Zweifel, dass er es schaffen würde, unsere dürftigen Sicherheitsvorkehrungen zu umgehen. Nur über das Wie war ich mir noch im Unklaren. Würde er höflich anklopfen und darum bitten, dass das Opfer seiner Wahl nach draußen käme, damit er es möglichst ohne Umstände erwürgen könnte? Würde er die Jalousien nach oben schieben und die Fenster einschlagen?

Käme er durch den Schornstein? Würde er eine Bombe schmeißen und durch das Loch in der Wand einsteigen? Mit dem Camp-Mobil gegen die Wand fahren und sie eindrücken? Beinahe wuchs so etwas wie Neugierde in mir. Vor allem aber war ich gespannt, wer es war. Sybill war gerade erst aus der U-Haft entlassen worden und kam daher nicht infrage. War es Lamb, der sich derzeit in Schottland herumtrieb? War es Albert, den alle aus den Augen verloren hatten? Oder war es irgendein Verrückter, der weder mit Frances noch mit Hayes oder Jeremy irgendetwas zu tun hatte? Der sie sich zufällig als Opfer auserkoren hatte – vielleicht, weil sie zu der Geschichte des verdammten Thrillerautors passten.

Die vordergründige Frage aber war nach wie vor: Warum hatte sich der Mörder darauf eingeschossen, Molly das Leben schwer zu machen? Ich verstand es einfach nicht. Ich sah zu ihr hinüber, und ein eisiger Schreck durchfuhr mich. Unsere Empfangsdame hatte den Blumenstrauß abgelegt. Stattdessen trug sie ein Küchenmesser in der Hand. Ihr Gesicht war bleich, ihre Miene entschlossen. Sie machte einen Schritt auf mich zu.

»Molly …«, brachte ich erstickt heraus und tastete nach dem Telefon. War jetzt der richtige Augenblick gekommen, um Ab und Ems anzurufen? War der Mörder nicht draußen auf dem Camp-Areal, sondern die ganze Zeit mit mir zusammen in dieser Hütte gewesen? Hatte Molly mich mit diesem Brief nach Schottland gelockt, um mich zu töten? Aber warum? Was hatte ich ihr getan? »Ich verstehe nicht, Molly.«

»Was?«

»Warum du das getan hast. Warum du das tust. Warum willst du mich …« Ich blickte zu dem Messer hinunter, um dessen Griff sich ihre Hand klammerte.

»Was … ich …« Ruckartig ließ sie das Messer los, das klappernd auf den Boden fiel. Ein beleidigter Ausdruck huschte über ihr Gesicht. »Dachtest du, dass … Ich würde nie … Ich töte doch keine Menschen, Miss Wright! Und Sie schon gar nicht! Wie können Sie so etwas von mir denken!« Plötzlich war sie wieder zur formellen Anrede übergegangen, und das fühlte sich an wie ein Stich in mein Herz. »Ich will etwas haben, um mich wehren zu können. Und ihr beide solltet euch auch eine Waffe zulegen.« Sie sah noch einmal ziemlich beleidigt zu mir, dann zu Livy. »In der Küchenschublade liegt noch ein kleineres Messer.« Sie schüttelte den Kopf. »Denkt, ich wolle sie töten.« Dann wandte sie sich ab. Lauschte. »Hört ihr das auch?«

Ich spitzte die Ohren. Ja, ich hörte etwas. Motorengeräusch. Ein Wagen, der sich langsam näherte. Langsam, so als wäre er auf der Suche. »Der Mörder«, flüsterte ich, und ja, das Flüstern war völlig überflüssig, denn erstens saß der Killer im Wagen und zweitens könnte ich ihn mit lautem Sprechen nicht mehr auf uns aufmerksam machen, als Livys Camp-Mobil es ohnehin schon tat.

Dann erstarb der Motor, eine Wagentür wurde geöffnet und wieder zugeschlagen. Anschließend herrschte Stille draußen, bis es laut und vernehmlich an der Tür klopfte.

Mein ganzer Körper verkrampfte sich. Mollys blasse Wangen bekamen einen grünlichen Ton, während Livys Knie nachgaben und sie mit einem harten Knall auf den karierten Boden sank. Das blaue Tartanmuster des Teppichs ging direkt in ihre blau karierte Hose über – sie war perfekt getarnt, stellte ich fest. Es war mir ein Rätsel, wie ich jetzt an so Unwichtiges denken konnte, dass es mir überhaupt auffiel, aber gerade in diesem Augenblick erschien mir nichts wichtiger als diese perfekte Übereinstimmung von Hose und Teppich. Bis ein zweites Klopfen mich aus meinen Gedanken aufschreckte.

»Isla?«, ertönte ein Raunen durch die Tür.

Die Stimme kannte ich doch. »Max?« Ich sah auf die Uhr. Das konnte doch nicht sein, oder? Es war noch nicht einmal zwölf. Wie konnte er schon hier am Loch Monzievaird sein? War er geflogen?

Ich sah Molly an, die verwirrt die Stirn runzelte. Doch ihre Wangen bekamen langsam wieder Farbe. »Ist das dein Kollege von der Zeitung?«

Ich nickte.

»Isla, mach auf!« Es klang drängend, und plötzlich beschlich mich Misstrauen.

»Wie bist du so schnell hergekommen, Max?«

»Ich war schon unterwegs, kurz vor Glasgow. Als gestern rauskam, dass Lamb in Schottland gesichtet worden ist, hab ich Angst um dich gekriegt und bin losgefahren, obwohl unser letztes Telefongespräch ja nicht besonders gut gelaufen ist …«

»Max …« Mir fehlten die Worte. Ich war gerührt. Er machte sich Sorgen um mich, setzte sich schnell in seinen Wagen und fuhr mal eben vierhundertfünfzig Meilen, nur um mich zu sehen – oder um mein Retter in der Not zu sein. Trotzdem blieb ich misstrauisch. »Warum hast du vorhin nichts gesagt, als wir telefoniert haben?«

»Ich wollte dir keine falschen Hoffnungen machen. Im Radio war von einem Stau die Rede … Es hätte gut und gern ein paar Stunden länger dauern können, aber als ich dann dort hinkam, hatte sich der Stau aufgelöst. Na ja, Glück gehabt. Lässt du mich jetzt rein? Ich … Halte mich nicht für einen Angsthasen, aber ich hab doch ein bisschen Schiss …«

»Du bist mir ein schöner Retter«, sagte ich und lachte. Ich drehte den Schlüssel im Schloss herum, öffnete die Tür und zog die Jalousien hoch. Hätte ich es mal in umgekehrter Reihenfolge gemacht …

Ich hatte nur Augen für Max, der vor der Tür stand und mich liebevoll angrinste, da schrie Molly hinter mir auf: »Der silberne Wagen!«

Im ersten Moment verstand ich gar nichts, dann ging alles rasend schnell. Max riss mich an sich, drehte mich, sodass ich mit dem Rücken an seine Brust gepresst wurde, und legte mir seinen Unterarm um die Kehle. »Ihr haltet mal ganz schön die Klappe«, sagte er mit einer Stimme, die ich so nicht von ihm kannte.

»Max …« Ich klopfte auf seinen Unterarm. »Das tut weh. Was … soll das überhaupt? Warum …«

Ich starrte verwirrt auf die Szene. Dachte er etwa, eine

der beiden Frauen sei die Mörderin? Ich blickte zu Livy, die auf dem Boden saß und aussah, als würde sie gleich in Ohnmacht fallen. Sie schied als Mörderin aus. Schließlich hatte sie in London überhaupt nichts zu schaffen.

Molly? Konnte wirklich Molly die Mörderin sein? Hatte sie zuerst ihre Widersacherin umgebracht, dann deren Vermieter und dann Jeremy? Aber warum? Ich starrte sie an.

Molly schüttelte den Kopf. »Sie lassen sofort Isla los, junger Mann! Und wenn ich sofort sage, dann meine ich auch sofort.« Sie richtete das Messer auf ihn, das sie in der Zwischenzeit wieder vom Boden aufgehoben hatte.

Max schnaubte. »Messer weg! Sonst ist sie die Erste, die stirbt.«

Was? Max wollte ... Was ging hier vor sich? Ich klopfte wieder auf seinen Unterarm und versuchte gleichzeitig, zu ihm hochzuschielen, doch er presste mich nur noch fester an sich.

Ich würgte. »Max!« Vor meinen Augen begann es zu flimmern.

»Sie legen das Messer weg. Sofort. Sonst stirbt sie.«

»Sie lassen Sie los. Sonst sterben Sie!«, entgegnete Molly, und ich fragte mich, was hier gespielt wurde. Max bedrohte mich, Molly bedrohte ihn ...

Das Flimmern vor meinen Augen verstärkte sich, und plötzlich fühlte sich alles ganz leicht an. Leicht und ... völlig verdreht. Das Messer, das auf Max gerichtet war, Mollys entschlossene Miene, Livy, unter der sich ein nasser Fleck gebildet hatte. Am lustigsten aber waren die blitzenden Punkte vor meinen Augen – wie Schneeflocken, die durch die Luft tanzten. Und auf einmal begann ich zu lachen, was ohne Luft ziemlich seltsam klang – eher so wie ein verendender Hirsch. Der Gedanke verstärkte meine Belustigung, und ich lachte noch mehr, als Mollys Gesichtsausdruck von entschlossen zu irritiert wechselte. Bis ich von einem furchtbaren Schwindelgefühl ergriffen wurde und mein ganzer Körper sich plötzlich wie Gelee anfühlte und schwer wurde. So schwer, dass ich in Max' Armen zusammensackte.

Dann flog die Tür zu unserem Häuschen mit einem lauten Knall auf, Livy japste erleichtert, und Mollys Messer fiel erneut klappernd auf den Boden. Mein letzter Gedanke war: *Und schon wieder verpasse ich, wie ein Fall gelöst wird.* Dann umfing mich Dunkelheit.

Kapitel 24

»Fünf Minuten.«
Isla Wright wacht aus einer Ohnmacht auf und bleibt in einem Albtraum gefangen.

»Miss! Miss! Hören Sie mich?« Ich konnte die Stimme nicht zuordnen, die mich aus der Dunkelheit holte. Trotzdem öffnete ich die Augen. Vor mir kniete eine junge Polizistin mit braunem Kraushaar. »Sie sind wieder da!«, sagte sie erleichtert.

»Was ist passiert?« Die Worte kamen kratzig aus meiner Kehle. Ich räusperte mich. »Was ist passiert?«, fragte ich noch einmal. Viel besser war es nicht.

»Wir sind wohl genau im richtigen Moment gekommen«, meinte sie, veränderte ihre Position und gab den Blick frei auf die Szene hinter ihr. Molly, der genau in dem Augenblick ein Beamter sanft das Messer entwand, Livy, immer noch auf dem Boden kauernd, und … Max. Mit verkniffener Miene stand er mitten im Raum, die Arme vor sich ausgestreckt, und Handschellen rasteten mit einem metallischen Klicken ein.

In dem Moment, als ich ihn ansah, begegneten sich unsere Blicke, und der Ausdruck auf seinem Gesicht veränderte sich. Bedauern stand darin. »Isla …«

»Max …«

Ich wollte mich aufrichten und auf ihn zugehen, doch

die Polizistin an meiner Seite hielt mich zurück. Sie schüttelte leicht den Kopf und deutete auf den Beamten, der Max seine Rechte verlas. Da erst sickerte die furchtbare Wahrheit in mein Bewusstsein durch. Die Polizisten verhafteten Max! Max, der zu meiner Rettung nach Schottland gekommen war. Was …

»Da muss ein Irrtum vorliegen«, sagte ich.

Alle Gesichter wandten sich mir zu.

Der Beamte, der sich mit Max beschäftigt hatte, schnalzte ungeduldig mit der Zunge. »Da liegt kein Irrtum vor, Miss. Glauben Sie mir.«

»Max ist gekommen, um mich zu beschützen. Er ist einer von den Guten. Er … hat mit der Sache nichts zu tun. Sag ihnen, dass es so ist, Max!«

Doch er wich meinem Blick aus.

»Max!«

»Isla …«

»Kommen Sie!« Der Beamte schob ihn am Ellenbogen auf die Tür zu, und Max ging anstandslos mit – bis er auf der Schwelle stand. Dort riss er sich los und wandte sich um.

»Bitte lassen Sie mich mit ihr reden«, sagte er.

Der Beamte sah nicht so aus, als würde er das gut finden.

»Es ist okay«, sagte ich. »Ich möchte das auch. Bitte.«

Die Polizisten wechselten einen Blick, dann gab sich der Mann einen Ruck. »Kommen Sie nicht auf die Idee, die Dame noch einmal zu attackieren. Wir geben Ihnen fünf Minuten.« Er ließ ein weiteres Paar Handschellen um Max' Handgelenk schnappen und befestigte es an dem Heizkörper unter dem Fenster. Dann zog er die Jalousien hoch, sodass man von außen einen guten Blick auf das Innere des Wohnraums hatte. »Fünf Minuten«, sagte er noch einmal.

Anschließend verließ er die Hütte, seine Kollegen und Livy folgten ihm nach draußen. Molly war die Letzte. »Es tut mir so leid«, sagte sie und schloss die Tür hinter sich.

Ich verschwendete keine Zeit. »Was soll das, Max?«

»Ich werde verhaftet.«

»Warum?«

»Weil sie mir auf die Schliche gekommen sind.« Er holte tief Luft. »Ich war das, Isla. Ich habe Frances Butt und Kenneth Hayes getötet. Ich habe deinen Taxifahrer von der Straße abgedrängt.«

»Du warst das?« Erst jetzt fiel mir ein, dass Max tatsächlich einen silbernen Toyota fuhr. Ich war schon einige Male mit diesem Wagen mitgefahren. »Aber … wieso?«

»Ich …« Er brach wieder ab, legte seinen Kopf zurück und schloss die Augen. Dann sprach er weiter. »Ich musste. Price hat mich gewarnt. Der *London Outwatch* muss Personal abbauen, der Aufsichtsrat ist der Meinung, dass vieles von dem, was bisher wir Journalisten gemacht haben, von der Künstlichen Intelligenz geschrieben werden kann. Es werden Stellen wegrationalisiert, und … es ging darum, dass entweder Sybill oder ich entlassen werden sollte. Sie …« Ein Stöhnen entfuhr ihm. »Sie hatte immer die Nase vorn, war vor mir an Ort und Stelle, wenn irgendwas passierte, hatte die Artikel schneller verfasst als ich. Ich wusste, für wen er sich entscheiden würde.«

»Du hast zwei Menschen getötet und einen beinahe, weil du nicht entlassen werden wolltest?« Ich war entsetzt.

»Es hat ja nicht jeder zwei Freundinnen, die einen in ihre Privatdetektei aufnehmen, obwohl man nicht einmal qualifiziert dafür ist.« Kurz blitzte Trotz in seinen Augen auf.

»Und du wolltest auch noch Livy töten ...«

Er nickte.

Ich war fassungslos. Das war der größte Verrat, den ich jemals erlebt hatte. Er war meine Konstante gewesen, mein Fels in der Brandung. Ich hatte ihm vertraut, hätte ihm mein Leben anvertraut und ... ein neuer Gedanke blitzte in mir auf. »Wolltest du auch mich töten?«

Max schüttelte den Kopf. »Nein. Livy. Dann hätte es perfekt zu Lambs Geschichte gepasst.«

»Der Blumenstrauß war von dir.«

Er nickte. »Wer auch immer ihn überbracht hätte, wäre mein nächstes Opfer gewesen. Mein letztes Opfer ... für den Moment.«

»Für den Moment ...« Ich musste die Worte einfach wiederholen, so furchtbar hörten sie sich an. »Max, du bist krank, weißt du das?«

»Vielleicht bin ich das. Vielleicht bin ich auch nur verzweifelt.«

»Du hättest einen anderen Job gefunden. Wenn eine Tür sich schließt ...«

»... öffnet sich nicht immer eine andere.« Er kniff

kurz die Lippen zusammen. »Du bist so naiv, Isla. Nur weil du Glück hattest, bedeutet das nicht, dass auch ich welches habe. Was bleibt mir übrig, wenn der *London Outwatch* mich entlässt? Presseverantwortlicher in einer großen Firma? Überraschung! Die haben schon längst entdeckt, dass ihnen eine KI alle Arbeit abnimmt! Lehrer? Tja, ich hasse Kinder. Autor? Ich habe null Fantasie. Bleibt genau gar nichts. Ich … ich hatte keine Wahl.«

Ich wollte sagen, dass man immer eine Wahl hatte, aber die Worte kamen selbst mir leer und bedeutungslos vor. So sagte ich nur: »Es tut mir leid, Max.«

Er nickte. »Ja. Mir auch. Ich … werde gestehen und den Rest meiner Tage im Gefängnis verbringen. Ich wünsche mir nur eins: Würdest du mich noch einmal küssen, Isla? Ein letztes Mal?«

Ich wusste, dass es Wahnsinn war. Gerade hatte er mich so lang gewürgt, bis ich das Bewusstsein verloren hatte – aber er hatte recht. Er würde nie wieder in seinem Leben eine Frau küssen, wenn er all die Taten, die er begangen hatte, gestand. Und auch ich würde ihn nie wieder küssen können. So ging ich auf ihn zu, legte die Arme um seinen Hals und versuchte, seine Hände zu ignorieren, die im Weg waren. Ich küsste ihn. Sanft zuerst und mit der ganzen Zuneigung, die ich für ihn empfand, dann wurde sein Kuss fordernder und wilder. Verzweifelt versuchte er, all seine Gefühle in den Kuss zu legen, und ich verstand und erwiderte ihn ebenso verzweifelt.

Ein Räuspern riss uns auseinander. »Die fünf Minuten sind um.« Im Gesicht des Beamten stand Verwirrung, bevor es wieder zu einer professionellen Maske wurde. »Mister Wilders?«

»Ich komme«, sagte Max, doch er sah mich an. »Leb wohl, Isla.«

Dann ließ er sich von dem Polizisten nach draußen abführen. Ich sah ihm nach, wie er in den Streifenwagen stieg, hielt seinen Blick fest, als das Auto anfuhr, und folgte ihm, als er mich schon längst nicht mehr sehen konnte. Da fuhr mein potenzieller Mann fürs Leben – ein Mörder. Ich war in einem Albtraum gefangen, aus dem ich nie mehr aufwachen würde.

Isla Wright, ich gratuliere zu der Wahl deines Partners. Du bist des Titels einer Privatdetektivin würdig. Das Teufelchen auf meiner Schulter kicherte, und ich hasste es dafür, dass es wieder einmal die Wahrheit sagte.

Epilog

»›Es geht‹, war meine Antwort, und irgendwie stimmte es ja auch. ›Solange ich euch beide habe, geht es mir gut.‹«
Isla Wright schließt mit einer Geschichte ab – und mit der Liebe.

»Also diese Sybill Butt ist doch echt ein kleines Luder!«, zischte Ab und ließ ihre Augen kopfschüttelnd über den Bildschirm gleiten. »Man möchte sich beinahe wünschen, dass Max Erfolg gehabt hätte. Beinahe.«

»Was hat sie denn schon wieder geschrieben?« Ems sah von ihrer Arbeit hoch.

»Mist. Hört zu.« Ab holte Luft, dann begann sie zu lesen.

Maximilian Wilders, der missgünstige Mörder: Ein Fall von journalistischem Neid und moralischem Bankrott

Ein gescheiterter Journalist, der in seiner Verzweiflung zu kaltblütigen Morden greift, um Sybill Butt in den Schatten zu stellen.

London – Der Schock sitzt tief, als die schaurige Wahrheit über den ehemaligen Journalisten Maximilian Wilders ans Licht kommt. Um seine eigene Arbeitsstelle zu retten und nicht im Schatten der herausragenden journalistischen Qualität von

Sybill Butt zu stehen, beging Wilders eine Reihe von abscheulichen Morden und versuchte verzweifelt, Sybill als Täterin darzustellen. Es scheint, dass sein unermesslicher Neid und sein moralischer Bankrott ihn zu diesen unmenschlichen Taten trieben.

Die Künstliche Intelligenz hat in den letzten Jahren enorme Fortschritte gemacht und ermöglichte so Personaleinsparungen in der Redaktion vom London Outwatch. *Maximilian Wilders, dessen berufliches Scheitern unausweichlich schien, entschied sich für den dunklen Weg des Bösen.*

Anstatt seine journalistischen Fähigkeiten zu verbessern und die Herausforderungen der sich verändernden Medienlandschaft anzunehmen, wählte Wilders die verwerfliche Option. Mit eiskaltem Kalkül beging er nicht einen, sondern gleich zwei Morde und einen Tötungsversuch, um seine eigene Haut zu retten. Doch nicht genug damit – er versuchte ebenso, seine unschuldige Kollegin Sybill Butt als Mittäterin hinzustellen. Ein entsetzlicher Plan, der zum Glück rechtzeitig aufgedeckt wurde, bevor weitere Verbrechen geschehen konnten.

Die Polizeiermittlungen enthüllten eine Spur von Beweisen, die Wilders' hinterlistigen Rachefeldzug und seine Abneigung gegenüber Sybill Butt schonungslos offenlegten. Doch während die Ermittler die Fakten untersuchen und Gerechtigkeit anstreben, können wir nicht anders, als mit einem bitteren Lächeln auf die beispiellose Niederlage von Maximilian Wilders zu reagieren.

Es mag in der heutigen Zeit viele Menschen geben, die ihren Arbeitsplatz verlieren und sich den Herausforderungen des Wandels stellen müssen. Doch nur wenige verfallen dabei einer so erbärmlichen, neidgetriebenen Verzweiflungstat wie Wilders. Sein Verhalten ist nicht nur moralisch verwerflich, sondern auch eine schallende Ohrfeige für all jene, die hart arbeiten und ehrlich bleiben.

Während Maximilian Wilders nun die Konsequenzen für seine abscheulichen Taten tragen muss, sollten wir uns daran erinnern, dass der Journalismus eine wichtige Rolle in unserer Gesellschaft spielt. Als Folge der schockierenden Ereignisse hat der London Outwatch *beschlossen, die Künstliche Intelligenz nicht mehr als Ersatz für seriösen Journalismus einzusetzen und sich stattdessen auf den Aufbau einer redaktionellen Belegschaft zu konzentrieren, die weiterhin für unabhängige und qualitativ hochwertige Berichterstattung steht. Es ist ein Bekenntnis zu einer verantwortungsbewussten und ethischen journalistischen Praxis, die das Vertrauen der Leser zurückgewinnen und den wahren Wert des Journalismus wiederherstellen soll.*

Ab endete, und ich versuchte, den Knoten in meinem Hals hinunterzuschlucken.

Meine beiden Freundinnen nickten, dann meinte Ab: »Wenigstens ist es ein Schritt in die richtige Richtung, wenn der *London Outwatch* ab jetzt keine KI mehr einsetzen will.«

Ich schnaubte. »Wisst ihr, was wirklich schlimm ist?«

Sie sahen mich erwartungsvoll an.

»Dass auch dieser Artikel von einer Künstlichen Intelligenz geschrieben wurde. Ich kenne die Arbeiten von

Sybill Butt. Sie ist brillant, wisst ihr. Aber das hier … das ist eine Schmiererei, die nicht einmal überarbeitet wurde. Und das Schlimmste daran ist, dass die meisten Leser das nicht einmal bemerken werden.«

Ab und Ems senkten ertappt die Köpfe.

»Warst du auch beim Prozess?«, fragte mich Ems. In ihrem Blick stand Mitgefühl.

Ich nickte.

»Wie war es?«

Ich hob die Schultern. »Was willst du hören?«

»Keine Ahnung. Was er sich dabei gedacht hat? Wie er das alles überhaupt auf die Beine gestellt hat …«

Meine Gedanken gingen zurück zu dem Prozess. Zu Max, wie er mit ruhiger Stimme auf alle Fragen geantwortet hatte.

»Price hat mich in sein Büro gerufen. ›Max‹, hat er gesagt, ›wir müssen Stellen wegrationalisieren. Der Aufsichtsrat hat mit der Künstlichen Intelligenz rumgespielt und sie für gut genug befunden, um Routineartikel zu schreiben. Das bedeutet, wir brauchen nicht mehr so viele richtige Journalisten. Ich will ehrlich sein. Du und Sybill, ihr seid die Jüngsten. Ihr habt nicht nur am wenigsten Rechte, sondern ihr seid vor allem noch flexibel genug, um euch auf einen anderen Job einzustellen – als Lehrer vielleicht. Daher wird einer von euch beiden gehen müssen. Ich werde euch in den nächsten Wochen genau beobachten. Derjenige, der mehr Engagement zeigt, die bessere Nase hat, wird den Job behalten. Der andere …‹ Es war eindeutig, was er gemeint hat.« Max seufzte.

Mein Blick glitt zu Price, der unruhig auf seinem Platz wippte. Zumindest schien er genügend Anstand zu haben, um einzusehen, dass er mit diesem Gespräch die furchtbaren Morde ausgelöst hatte. Er und der unsägliche Aufsichtsrat, der offenbar weder unabhängige Berichterstattung noch seriösen Journalismus im Sinn hatte, sondern einzig und allein das Geld.

Max würdigte ihn keines Blickes, sondern fuhr fort: »Ich wusste, Sybill würde den Wettbewerb gewinnen. Sie … ist einfach besser. Ich lasse meine Artikel schon lange von der Künstlichen Intelligenz schreiben. Sybill macht das noch selbst.« Kurz sah er zu seiner ehemaligen Kollegin, die eine verbitterte Miene aufsetzte. »Ich musste sie irgendwie loswerden. Und da … hörte ich zufällig, wie sie mit einer anderen Kollegin über die Schwierigkeiten mit ihrer Mutter schimpfte. Sie bezeichnete ihre Mutter als Narzisstin, erzählte, wie sehr sie unter ihr litt und dass sie sich manchmal wünschte, sie würde einfach sterben. Und da war die Idee geboren …« Er wand sich. »Frances Butt war leichtgläubig. Ich … ich ging zu ihr und behauptete, ich sei ein Kollege, der etwas für Sybill erledigen müsse und …«

Max holte tief Luft.

»Es dauerte eine Ewigkeit, bis sie nicht mehr lebte. Ich dachte schon, ich würde es nie schaffen. Aber irgendwann schlug ihr Herz nicht mehr …« Er wirkte geistesabwesend. So als würde er in Gedanken noch einmal die Szene durchleben. Schließlich sprach er weiter. »Dann war sie tot, und ich wusste, dass ich Verdächtige erschaffen musste. Einmal natürlich Sybill, aber es musste auch andere Verdächtige

geben. Zufällig lagen die Briefe von Mary Ainsworth auf dem Tisch.«

Mollys Briefe. Die Briefe, die dazu geführt hatten, dass die Polizei Molly verdächtigte. Wären diese Briefe nicht gewesen, hätten wir vielleicht nicht einmal etwas von dem Fall erfahren. Max hätte weiter gemordet, und möglicherweise wäre ihm nie jemand auf die Schliche gekommen. Schließlich hatte er mit keinem der Opfer persönlich zu tun gehabt. Nach Sybills Diskreditierung hätte er seinen Job behalten und mit dem Morden aufgehört, und vielleicht wären wir ein Paar geworden, und ich hätte an der Seite eines Mörders mein Leben verbracht, ohne jemals zu wissen, was er getan hatte ... Mir wurde übel bei dem Gedanken.

»Frances Butt hatte die Briefe wohl gerade herausgeholt, weil sie sie zu einem Rechtsanwalt bringen wollte – zumindest habe ich die Mappe dahingehend gedeutet, die danebengelegen hat. ›Unterlagen Stalkerin von Frances Butt‹, stand darauf. Für mich natürlich ein Glücksfall. Ich ließ die Künstliche Intelligenz einen Brief schreiben, der die wesentlichen Punkte in Mary Ainsworths Briefen aufnahm und einen drohenden Unterton hinzufügte. Die Briefe ließ ich am Tatort zurück, und es passierte das, was ich gehofft hatte: Man verdächtigte Mary Ainsworth.«

»In einem Ihrer Artikel haben Sie bewusst den Verdacht auf den Thrillerautor Aryan E. Lamb gelenkt?«, fragte der Staatsanwalt.

Max nickte. »Das war die dritte Fährte, die ich legte. Ich konnte mich schlecht offen gegen Sybill richten. Das musste ich langsam machen, unauffällig ... Und er spielte mir mit seiner idiotischen Theorie auch noch in die Hände. Aus Neugierde stellte ich Nachforschungen über seinen Vermieter an, und als ich herausfand, dass er auch der Vermieter von Sybill Butt war, war das wie ein Wink des Schicksals für mich. Dann verschwand Mary Ainsworth …«

Ich horchte auf.

»Mary Ainsworth hat einmal fälschlicherweise eine Mail an mich von ihrer persönlichen Mailadresse geschickt, daher konnte ich sie dort auch leicht erreichen. Da ich Isla Wright persönlich kenne, vermutete ich, dass Mary Ainsworth die Theorie mit den Morden nach dem Thriller von Aryan E. Lamb kannte, und schrieb eine bedrohliche Mail, in welcher ich ein Treffen bei einem Taxistand vorschlug. Wie geplant wandte sie sich in ihrer Verzweiflung an Isla Wright. Die hat sich mir gegenüber verplappert, und so wusste ich, wo sich Mary Ainsworth befand und wo folglich der nächste Tote zu finden sein musste.«

Aber woher wusstest du, wo Mollys Schwester lebt?, *dachte ich.*

Als hätte er meine stumme Frage gehört, sagte er auch schon: »Herauszufinden, wo Mary Ainsworths Schwester lebt, war ein Kinderspiel, und am nächsten Morgen parkte mein Wagen um die Ecke. So konnte ich dem Taxi unauffällig folgen, das die beiden Frauen nach Loch Monzievaird brachte. Als ich ihren Unterschlupf kannte, folgte ich dem Taxifahrer und brachte ihn von der Straße ab. Der Taxifahrer musste geopfert werden. Dem Drehbuch zuliebe.«

Seine emotionslosen Worte lösten einen kleinen Tumult im Saal aus, doch Max ignorierte die aufgebrachten Stimmen.

»Als der Taxifahrer aus dem Weg geräumt war, spielte mir das Schicksal noch einmal zu: Aryan E. Lamb besaß tatsächlich einen silbernen Wagen und war zu allem Überfluss zu einer Lesung in Edinburgh eingeladen. Er verließ London, bekam von dem ganzen Wirbel um seine Person nichts mit, und ich konnte als journalistische Spürnase glänzen ...«

Der Thrillerautor hatte natürlich wieder die Gelegenheit ergriffen, um im Nachhinein eine Pressekonferenz zu geben und seine Sicht der Dinge darzustellen. Ich hatte es mir erspart, seine Show anzuschauen. Doch ich kannte das Ergebnis: Er hatte nach der Lesung in Edinburgh tatsächlich in dem Camp, in dem auch wir gewesen waren, eine Nacht verbracht. Zu Recherchezwecken. Sein nächster Thriller sollte in einem Camp an einem Loch in den Lowlands spielen. Der Silberschlitten war seiner gewesen. Auch das Rätsel um Cathy hatte sich aufgeklärt. Die Auflösung hatte Mister F. gefunden. Lamb hatte eine Pflegeschwester, Kathrin Sheen, zu der er immer ein recht angespanntes Verhältnis gehabt hatte. Genau wie Cathy und Heathcliff hatte die beiden eine Art Hassliebe verbunden. Kathrin Sheen, die regelmäßig ihren Sommerurlaub am Loch Monzievaird verbrachte, hatte ihm den Tipp mit dem Camp gegeben.

»Sie hatten vor, auch Livy O'Brien, Mary Ainsworth und Isla Wright zu töten?«

Max schüttelte den Kopf. »Nur das Blumenmädchen und die Zeitungsreporterin.«

Es tat weh, ihn so distanziert von mir sprechen zu hören.

»Mary Ainsworth sollte die Schuld dafür bekommen, aber ... unbewusst wehrte sich alles in mir dagegen. Ich war

dort, ich hatte Isla im Würgegriff, und die beiden anderen Frauen wären kein Problem gewesen, aber … ich hätte es nicht tun können. Nicht Isla …« Wieder sprang sein Blick zu mir, und ein bedauernder Ausdruck blitzte darin auf. »Ich habe sie geliebt. Ich … liebe sie immer noch.«

Wenn ich dir nur glauben könnte, *dachte ich, sah ihn jedoch nur stumm an. Das Schicksal, das ihn bei seinen Morden so gnädig unterstützt hatte, hatte sich gegen uns gestellt. In jedem einzelnen Punkt, bis hin zu Nigel, der sein verdammtes Mobiltelefon im Camp vergessen hatte und deswegen nicht erreichbar gewesen war.*

Und dann erlebte ich mit, wie ein Psychiater sein Gutachten verlas, in dem er meinem Freund Maximilian Wilders stark ausgeprägte psychopathische Züge diagnostizierte, doch spätestens nach Max' kaltblütigem Geständnis bestand daran bei niemandem im Saal mehr ein Zweifel.

»Isla?« Ems' behutsame Frage holte mich aus meinen Gedanken.

Ich sah zu ihr. Mein Sichtfeld war verschwommen, meine Wangen nass.

»Wie geht es dir, Isla?«

Ja. Wie ging es mir?

»Es geht«, war meine Antwort, und irgendwie stimmte es ja auch. »Solange ich euch beide habe, geht es mir gut.«

Und wer brauchte schon die Liebe?

Dankeschön

Ein großes Dankeschön an Thomas und deine unermüdliche Unterstützung und deinen Glauben an die verrückten Ideen dreier grandioser Autorinnen und an dich, lieber Leser, liebe Leserin, dafür, dass du mit Isla, Abigail und Emma durch dieses Abenteuer gegangen bist.

London 2023, ESS

Vorschau

Das Blut in der Wiege – Walker, Wright & Ferguson 5
Empire-Verlag, März 2024

Sag endlich die Wahrheit!

Abigail Walker ist allein im Büro der Privatdetektei Walker, Wright & Ferguson, als die Obdachlose Kiss-me-Kate von einem unbekannten jungen Mann auf der Straße angegriffen wird. Der Täter wollte von ihr die Wahrheit erfahren.
Kate erzählt Ab und deren Freundinnen Ems und Isla, dass sie vor mehr als zwanzig Jahren als Kindermädchen für den reichen Unternehmer Guy Bradshaw gearbeitet hat. Eines Abends, als Kate ihren freien Tag hatte, sind Bradshaws Söhne aus ihren Betten verschwunden; in der Wiege des acht Monate alten Calebs fand man dessen Blut.
Guy Bradshaw hat die Morde an seinen Kindern gestanden und sitzt lebenslänglich im Gefängnis. Er verweigert jegliche Aussage darüber, was damals geschehen ist.
Um Kate vor weiteren Angriffen zu schützen und Licht ins Dunkel um den mysteriösen Mordfall zu bringen, stürzen sich die drei Privatdetektivinnen in die Ermittlungen. Doch schon bald sind sie in einem Dickicht aus Lügen, Verrat und Missgunst gefangen.
Werden die drei das düstere Familiengeheimnis der Bradshaws aufdecken?